主编　凌翔

当代著名作家精品书系

鹅头山下

祁海涛　著

天津出版传媒集团

天津人民出版社

图书在版编目 (CIP) 数据

鹅头山下 / 祁海涛著 . -- 天津：天津人民出版社，
2020.10

（当代著名作家精品书系 / 凌翔主编）

ISBN 978-7-201-16452-6

Ⅰ.①鹅… Ⅱ.①祁… Ⅲ.①长篇小说－中国－当代
Ⅳ.① I247.5

中国版本图书馆 CIP 数据核字（2020）第 181568 号

鹅头山下
ETOUSHAN XIA

出　　版	天津人民出版社
出 版 人	刘　庆
地　　址	天津市和平区西康路 35 号康岳大厦
邮政编码	300051
邮购电话	（022）23332469
电子信箱	reader@tjrmcbs.com

责任编辑	岳　勇
装帧设计	陈　姝
主编邮箱	jfjb-lx2007@163.com

印　　刷	唐山楠萍印务有限公司
经　　销	新华书店
开　　本	710 毫米 ×1000 毫米　1/16
印　　张	16.5
字　　数	205 千字
版次印次	2020 年 10 月第 1 版　2020 年 10 月第 1 次印刷
定　　价	49.80 元

目 录

主要人物

祖峰脉——回乡务农的初中生

孟雪姑——大队书记孟久公二女儿

高乐天——孟雪姑恋人，后沦落为流氓

李秀萍——李德胜女儿，祖峰脉表姐

贾晓峰——李秀萍恋人

祖德贤——祖峰脉父亲，生产队长

李德胜——祖德贤表弟，李秀萍父亲

孟久公——大队书记，分家后安排到林业站工作

孟大下巴——孟久林，孟久公弟弟，赖皮户

王大炮——复员军人王守礼，孟久公妹夫，致富典型

贾会计——小队会计，分家后当选村委会主任

田宝贤——鹅头山林业检查员

二柱子——田宝贤儿子田守仁

祖峰顶——祖峰脉大哥

贾永祥——贾晓峰老叔，拖拉机手

顾秀山——派出所所长

李锦华——皮张贩子

题叙

一

　　在我对死亡还没有一丁点儿概念的时候，每到春暖花开，抑或秋天落一场清雪，我和高乐天就相约着，顺着垄沟偷偷跑到家门前一大片已割倒但还来不及剥棒子的苞米地里，迎着瑟瑟的冷风，窸窸窣窣地从苞米杆子堆里扒出苞米虫，再战兢着捏入拇指粗细的酱色的小瓶，然后肩上扛着由木棍挑着的一串夹子，乐颠颠地去南地头的老等沟打鸟——老等沟山坡上有一片松树林，那是野鸟春秋最喜欢聚集的场所。

　　每次去打鸟，我都对山坡上的一片坟地产生神秘的感觉。

　　坟地在山冈北端的西面，紧挨着东侧的松树林。到松树林南坡下打鸟的夹子，要从坟地与松树林之间的小道穿过。下完夹子，去坡底草甸子捧几口清凉的泉水喝，折回北面高岗的树林向南轰鸟，还要穿过那片坟地。鸟儿啁啾声远了，一想到精灵们距离"埋伏圈"越来越近，心就怦怦跳。尤其想到野鸟落在树丛觅食，蹦蹦跳跳来到张开虎口的夹子前，发现垂死蠕动的苞米虫，兴奋地蹦过去，不假思索地用尖喙一叼，"砰"的一声，碰翻了夹子，然后扑棱几下翅膀，便成了野烧的美食，我更是激动不已。沉着等待是必须的。高乐天多半不说话，坐在坟地旁的一棵老榆树下静静地翻看破旧的小人书。而我，多半坐在毛茸茸的枯黄的草坪上，望着眼前的那一片坟茔发呆。呆一阵子，我又会数坟茔——依着山坡的走势，从高到低，一排一座，二排三座，三排五座……每次数，总是忐忐忑忑的，总感觉自己没数对，一遍一遍，一遍一遍，好像那些坟包会飞走。

父亲不止一次地跟我讲，那是我们祖家的祖坟。父亲每次说到祖坟，目光里都暗藏凝重。平素炯炯有神慈祥的目光，望向远方的天际，若有所思，好像思考问题的答案在云朵里。我也跟着望窗外的云朵。可天空除了飘动的云朵，什么也没有。不过这更增加了我对那片祖坟的好奇之心。

再后来，我知道人是会死的——人从母体哭叫着来到世上，便向死而生，坟地，则是最终的归宿。父亲和我的归宿，乃至一家人、村子里祖姓家族人的归宿，会是南地头松树林旁的那一片坟茔。人生不足百年，而那个山坡，必将是我们永久的安身之地。

一次，住在前屯九十岁的五太爷佝偻着身躯，拄着拐杖，到家里送给父亲一份家谱。五太爷摘下狗皮帽子，屁股蹭到炕沿上，坐稳，掏出卷成一团的粗布手绢，擦擦冷风吹出的眼泪后对父亲说："我将不久于人世，老祖家的这份家谱，我给你抄写一份。"父亲起身毕恭毕敬地接过家谱，有些紧张地翻看那两页黄纸，然后躬身向五太爷请教家谱上的一些事宜。母亲忙着给五太爷做饭，弟弟峰良只顾玩耍，我和大哥峰顶在一旁不敢大声出气。吃完饭，父亲把五太爷送到西面的村路，望着五太爷拄着拐杖蹒跚着走远，才回来庄严而兴奋地对我们说："家谱是不乱给人的，这回咱们有了，看看，上面记得清清楚楚，到你爷这一辈共十二代先人。"我虔诚地从父亲手里接过两页黄仙纸，只见精巧的小楷字写了一页半，一排排陌生的名字赫然纸上。到爷爷，共十二排，也就是十二代人上了家谱。反复看了三遍，我问父亲："第五代，第六代，都是一个人，不会是单传吧？"父亲回答："是。"我惊讶地说："哎呀！那很危险呢，如果这两代传不下来就没我们啦！"父亲沉默不语，摸摸我的头，又以若有所思的目光望起了窗外的云朵。滴水成冰的季节，房檐下结着冰凌，窗外微微晃动的晾衣绳上，落着两只叽叽喳喳即将归巢的麻雀。夕阳的余晖，覆盖了麻雀冻得鼓囊囊的灰羽。

父亲把家谱交给收拾完厨房进屋的母亲，母亲二话没说，来不及解下围裙，就掏出怀里带着金色圆形小铃铛的钥匙，"哗哗"着，打开里边靠墙摆放的小柜，虔诚地把家谱锁进去。从那一刻起，我的思绪里，柔生出了一种东西，一种说不清楚但的确存在的东西。那种东西，与锁在柜里家谱上的名字，以及南地头那片坟茔的灵魂有着丝丝缕缕的关联。从那以后，我每年都要跟父亲去祖坟烧三次纸，清明、鬼节、春节。到供销社买两批黄仙纸，两人分别夹在左腋下，右手一人拎一根木棍，赶在中午十二点前，或走在初春暖阳下，或走在田野翠绿的仲夏，或走在白雪没膝盖的年关。到了南地头，担心认错，父亲皆逐一指认。尤其春节前上坟，祖坟与周边偶尔新增的一两座不知姓氏名谁的新坟，皆被新雪覆盖着，难以辨清。指认祖坟是从第一排资格最老的一座开始的。一排排认下去，查到最下面爷爷的坟包，够十四座了，才开始烧纸。烧纸程序很简单，用身体遮挡住嗖嗖的野风，半天点燃纸张，然后一座接一座地烧下去，分摊到每个坟包的黄纸陆续烟火纷飞。边烧，父亲口中还轻声地叨咕："老祖宗们，过节啦，都来取钱吧，回去买些好吃好穿的！"最后烧到爷爷的坟前，父亲都多烧一会儿，并且念叨："爸呀，你放心吧，我娘现在身体挺好的，您不用惦记，把自己照顾好！"见父亲虔诚地念叨，我都联想未曾谋面的爷爷在坟里仔细听的样子，心里并不害怕，并且有一种潮涌的暖流。每次念叨完，父亲的眼睛都红红的。在爷爷坟上的黄仙纸火光快灭的时候，引燃特意留下的最后几张黄仙纸，呼地甩向一旁的空地，嘴里高声喊道："打扫打扫外鬼，都来取钱吧！"

一年鬼节上坟回来路上，我和父亲走在柳树带的村路上。路西是密实高耸的苞米，路东是翠绿结满豆荚的大豆田。我问父亲："爸，您说咱们老祖家这么多坟，哪座是咱们这一股老祖宗的坟呢？"父亲怔了一下，半晌没回答。又走了一段路，见路上没人，父亲神秘地说："其实，咱们这一股的老祖宗没埋在这，埋在河北保定呢！"我哆嗦了一下，再问："不在这？""对！"父亲指着路东的大豆田说："当年，就是在这块地上，老祖宗被河北来的人抢回去啦！"

接下来，父亲便跟我讲了家族史上这个鲜为人知的秘密。那日骄阳似火，勤劳的老祖宗一个人顶着烈日，正在家门前铲白菜地。老家撇下的先方子女，辗转找到这里，佯装问路，趁不注意绑了他，押回保定。至于老祖宗为什么撇下家人逃到北大荒，一直没有定论。长大后我慢慢得知，定居北大荒的人背景复杂，流人、移民、闯关东、垦荒团，老祖宗闯关东逃荒逃难的可能性极大，但如空中的云朵，这种猜测也飘忽不定，似是而非。

二

娶母亲之前，父亲相过七个女子。

相处的第一个女子叫葛英。二十出头的父亲溜光水滑，要长相有长相，要个头有个头，要脑瓜有脑瓜，可家庭困难，娶媳妇成了大问题。村子里有一个叫葛英的姑娘，已婚，一来二去，就看上了父亲，两个人暗里私订了终身。那一年冬天，父亲上山倒套子（往山下拉木头），临走时，两个人见一面，难舍难分。葛英主意已定，说你上山注意安全，等你年前回来我就把婚离完，咱俩结婚。听父亲讲起这段陈年往事时，我浑身起鸡皮疙瘩，心想那个封闭落后的年月，穷山村里竟有这等疯狂的爱情故事。等父亲上山回来，媒人给介绍了一个姓阚的姑娘，相中了父亲。不知是父亲不知道葛英已经为他离了婚呢，还是其他什么原因，看这个姓阚的姑娘真心真意，就应了这门婚事。而葛英离婚后，为避开村里风言风语，就躲到县城亲属家。碰巧，一天在惠民旅社遇见了村里老乡，听说父亲又与姓阚的姑娘对象了，并且马上要结婚，还是"四铺四盖"，有鼻子有眼，葛英相信了。这一日，葛英捎信儿把父亲叫到县城，在大街上质问父亲："祖德贤，你别藏着掖着，到底有没有这回事？"父亲自知理亏，矢口否认。葛英是一个敢爱敢恨的女人，急得眼泪都掉出来了。父亲心中有愧，事情到了这个地步，只好含糊搪塞。后来送葛英到县城亲戚家门口，父亲说葛英说啥也不进屋。我明白，眼看着自己的爱，被别人夺走了，葛英的心情一定糟糕到了极点。

相处的第二个女子，就是姓阚的姑娘。媒人给介绍的这个阚姑娘，家住润津河南岸老林镇所属的一个村子，长相一般，脸上还有一点浅面麻子。但性格刚烈，与父亲一见钟情。那一日相完亲，阚姑娘说："咱俩结婚是买小柜啊，还是买炕琴（被阁）呢？"意思是只简单买几样家具，她就同意过门。可奶奶家一贫如洗，半月期限到了没给女方过一分钱彩礼。阚姑娘的大哥是供销社经理，在村子里很有地位，一分钱彩礼不过就嫁妹妹，他面子上过不去，说啥也不同意这门婚事。这天媒人又带着父亲到阚家商议此事，见哥哥不同意，阚姑娘当时就急了，猫冬没事，正在屋子里纳鞋底的她，"啪嚓"一声，连锥子带鞋底都撇了，说："不过彩礼我也嫁给他，他要饭我挣口袋！"态度非常坚决。坚决归坚决，后来这门亲事还是因奶奶家困难不了了之。父亲与阚姑娘的感情是最深的，听父亲讲起困难岁月的婚姻往事，这一桩他详详细细讲了多次。并且说已成人妇的阚姑娘，还经常打听父亲的情况。每次说到痛处，父亲的脸上都不觉一笑，我知道，那是苦笑。

相处的第三个女子，是本村的，叫姜桂芝，看中了父亲，可他有一个哥哥在部队上当连长，听说祖家成分不好，极力反对，担心影响升迁。姜桂芝又哭又闹，但是拗不过大人，含泪嫁到了外村。

相处第四个女子时，父亲二十七岁，是三年困难时期。一天早晨，奶奶一家人还没起床，邻居就过来召唤，说有一个逃荒过路的女人住他们家了，想在此地找个人家，问看不看。爷爷那个时候还在世，给大儿子娶媳妇心切，就和奶奶一起建议父亲去相看，还挑啥结没结过婚。父亲去一看，就领回来了。打听得知，这个二十三四岁的小媳妇，是沈阳人，在家死了丈夫，日子过不下去了，扛着行李卷一路要饭来到这里，想再找个婆家。与父亲搬到一起住之后，小媳妇挺机灵，整日里腰上扎个围裙，做饭、碾米，挺像样。过了一个多月，父亲让她回老家把证明开来，俩人好办理结婚登记的手续。她就同意了。父亲送她到县城，刚进北门，一转身的工夫，小媳妇就不见了。父亲一路小跑追赶到四五里路外的火车站，果然追上了——在熙攘的人群里看到了她的背影。撵回来小媳妇，父亲把她领到给惠民公安局长开车的表叔家里借住了一宿，趁机用那么一点公安关系震震她。第二天早晨，小媳妇走时满口答应开完证明就回来。扔下一套行李一个毛毯，够父亲给她拿的盘缠了。父亲说，女人心，大海针。她要是想走，你怎么留也留不住，去留还是由她吧。结果真就一去不返。父亲反思说，说到底，就是家里太穷了。

相看的第五个女子，是山北的。一九六三年，父亲二十八岁那年正月，爷爷中年早逝，扔下奶奶带四个儿子、一个姑娘。父亲是长兄，承担起了一个困难家庭的责任，解决婚事，迫在眉睫。小兴安岭余脉的"鹅头山"北面，有一个村子，距离靠山村五十多里路，该村党支部书记有个妹妹，委托靠山"跳大神儿"的李福给保媒。李福串联父亲去相看，一相看姑娘就同意了。那时当地民间有一个习惯，相亲相中了吃饭，相不中不吃饭。这个人家是一户山东人，山东人习惯把豆油瓶子挂在墙上，这时摘下来就要做饭。姑娘的母亲很精明，利用做午饭的机会，跑到后院问一位熟悉周围十里八村情况的老人，老人听说是山南祖家窝棚的，道："这户人家门风倒是不错，可成分不好！"女方家一听，二话没说，热锅即变冷灶，黄了。

相看的第六个女子，是个骗子。前屯一队有个外号叫纪大愣的，给介绍一个女的，虽然相中了，但父亲见那女子搔首弄姿，眼睛发贼，怕不把握，坚持登记后再结婚，女方说啥不同意。后来纪大愣先后把她介绍给两个条件好的人家，也都黄了，并搭进不少钱财。原来那女人是"放鹰"的，专门以找婆家为名行骗。

相看的第七个女子，是个有癫痫病的女人。到了一九六六年，奶奶家的苦日子勉强维持，父亲已经是三十二岁的"老光棍"了，婚事一直没着落，成为老大难。二叔、三叔，也都到了娶亲的年龄，长兄不解决，后面全压住了。奶奶整日急得哭天抹泪，到处求人。那些年，一种当地百姓叫"攻心翻"的地方病大流行，极其霸道，据说距靠山仅有十几里路的病发地，一个村子一冬天死了几十人，当时流行的一套顺口溜足可证明：

来时大车拉

去时一担挑

东面死人未抬走

西边哭声又传来

新中国成立后国务院派来了医学专家于维汉，经过多年实地考察研究，提出了根治地方病的综合治理办法，其中打深水井就是重要一条。一九六六年的夏天，靠山村打井，雇来的打井队是县城南菜社的。屯里姜麻子有个老伴儿姓尚，与打井的有偏亲，打井队在他们家住。打井队里有一个姓陈的木匠，听姓尚的妇女说父亲长得挺精神，因为家庭困难和成分不好娶不上媳妇，就答应在城南菜社给介绍一个。父亲向表弟李德胜借了一条礼服呢的裤子，井打完，就跟打井队去县城南菜社相亲。路过惠民县城，还拿出仅有的几个钱请四五个打井的人吃一顿饭，贿赂大家伙到时候给垫句好言。到了才知道，那姑娘是回族，有抽风病，就是癫痫，她妈见父亲除年龄较大，但人挺精明，又一表人才，觉得自己的病姑娘配不上父亲，怕婚后受气，就拒绝了这门婚事。

近十年的光景，七门婚事没成，还差点被人骗去钱财，这期间四十六岁的爷爷就去世了，父亲说跟家里穷，儿子娶不上媳妇窝囊有关。严苛的现实，逼得父亲自己到县城西北街邓瞎子那里去算卦，邓瞎子说父亲犯"七成薄婚煞"。建议回家买新针新线，破一破。父亲回家照办了。十天后，又来了媒人，与第七个癫痫女子相亲时借的礼服呢裤子，还没还回去，父亲就穿它再去相亲，这次，终于相成了。

相成的这个女人，就是我的母亲。

父亲说，娶不上媳妇的原因，是成分不好。他说，一九六四年苞米长到膝盖高，社教开始了。那一年，队里有三个四五年土改时被划为地主成分的家庭，上报了纠正成分申请。父亲当然也急不可耐地报了。后来另外两家划转成分申请批准了，一家由地主改为中农，一家由地主改为贫农。父亲很着急。后来他多次跟我讲这段家史的时候，还表现出当时绝望的神态。"当时我想，完喽，这下完喽，地主的帽子是摘不掉啦，心里憋屈得没缝。"父亲说此后不久的一个傍晚，外面下着大雪，社教工作队有个女工作队员叫张桂琴，突然到家里找父亲说："祖德贤，你跟我到大队来一趟！"父亲冒雪跟张桂琴来到大队，大队部里聚集了几十名群众。张桂琴进屋"唰"地撸下粉围脖，拿起笤帚疙瘩划拉划拉身上的雪，往炕上一撇说："祖德贤，今天开个第七小队的社员大会。你先说说，社教工作开展半年了，你有什么认识？"父亲胳肢窝里夹着帽子，稳稳神儿说："我认为开展社会主义教育是对的。这项工作开展得很及时，很受贫下中农欢迎，也为我们解决了很多实际问题，我认为很有必要。"张桂琴盯着父亲说完，看了一眼在场的群众，突然带头鼓起掌来，把父亲羞臊一脑袋汗来。掌声毕，张桂琴迅速地从口袋掏出一张纸来，然后用清脆柔美的嗓音说："祖德贤对社教工作认识深刻，符合划成分的要求。根据本人申请，贫下中农同意，经中共中央东北局批准，祖德贤一九四七年以前三年认定的地主成分与实际情况不符，从即日起由地主成分划为贫农！"父亲听了，激动万分，心里像开了一朵花。社教开始后工作队实行派饭，但地主成分的家庭不派。划为贫农后，工作队就到家里派饭了，父亲把工作队派饭到家里当成了很高的荣誉，虽然困难时期没什么好吃的，也吩咐母亲尽量做些可口的饭菜，招待高贵的客人。转年春耕前，生产队准备提拔父亲当组长，就是有威信，能带领社员干活打头的人。开群众会决定时，父亲说："谢谢组织和群众的信任。我本该应下来，努力干好，可是我怕我自己没准备好，思想上有包袱，干不好这个角色，所以暂时还不能接。"

父亲说，成分纠正后不久便与母亲成了亲。

母亲讲，结婚那天，父亲套四挂马车去接她。回来时在润津河南岸的草甸子里遇见了一个火狐狸，通红通红的，见了接亲车，就远远地钻进了柳条通，绕开了。

母亲多次说，狐仙相助，吉利。我每次听母亲讲，都半信半疑，想象狐仙的样子。不过，自从父亲娶回母亲，日子就一天天好起来了，并人丁兴旺，六年里，生下了我们三个壮小子。

我的第一个家是个尼姑住过的小马架。村子里原来有两个道士，一个许老道，一个田老道，原是一对恩爱夫妻，先后生养三个孩子都夭亡了，绝望伤心之下，岁数不大就商量出家当了道人。丈夫许老道住庙上一个大马架，村上富户又给妻子田老道另盖一栋小一些的马架，不是尼姑庵的尼姑庵，就自己住进去。据父亲讲，田老道是个小脚，与许老道依靠向地主化缘的两垧地租金生活。一九四五年土改那年秋天，小马架炕不好烧，冒烟，已经风烛残年的田老道自己到旁边的窖坑子里取土，准备和泥抹烟囱和锅台，结果窖坑子片土（坑壁土堆下来），坑底是积攒的雨水，田老道被砸进水里淹死了。田老道死后，许老道更加抑郁，寒冷的冬天不糊窗户，满头长长的白发，郁郁而终，冻死在大马架里。父亲说，那年他十岁，到大马架玩耍，许老道凄惨的一幕记忆犹新。田老道居住的小马架从此转手，先后住七八户，成为穷困农家的好居所。最后辗转到父亲的老叔，也就是我的老爷手里，老爷住了几年，搬到前屯姑爷也就是我的姑父家养老，见父亲成家后与奶奶挤在狭小的马架里可怜，便对父亲说："德贤，你对老叔不错，老叔走了没啥给你留的，小马架白给你，老叔一个子儿不要！"父母感动得泪流满面。

这，就是我一岁的家。

我生在"文化大革命"开始的第二年。母亲说，我天生就不让人省心。这几件不光彩的童年往事，总挂在她嘴边。

酱碗烫。那时我五个月大，还住在奶家的大马架。大马架是花五十块钱买的旧房套子，松木的，一大一小两根桄，几根柱脚，钉起"人"字形的檩子，上山采的"达子荆"（不知道是不是达子香花的荆条）勒房薄，用一分二一块的土坯，盖起来的。马架子暖和、省料，是北大荒这冻土地带的一大发明。一天傍晚，炕上端上刚烀出来的土豆，蒸得滚烫的辣椒酱。吃饭前奶奶和母亲到外面圈猪的工夫，我自己在屋里扒翻了炕桌上的酱碗，扣得满脸都是，左右袖口、胳膊也是，烫得嗷嗷直叫。奶奶着急用碱水给我洗了一下，结果右脸落下一块疤瘌。看不行，就采用民间的土办法——满屯子找大姑娘小媳妇的月经布，擦拭，也不见效。有一家此前用火盆烫死了孩子，剩下了香油，取来兑上白石灰，抹到脸上，一周就定痂了。据母亲讲，烫伤严重的时候我成天哭，眼睛都封喉了，满脸大泡，吃奶都成问题。被酱碗烫的事很小就听母亲讲了，好端端的脸上有一块不明显的疤，自然要问缘由。但我从来没有怪罪母亲，因为那时她只有十八岁。

水泡淹。搬到田老道留下的小马架居住，我四岁那年的夏天特别干旱，上午太阳像火盆一样烤着禾苗，我跟随母亲到井沿路南的一个大水坑提水浇芹菜。母亲提水走了，我在泡水边玩耍，估计是学着母亲的样子拿水瓢舀水，不小心，一头折进了水坑里。你想，四岁的孩子能有多高？水桶能伸进去的坑得有多深？我人掉进去就淹没影了。这个水泡子与村里一九六六年打的深水井相隔一条主干道，村里的兽医宋万福和表叔李德胜来挑水。平素，打完水就各自担回家了，偏偏这次两个人坐下来唠上了嗑。唠嗑间，发现路南水坑汩汩冒泡，俩人说刚才好像有个小孩在那里玩，怎么没了？是不是掉水里了？两个人急忙跑过去，一把将我从水里捞上来。母亲说，当时我被捞上来的时候，俩眼睛像蛤蟆似的，"呕呕"地往外吐水。父亲正在北地趟地，有人捎信儿说靠山七队有个小孩让水淹了，父亲怕是自己的儿子，扔下牛犁放箭似的往家跑（我想一定是那样的，三十二岁结婚得子，不在乎才怪呢），一进屋，见果真是自己的儿子，顿时吓傻了。我的脑海里也存储了当时那瞬间的影像——我脱光了湿漉漉的衣服，坐在炕上呕水，惊恐万状地对视着比我还紧张的父亲的目光。这一幕成了我人生的第一个记忆。据父亲讲，宋万福是佳木斯户，搬到前屯，后来母亲改嫁了，他落到西屯老丈人家，当了上门女婿，后来务了兽医，在大队给牛马看病，恩泽一方。宋万福小名叫"胡生"，之于我，不是胡生，他和德胜叔是我的救命恩人。

进城闹。母亲常讲的，还有一年冬天，一群鸡飞上仓房，我拿个木杆子驱赶玩耍，惊慌的鸡们纷纷飞下来，把我的脸抓得跟血葫芦似的，以及跟邻居李家的几个孩子打仗，让李三差点用扎枪头将眼睛扎瞎，这些枪扎眼睛、鸡蹬满脸血之事，不一而足。可能过于辛酸，母亲很少讲的却是一次进城闹的事。母亲说那时我还很小，第一次进惠民县城陪母亲卖鸡蛋，走到市场里，看见烙饼的，我要，看见卖骨头的，我也要。母亲没办法，就花五毛钱给我买了一块骨头在街上啃。母亲舍不得，二分钱一个馒头买三个，街边捡来丢弃的葱叶子，擦一擦，找一家饺子馆，再要一碗饺子汤，填饱肚子。母亲说，她非常后悔领我进城卖鸡蛋，我那次进城共花了三块钱的吃喝钱，远远超出我帮助多拷鸡蛋所卖的钱。母亲说，你第一次进城里，不给买好吃的哭啊、闹啊！心想下次我可不领孩子来了！那时一个鸡蛋九分钱，我十一岁，搭乘到县城拉羊粪的牛车。母亲说，回来时用麻籽竿打的粪帘子没勒住，路上颠簸散花了，她掉下来，大头朝下，只剩一只脚挂在车上，她狠狠地抓住一根绳子，上面有人拽，才拣回一条命。要不一丈多高的粪车摔下来，非摔死不可。

　　我的童年、少年就是在这样的贫困岁月中度过的。一个人的出身、生活背景，是解开一个人自卑与超越、拼搏与奋斗的密码。从贫困和时代背景出发，就不难找到一个乡下青年、底层青年进取的脉络……

第一章

若不是天意，我怎么偏偏碰上他？纵然他不是什么怪物，况且还是多年不见的老乡，但我厌恶他、恨他，碰上他简直是一万个晦气。

其实我跟他大仇小仇什么仇也没有。如实说小时候我们俩还是比较要好的朋友。转念回忆一下，便能想起我们一同去抓麻雀的有趣游戏。麻雀这小东西天天晚上钻进房檐里过夜，村里和我们一般大小的孩子，无时无刻不在打着它们的主意。我们这些没尝过苹果是酸的甜的、被父亲打一顿母亲用一块饼干便能哄好的孩子，死也想不出世上还有什么吃食能比烧麻雀好吃，黑黑的、糊糊的，吱吱冒油，连毛一块吞了，香！

他大我两岁，是抓麻雀的好手。每天晚上都有一群孩子跟着他，扛梯子的扛梯子，打手电的打手电，去干这种既不仁义也不道德的勾当。谁心里都明白，跟他搭伙干，准有麻雀吃。我个子矮，胆子又小，云梯往山墙上一蠹，就怕砸脑袋，躲得远远的。扛梯子我又扛不动，所以没人愿意与我搭伙。但他每次都领着我，抓一个麻雀也给我，多了就二一添做五。我不知道他对我为何这般好，觉得比哥哥还亲。

他们家是后来户，生活很拮据。那年夏天，我正读小学四年级。一天中午放学，他突然找到我。当时他穿着一件白粉笔一样颜色的家织布上衣，头发蓬乱着，像用泥糊过。天热得如下火一般，他满脸通红，淌着汗，敞着怀，红领巾攥在手里，嗫嚅了半天，对我说：

"峰脉，昨晚我娘病了，瘫在炕上冒虚汗，花先生说得喝汤药，给开了个方子，让我去抓药……"

他的话分明没说完，就垂下了头，右手拿着红领巾，在左手上来回缠绕着。一滴不知是泪水还是汗水掉在了手背上，登时一个小小的太阳从那里反射过来，直刺眼睛。看他那样，我真纳闷他就是往日活蹦乱跳、要强好胜的高乐天！他怎么了？我猜不出门道，鼻子一酸说："大娘的病好点没有？那汤药好使吗？"

"昨晚折腾一宿，可我……可我家没钱抓药。"他脸憋得发紫，"我们家连买盐的钱都没有了。"

"那你咋办呢？"

"我大（爸）去贾会计那借过了，他说得队长批条子，可……"

没等乐天把话说完，我撒腿就往家跑去。真该死，我怎么竟然忘记了父亲就是生产队长啊，他手里攥着全队几百口人的财路。

我跟父亲使的不是"枕头风"，而是"撒娇术"。那时生产队穷得很，一个劳动日还分不上两毛钱。父亲说："队里刚从银行借五十块钱，是准备买农药的。"他没说行，也没说不行。我磨了一顿饭的工夫，他才深深出了一口气，说先借给乐天家三块钱，治治再说吧。

有一天吃完晚饭，高乐天突然把我叫出去。我问他干啥他也不说，只是懵懂地跟他去了一个地方。

仲夏迟来的傍晚渐渐朦胧起来，大街上人影绰绰，看不清面目，偶尔听到村子里的驴叫和晚饭后闲得无聊者的吆喝声。我大惑不解，悄悄地跟在他身后窜着玩，过胡同，至村子后面。这里长着几棵小山似的大杨树，除了还有几个用过多年的土豆窖，几乎没有别的东西。

乐天把我带到一个废弃的土豆窖坑子边上，跳进去，不一会儿，就扒出一个破盆来，上面用纸壳盖着。我不知道这葫芦里卖的什么药，疑惑地接过盆子。他爬上来，轻轻地掀开纸壳，顿时，那盆里冒出一缕热气，一股酒糟不像酒糟，好像三伏天米饭馊的味儿，直向我扑来。我急忙捂住鼻子，"哎呀"一声，向后猛退，差点醮个腚墩。"你搞的这是啥名堂？"我一着急，竟把当天刚从老师那学来的"名堂"这个词用上了。

高乐天抓起一把那冒着热气的东西，神秘地对我说："怎么样，傻哥们，没见着过吧？"

我晃晃头。

"这就是烧酒。三天前我用酒糟做引子，再拌上豆饼面，加上水，在这里捂着。看，一会儿就让它出酒。这下我娘有病就不愁没钱了。"

我觉得神乎其神。他边说边从口袋里掏出一个小瓶，和一根打吊瓶用的胶皮管，一头插入小瓶嘴里，一头插进盆里，一手掐住一头，跪在那像抓蝈蝈的样子。"等着吧，一会儿保证出酒。"

天越发黑了。天边打着露闪。几乎看不见盆里的气了，可瓶子里一丁点酒也没有。

高乐天绝望了。他忽然起身一脚将盆踢翻，趴在地上大哭起来。后来他父亲来找他，知道他祸害了豆饼面，又扇了他两个耳光。

他就是这么个怪人。

夏天的绿叶渐渐地黄了，秋天到了；黄叶又无精打采地落了，一场大雪，送来了冬天。

庄稼一进场院，生产队就开始整班子。年年如此。白天社员们都在场院里干活，好好的。晚上就非常默契地分头行动，各自一伙伙聚在屋子里，烟雾缭绕，悄悄地打着手势，小声地研究。门外有人放哨，以防偷听。父亲是队长，家里聚人的时候最多。我不知道大人们想干什么，好像听他们说"派性斗争""那小子两面三刀"什么的。反正一到这个时候，我就发现队里气氛异常紧张，搞得人心惶惶，鸡犬不宁。母亲也总是忘不了煞有介事地对我说："出去不许乱说，不然看我掐肿你的屁股！"

高乐天以前到我们家来玩耍，父亲和母亲都很热情，有什么好吃的东西都给他，一点也不心疼。这阵子他来玩耍却被各种理由支走，怕他"耍耳音"。

难怪，那些日子晚上我去找高乐天，有几回都看他站在门外，不让我进屋。屋里好像有许多人在说话。

后来我才明白，他就是在"放哨"。

不久，父亲下台了。乐天他父亲当上了生产队长。

后来，学校上课不正常，老师领着带"红卫兵"袖标的学生，动不动就批判"地主分子"。乐天念初中了，分到了红袖标，但他把红袖标揣在口袋里，不掺和也不上学。落雪了，就背着笼子去滚苏雀儿。冬天还是照样扒房檐抓"大家贼"（麻雀），但我们之间像结了什么疙瘩似的，他不再像以前一样领着我加入捕鸟的队伍。到"小满鸟来全"的时候，他便用棍子撅着一串夹子，去松树林打"甯鸡"（斑鸠）。他娘说乐天下生时铺的是红鹅毛垫子，我就回家问母亲生我时铺的是不是红鹅毛垫子。不知孩子出生时铺红鹅毛垫子，长大能成为捕鸟好手的说法是什么时候根据什么流传下来的。

没过几年，高乐天辍学了。有一天我放学回家突然听说高乐天他们全家搬回关里山东老家，我的心难受了很多日子。后来才知道，原因在于高乐天他父亲不执行上级指示去修"大寨式"梯田，而被大队书记孟久公撤职批判，跟他父亲不对付的社员又群起而攻之，他父亲是个倔强的山东汉子，实在穿不起"小鞋"，收拾收拾搬走了。

第二章

北方的雪苍白得像被蹂躏了灵魂的少女的脸，与将要扼杀光明的夕阳形成鲜明的对照。

早晨我躲过了他。我没有理由不这样做。自从高乐天从村子里随家搬走以后，一晃儿几年杳无音信，好像靠山村压根儿就不曾和高家有什么恩恩怨怨。村里的人们似乎真的将他们忘记了。风吹雨打的日子又把年轮刻在了白杨树的节子上，父辈们的皱纹上。突然村子里有了这样的传闻：高乐天没回关里，而在惠民县城他大姐家里滞留下来，被一伙流氓拉下水，还蹲过监狱。此说愈传愈烈，有人甚至声称他在惠民看到了高乐天抡着两把菜刀与人厮杀，那血放箭似的流，他却连眼睛都不眨一下，那样子，凶得很。

我横竖是一个读书人，并不十分相信村民们的虚张声势，好像菜刀砍在了他们脖子上似的。可是呢，今天早晨我在上学路上突然看到了高乐天，长长的头发，粗粗的喇叭裤，那分明是流氓的样子啊。还有他那一伙人，都打扮得不人不鬼，大冷的天帽子也不戴，在柏油马路上等客车时，冻得抱着膀，跺着脚，一个个可怜得犹如几条冰天雪地里无家可归的野狗。

我的心情复杂极了。那里有一个曾经被我称作"亲哥哥"的人。可现在我却不敢靠近他。流氓让我恶心让我心惊胆战，天知道他们会不会找我的麻烦。我真懊丧碰到了他们，恨得要命，也怕得要命，自行车从另一条胡同拐进了学校——我巧妙地避开了。

我的心足足抖了一天。课堂上神不守舍可是一件危险的事。

"祖峰脉，什么是圆？"

数学老师用一双被高度近视镜透视得变了形的眼睛望着我。

"圆……圆是同一轨迹上无数个圈的集合。"

同学们哄堂大笑。

数学老师愣住了。那神态分明是为"优等生"所犯的低级错误吃惊。

老林镇离靠山村十五里路。中间隔着"敖龙沟"，以及流经沟底的润津河。沟南的老林镇虽不大，但镇中学教学质量闻名惠民，每年都有十几个学生考上惠民一中。惠民一中是全省重点高中，在人们眼里，如果考上惠民一中，就等于考上了大学。因此转到老林中学就读的学生很多，但有一条，没关系进不来。靠山村只我一人挤了进去，因为老林中学有个教政治的老师姓谷，叫谷明，老丈人家住沟北我们村。有这么一层关系，望子成龙的父亲就手里拎着两瓶酒、两包馃子，去沟南谷老师家求他。谷老师是出了名的热情好客，家里常年不拉桌，厨房总是备着凉菜，不管高低贵贱谁来了，炒两个热菜就喝酒。见沟北老丈人生产队的祖队长来了，谷老师自然不怠慢，一边吵吵着，一边摆上酒席，然后上炕盘腿坐稳了，谷老师豁牙漏齿、大嗓门地说：

"现在四面八方要来老林念书的学生推不开，搡不开，校长很为难，我瞅准机会去吹吹风，祖大哥只管喝酒，然后回去安心听我信儿。"

父亲没少喝酒，很高兴地回来了。时间不久，谷老师真把我从向阳公社中学转到老林中学了。靠山村历史上没出过大学生。为此村人对父亲的"惊人"之举议论纷纷，说划不来，穷山沟里的孩子生来就是扛锄头的命。父亲呢，也不分辩什么，只是回家对我说："二儿子，好好念书，考上大学，给爸长脸！"

奶奶对我讲，父亲小时候只读了两年私塾，就土改了，成了破产地主的后代，十几岁便去野外放猪了。但是父亲聪明过人，识的字能赶上一个小学五年级学生。生产队的财会知识是父亲后悟的，都懂，算盘打得飞快。就是现在，快五十的人了，还那么精明，只要从麦田边上一走一过，掐指就能算出今年小麦到秋能打几石。父亲当靠山大队第七生产队"革委会"主任、小队长，几上几下，可谓"宦海沉浮"，但不论咋折腾，斗志始终不减。队里有个大事小情，红白喜事，总少不了他到场。他能张罗又沉稳老练，火上房不着急，泰山崩于前而不变色，于是人们送父亲一个"祖大消挺"的绰号。能请动父亲给主持世故，是村里人的荣耀。父亲呢，也是有求必应，凡事都处理得周周到到，疏而不漏。"祖大消挺"远近闻名。就是大队上的头面人物，譬如大队书记孟久公，也敬他三分。每次遇到麻烦事，孟久公都忘不了找父亲聊聊。不论事多急，总是笑呵呵的主动迎上去，拍着父亲的肩膀，显得很亲近的样子说：

"老祖，你看今年的收成咋样，七队的定购粮任务能不能保底？"

"祖大哥，你看贾会计这人怎么样，把他派到八队当队长，够不够料？"

父亲这话听多了，并不怎么给下结论。父亲心里清楚，孟久公口蜜腹剑，小心上他的当。

父亲在外边有面子，在家里当然说一不二。大哥峰顶一上课就头疼，考试没及格过，用母亲的话说天生就不是一块学习的料。大哥生得瘦小，偏在学校里惹是生非，动不动就和人打一架，末了吃亏的总是他，不是耳朵被人打坏，就是鼻子被打成血葫芦。如果换一个家庭，大哥早就被开除了。吃一堑长一智的大哥，一次感觉战火将起，他便多藏了个心眼儿，将家里一把旧锉偷着掖到大队铁匠炉，磨成了尖刀，上学时别在腰里。没等发生人命案，就被老师发现了，找到家里。

父亲很恼火，当着老师的面狠狠揍了一顿大哥，书本全扔进灶炕里烧成了灰，大哥从此回家种田。

父亲之所以坚持要供我读书，母亲说是因为小时候一次瞎子算卦。我小时候特淘气，淘上了天，生下来四十天就"淘"，趁人不注意，从火炕上滚落在地，竟然没摔死——听说父亲三十二岁结婚得了一个大胖儿子，前屯五太爷来看我，正赶上我摔地上连哭带叫的一幕，急忙声嘶力竭地喊母亲：

"德贤媳妇，孩子掉地上啦！"

四个月大时，母亲做好饭端上桌去圈猪，我自作主张爬到桌前，"啪嚓"一声，将刚蒸熟的酱碗扒翻，烫得满脸起大泡。没药，就用偏方，先是獾子油，后来是女同志的月经布，烧成灰敷在脸上，三弄五弄总算没留下多大的疤瘌，只是左脸留下了一点我"英雄壮举"的印记——发现孙子被烫，奶奶着急，伸手去擦酱，"唰"地擦掉一块皮，落了块小疤痕。母亲说我被烫了痛哭不止，眼睛封喉了，嗓子哭哑了，咋哄也不好……

四岁时，跟母亲屁股后，到村中间那个大水泡子担水浇芹菜。母亲浇完一桶水，进屋给月科里的弟弟峰良喂奶，我好奇地拿起小盆，一个人跑到路对面的水泡子，学母亲舀水，"扑通"一声，掉了进去。后来得知，是村中央的那口水井救了我。确切说是到井沿挑水的宋万福和德胜叔救了我。那天两人去挑水，先后"嘎吱嘎吱"摇着井口上的辘轳把，绞上柳罐斗子"哗"地将水折进水桶，本应"忽闪忽闪"挑水离去，可两人却顶着炙烤的太阳站井旁聊起了天。鬼知道他们聊的是什么，也许德胜叔向大队兽医宋万福请教劁猪的学问也未可知。见水面上"咕噜咕噜"冒泡，德胜叔意识到出事了，急忙对宋万福说："大坑边刚才好像有个孩子玩，咋突然没影啦！"不等宋兽医反映，德胜叔一个箭步冲过去，把我从水里捞上来，像落汤鸡一样。长大后听母亲讲我落水的事，对德胜叔的救命之恩深埋心底。更感谢那口井，那口井要是浅，德胜叔几下就将水摇上来，挑水回家，可能就没机会目击我在水里吹出的水泡，当然也感激陪德胜叔聊天的兽医宋万福，不然我的小命也就呜呼哀哉了。当时父亲正顶着毒辣的太阳趟地，听路人说七队有个孩子掉水里了，不知是谁家的，父亲顿感不祥，扔下马犁杖撒腿就往回跑——我披着棉被，正坐在炕上湿漉漉地发抖，父亲丢魂丧胆进屋的一幕，成为我有生以来的第一次记忆。

还有一次，我拿着两米长的木杆子攻击仓房顶上的一群鸡，鸡们"嘎嘎"惊叫着纷纷起飞袭来，我不知躲闪，被鸡爪子蹬成了血葫芦……因为太淘气，不像哥哥弟弟那么老实听话，小时候没少挨母亲的掐。有一天，来了一个姓关的瞎子，左邻右舍缠着他算卦，关瞎子算卦灵，周围十里八村传得神乎其神。母亲就将关瞎子请到家，专门给我算了一卦，并向关瞎子历数了我的种种"前科"。关瞎子要了我的生辰八字，用文弱的手指掐捏半晌，最后对母亲说："你再别打他了，你这个儿子虽然不省心，可有'六和'之相，天地相合，人人相合，有官星，长大了能干点啥，你能借他力！"听了关瞎子的话，母亲很高兴，尽管困难，还是赏给关瞎子一升小米。后来，母亲果真没再碰我一个手指头。听母亲学了关瞎子的"神秘点拨"，父亲虽然半信半疑，却极其高兴，就将望子成龙的希望寄托在了我的身上，家里再有困难，也一心一意供我念书。我呢，渐渐长到了十六岁，也有了强烈的尊严，也有了美好的向往，决心好好读书，改变家里境况。于是起早贪黑，一天骑车子往返三十多里路，中午在教室吃口凉馒头，难以下咽就蘸口白糖，风雨不误坚持学习。努力见了效果。一九八一年夏天，初一期末考试我进入了前三名。父亲高兴得整整一个暑假没差我下地劳动，社员们在太阳的暴晒下除草，我却像老太爷子一样躲在家房后的树荫下看书。父亲还用卖肥猪的钱给我买一台崭新的"孔雀"牌自行车。每次骑它去上学，都有要飞的感觉。

小兴安岭脚下的十二月寒风刺骨。受西伯利亚冷空气影响，昨天夜里又落了一场大雪。晚上放学，我骑着"孔雀"，艰难地前行。冰天雪地上，寒风如刀子般从耳旁"沙沙"地穿过。

被冻得像红萝卜一样的太阳躲到西山后面背风去了，天色越来越模糊，回家的路上不见一个人影儿。

走黑道的时候多了，也就不觉得怎么害怕。假设前面有一只狐狸，我也会毫不在乎地走过去。或者，把车子骑得飞快冲过去，嘴里旁若无人地喊着："噢——噢——噢，我——来——喽——！"这是一种心理作用，也难怪，人勇气占了上风的时候，恐惧就会自动消失。曾经有一次，在放学回家的路上，我站在高岗上面朝山坡下面远远望去，大约一箭之地，一只狼横卧在路中央正朝我这边凝望，迷蒙的傍晚我却感觉到了狼那凶狠的目光。我毛骨悚然，双腿有些颤抖。谁知道那家伙几天没进一点食物，要真是尽起兴来，还不一口把我吞掉！

朋友来了有好酒，豺狼来了有猎枪。

豺狼有了，而猎枪在哪里？我赤着双拳准备成为一个英雄，但随即我还是成了一点也不敢动弹的狗熊！

黑暗带着恐怖渐渐向我压来。狼一动不动。

怎么办？我怎么碰上了这么倒霉的事？路上连一个人影儿也没有。发昏当不了死——我跨上自行车一路呼号着冲下山坡。等到了那起码增长了我十倍胆量的东西面前，才知道上当了：

原来那是一条过路的狗。

生活中很多事情都是自己吓唬自己。

现在的情况却有所不同。道路口模模糊糊出现了一个人影。那影子离我越来越近，等到了跟前我才发现那人为了避风在退着走路，并且棉夹克领立得很高。

就在那人回头与我对视的刹那间，我差点惊叫起来，内心的恐惧瞬间上升到极点，那是一只"老虎"！

人最悲哀的是在同一件事情上受到两次沉重的打击。奇怪的是这类事情经常发生。

一日里，我和高乐天第二次不期而遇了。

当你真正站在魔鬼面前的时候，你就不觉得恐惧了。我马上镇静下来。

我们跟两个乡村青年久别重逢时的情景一样，惊喜得不知所措。

我们的谈话很好，并非想象的那样矫揉造作。

"小成子！你什么时候回来的？"

"啊？小军，是你呀！长这么高了，模样变得简直认不出来！"

我们惊讶地互叫乳名，但看得出乐天不好回答我的问话，马上岔开话题和我热情地攀谈起来。"怪不得，一晃儿三年了，大叔和大婶他们都好吧？"

我知道"大叔"和"大婶"指的是我的父亲和母亲，他在我父母身边长大。

"都挺好的。乐天你这是去哪呀，有空到家唦。"

我不想和他把话题扯得更远，所以还是客套的语调。

"哦，不了，我还有事……"

我故意向晚霞消失的地方扫了一眼，然后说："乐天，天不早了，没啥事，我就告辞了。"

听到我的话，乐天急忙将抄着袖的双手拿出来，边摘帽子边说："你等等，正好我有事求你帮忙。"

等他摘下棉帽子我才注意到，早晨撞见时他并没有戴棉帽子，还有那件半新不旧的由绿变黄的棉夹克是哪来的呢？这时，他那烫过的波浪长发一下显露出来，开始有节奏地飘动。弱冠之年的他和三年前相比脸变得凶了，目光变得尖了，一切感到陌生，一点儿也找不见当年"亲哥哥"的模样，倒真的像流氓的样子。

这时高乐天正把那顶羊剪绒帽子拿在左手上，右手食指伸进帽檐里，像要从那里抠出点什么东西。我看着他小心翼翼地从帽檐里取出一张叠好的纸条，然后戴好帽子说：

"请你把这封信捎给孟雪姑。"

"孟雪姑？"我疑惑。

"对，就是孟书记家的二姑娘。你不知道吧，我们是恋人。这次我回来就是找她，如果没什么变动，我准备带她走。三年了，就因为恋着她我没有回关里，如果不是受我大影响全家搬出靠山村，可能我和雪姑早就……"

说到伤心处，乐天身子有些抖，眼睛有些湿润，他镇定一下接着说：

"雪姑肯定也在恋着我。二十多年前我大领着我妈闯关东，在靠山村定居后生下了我。辛辛苦苦干了那么多年，没承想结果会那样惨，临走的时候你不知道，连一个送行的人都没有。但是雪姑来了，她听说我们家要搬走，自己偷偷哭了一夜，第二天在村子西边那片松树林里等我……真的，如有一点可能，我肯定不能走。可是不行，我大干了二十多年都完了，我一个黄嘴丫子没褪净的小孩子，怎么能斗得过孟久公？他能同意把女儿嫁给冤家对头的儿子？想来想去，我还是不得不走了，临走，雪姑哭着塞给我十块钱，那是她仅有的私房钱……"

高乐天的泪水涌了上来。

"我大骂我是个不孝的东西，怎么能和一个冤家的闺女处对象。我当时没有一点力量申辩，你知道，那是没用的。等到惠民火车站，我就偷着溜了，再也没回家。我寻思只要自己有了一笔钱，就把雪姑接走。不料挣钱的路太难了，城里根本没有咱们农民挣钱的地儿，村里谁不知道下学生门我就没咋着家，三天两头往城里跑，小打小闹的生意也做过，外面的事情也了解一些，那我都没找着落脚的地方，那些整天蹲在田野里顺垄沟找豆包的社员，就更甭提啦！城里和咱农村是两个不同的世界，像铜墙铁壁一样，谁也别想迈过去。雪姑给我的十块钱几天就花光了，我也没有找到混口饭吃的地方。说白了，城里人瞧不起咱们乡下人，根本不给咱们机会！后来我在县城赶马车拉脚的大姐夫家又拿了不少钱，可迟迟没找不着出路，我绝望了，对生活失去了信心，于是我就……"说到这，高乐天难为情地表现出一言难尽的样子，仰头看了一眼灰暗的天空，接着说："于是我就抽烟、酗酒、游逛街头，不知不觉交下了一帮不铁哥们。我被他们口袋里大把的票子吸引了，就跟着他们干了。他们还给我起了个外号，叫我'瘪高'。时间一长，我也就习惯了。那里水性杨花的'鸡'有的是，'老大'给我物色了好几个，我却一个也没扯……我把担惊受怕弄来的钱除了上交'老大'外，余下的偷偷藏在大姐家，心想有朝一日，一定要把雪姑娶过来。"

　　说到这，高乐天的表情更加复杂了，我仿佛感觉眼前有一座火山在喷发，焦灼而潮红的岩浆，烤得我浑身灼热、紧张——渐入冥暗的天色之下，我反而清晰地透视了一个追求美好生活的人所经受的心灵创伤。"火山"喷涌完，沉寂了一下，他似乎想起了什么，突然问道："峰脉，你缺钱不？"

　　"不缺。"一丝警惕掠过我的脑海。

　　他似乎察觉了，马上又转入了正题。"不管你怎样想，看在我们曾经是好朋友的份上，你就帮我这一次吧，说啥也要把信送到雪姑的手中。"

他简直判若两人。刚才"虎"的感觉消失殆尽。他的眉头紧锁着，嘴巴半张半合，目光凄凉，一副哀求的样子，这使我突然想到那次他娘有病他借钱的样子。

我还能说什么呢？惊愕、理解、同情、无可奈何，一起朝我袭来。望着乡下消失的背影，我神情恍惚着，心里风魔中的黄昏一样怅然。我摸了摸手闷子里的那封信，滚烫滚烫的，像一枚炸弹。

第三章

　　提起孟雪姑，周围十里八村无人不知，无人不晓。她是大队书记孟久公的二女儿。她杨柳细腰、高高的个儿，走起路来一阵风似的，别说小时候玩"钉丁子"游戏我们追不上她，就是后来去惠民县城开运动会，能跑过她的也没几个。她天生一副笑面，如果能从她脸上找到愁容，除非是把"笑面"和"愁容"的含意弄翻了个。她的那双眼睛无时无刻不在对她的性格进行描述，似一泓清水，活泼潇洒、落落大方，没一丝扭捏的天性从那里流淌出来，时不时还"叮咚"作响。

　　孟家和我们祖家虽然称不上世交，但的确是东西院住了多年的邻居。遗憾的是，两家却没有联姻的历史，大概是"远来的和尚会念经"的原故吧，雪姑的五个姑姑，除了老姑翠芝嫁给了复员军人王守礼，其他四个姑姑两个嫁到润津河南岸，两个嫁到鹅头山北很远的地方去了。

　　雪姑两岁那年，母亲生下了我。从我懂事开始，雪姑就是我的"老搭档"。两家中间的院墙只有膝盖高，我们一抬腿就凑到一块，藏猫猫、钉丁子、过家家……童年的生活浪漫至极。后来我们渐渐长大了，知道了害羞，就不在一起没深没浅地玩了。再后来我就和高乐天他们打成一片。再后来她上学了，我也上学了，虽然小她两岁，却在同一年级，又成了同学、同桌、同路人。记得我上学后的第一个玩笑是跟她开的：

趁下课她不在课堂，我就偷偷把她文具盒里的铅笔和小刀藏起来。上课时她发现铅笔和小刀不见了，找了半天，急得哭起来，我才拿出来。她第一次"瞪"了我一眼。老师为此又罚我站了半堂课。

当我考到向阳公社读初中的时候，她却辍学了，再没有昔日的同学、同桌、同路人。比起一天书没念过的大姐雪芬来，雪姑虽然幸运，可还是误上了两年学，这缘于孟久公重男轻女的思想倾向。一次隔着墙头和父亲聊天，孟久公说："老祖啊，还是你命好，你家老二看上去就球儿，将来能有个出息，我家雪姑一个丫头蛋子，没啥前途，小学念完会算个账，就让她下来干活，跟她妈学学缝缝补补，将来出了门子，能撑起一个家，我就知足了。"

面对孟支书的不显山露水的夸奖，父亲脸上掠过一丝骄傲，笑道："不要紧，将来咱俩家嘎亲家，让雪姑做我儿媳妇！"

当时我在门口偷听了，觉得脸上发烫，心"扑腾扑腾"猛跳。我屏住呼吸听孟久公回话，不想那老滑头只是尴尬地笑了笑，就把话题岔开了。

岁月不待人。一九八一年，当我初一下学期从向阳中学转到老林镇的时候，孟雪姑已经下地干活了，春播时，生产队用马犁杖扃地（豁开垄台播种），她跟着成年妇女一样踩格子，秋收割小麦，她拿"半拉子"，她的生活换了一片天地。那时她已经是十七岁的大姑娘了，早熟的她身材高挑、臀部浑厚，乳峰日渐隆起，一起下地的小伙子们，这才发现他们身边陪伴着一位天仙，为日出而作、日落而息的单调生活带来了无穷的力量和欢乐……

我呢，由于学习紧，新转的学校离家又远，来来去去起早贪黑，心里虽然放不下她，却很少相见，一段时间见不着，就像丢了什么。但是呢，偶尔在街上或某种场合遇见了，除了心里"扑腾扑腾"跳，一句话也说不出来。反而是雪姑，依然笑面一张，大大方方与我搭话。直到那年春天，突然有一天，我放学回来发现她家搬走了，搬到后趟街一栋新盖的"一面青"（墙脸用砖砌的土坯房），我难受极了，好像再也见不着她似的。这时我才猛然醒悟，她在我心里的位置是那样的重要，那样的不可替代。就在那一瞬间，我感到自己长大了，有一种说不太清楚，但很美好的东西藏在胸中，那种东西常常会使我心激荡漾，犹如埋在心里多年，一直没有发现的金子，突然光芒四射起来。我陡然晕眩了。以至后来，日子久了见不到她胸中就有一种痛苦的东西折磨着自己。

如今，高乐天像从天上掉下来一样，居然坦诚地说他和雪姑已私订终身……这，这种情况我该如何处理口袋里这封棘手的信？

在父母的眼里，我毕竟是个孩子。我身上的许多新变化，尤其是心理变化——青春的萌动——掠夺成年人所独有的情感萌芽，他们还丝毫没有注意到。

但青春的萌动是无法约束的。

冬至将近，昼短夜长。我摸着黑，一路忧心忡忡地回了家。又冷又饿的我，拎书包进了屋，感到身体特别乏累。猫冬时节，为节省粮食，农家习惯了吃两顿饭。我路遇高乐天耽搁了，家人饿得等不及，先吃了。晚饭后大哥峰顶去挑水，弟弟峰良去玩耍，大长夜的，父亲也没什么事，就去后院花先生家聊天了。花先生大号李明世，早年是靠山村的赤脚医生，不仅通中医，又习《周易》，懂一些占卜之术，因扎天花出了名，人们尊称他"花先生"，在鹅头山脚下甚至流传着"花先生一到，胜过灵丹妙药"的说法。李明世一九六四年被选到向阳卫生院当大夫，家一直住在靠山。每天上班步行，早去晚归，各用去半个小时。家人建议他买台自行车代步，他却振振有词地说："世上最好的锻炼方法，莫过于走路，通血脉，养心脏，利呼吸！"花先生与父亲聊得来，不是父亲到他家，就是他来到我家——瘦高的花先生微微弯曲着腰，进屋来二话不说，脱鞋就坐进炕里，不等气喘匀，便呼哧着掏出烟口袋，卷旱烟卷。父亲每次递烟笸箩，他都拒绝。父亲说："到你家抽你的，到我家抽我的，这样老舅就见外了。"李明世说："一家饱满千家怨，不贪不占得清闲！"时间长了，父亲就由着花先生。因花先生博学多才，对问题有独到见解，成了父亲的良师益友。

母亲给我盛一碗冒热气的小米豆粥，筷子放到我的眼前。母亲一定想我会像平素一样狼吞虎咽，因为母亲知道我最爱吃豆粥。家里没有什么好吃食，心灵手巧的母亲总是调样做。

我半天没动筷，坐在炕沿上无精打采的样子。母亲问：

"怎么了小军？"

我没反应。

"不行先倒下眯愣会儿，我把饭给你放锅里热着。"

见母亲要下地，我急忙拿筷子喝起粥来。母亲往前推了推菜盘子，我就把筷子伸过去，夹了一口，才看见是酸菜炖土豆，里面还有几疙瘩肉星儿。不年不节，很少能见到肉，这分明是母亲看我学习辛苦给预备的"小灶"。我眼里裹着热浪，喝了一碗粥，就撂筷了。这只是我平时三分之一的饭量，另外三分之二呢？

母亲看在眼里，有些不安。"峰脉，你到底哪里不得劲？"

"没有。"我的声音弱得像蚊子。

母亲见我有些不耐烦，没再追问，穿鞋下地，麻利地收拾桌子去了。

我身子一侧歪，躺在了炕上。火炕很热，像个火盆压在身下。迷迷糊糊的，我睡着了……依稀见高乐天出现在学校门口，喇叭裤拖地，长发风中飘，身旁跟随几个同样打扮得洋里洋气的人……接下来，我的一帮同学不知怎么就与高乐天他们厮打到了一处，喊杀声震天，我吓得哆嗦着去喊老师，可是怎么敲门老师也听不见，只顾在窗户里面批改作业……我猛地打了个寒战，把一旁纳鞋底的母亲吓一哆嗦，急忙叫我："醒醒，醒醒，是不是又做梦了？"这时我才发觉自己睡着了，连热带吓，浑身湿透了。

稳了稳神，思绪又涌上了脑海。我眯缝着眼睛，心想：看来这封信送不送不是一件简单的事。

事态很明显，是我充当"第三者"，插一杠子，还是甘心被突如其来的"第三者"插一杠子？我暗自庆幸，信落到了自己手里，如果乐天路遇的人不是我落到别人手里，不消说，乐天和雪姑分别三年之后，顺利接头，然后就……辗转反侧，我又怀疑起来，高乐天说的就那样千真万确吗？这封信真能使我暗恋多年的意中人，被抢走吗？谈恋爱，私订终身，这一系列的新观念在我们这个村子里是多么陌生啊！村子里的婚俗有史以来皆是媒妁之言、明媒正娶的天下。乐天和雪姑能打破传统，有情人终成眷属？据父亲讲，高乐天的父亲是被孟久公逼走的。一对仇家能结成儿女亲家吗？再说，高乐天混成了惠民街面上的流氓地痞，要面子的孟久公怎么会接受……

一连串的问号使我沾沾自喜起来。我的爱不能被一个流氓抢走，雪姑本人也不会接受的！内心里爱的自私占了上风，使我突然变得不可一世。对！毫无疑问，我要把信扔进灶坑里烧掉，烧掉这个流氓的自作多情！

需要向读者朋友介绍一下的是，我的学生生活很单调，除了课本，几乎没有读过什么课外书籍。也许是天赐良机，我偏偏读过一本叫作《恋爱·婚姻·家庭》的书。这本偶然闯进我生活中的书成为我情感的导师，也促使我过早步入了成熟的年龄——它使我懂得了爱情的美好，我迷恋书里一个个感人的爱情故事和一句句表达爱情火花的箴语名言。生命诚可贵，爱情价更高，若为自由故，二者皆可抛——革命战友周文雍和陈铁军刑场上的婚礼，更是使我热血沸腾。

怕被别人发现，我一个人藏在场院的谷草垛里，滚烫着脸颊，偷偷将火辣辣的《恋爱·婚姻·家庭》看完。这部村人眼中的"禁书"上的不少好句子、好段落，一些醍醐灌顶的"进步语言"，我还用小方格本做了摘抄。"第三者"这个名词，我就是在这本书里看到的。

那么现在，接受过"爱情教育"的青年，回味起书中"爱情是走在前面的尖兵的脚步"一类语句时，心情突然变得开阔了——毋庸置疑，高乐天和孟雪姑即是靠山村里走在前面的"尖兵"了，他们是敢于挑战世俗和落后思想的"英雄"。尖兵们、英雄们有什么理由不获得到他们本应获得到的美好爱情呢？这样看来，自己岂不成了扼杀"尖兵"和"英雄"美好爱情的无耻小人，成了自私自利的让人戳脊梁骨的"第三者"……

人有悲欢离合，月有阴晴圆缺，此事古难全。现在，分别的人回来了，我有什么理由不去当好"红娘"，反而去想入非非呢？

成全，是我的不二选择。有生以来我在情感问题上第一次做出了一个决定：放弃自己一厢情愿的情感，成全他们美好的恋情！

做出这个决定显然是极其痛苦的，因为那意味着延续多年的暗恋即将终结。

就在做出这个决定的一霎间，我突然感觉自己伟大起来——在这个世上，有多少美好的爱情因为恶人从中作梗，不明不白地夭折。何况，"利剑"就攥在自己手上，像《白蛇传》里的法海一样，斩断白娘子与许仙一样的爱情，易如反掌……

我们这个村子，自由谈恋爱是从来没有的，就是姑娘小伙稍稍有些不正常的来往，都会传出一些流言蜚语，人们会指着姑娘和小伙的脊梁骨说：

"他和她在处对象！"

"啧啧，这会儿的年轻人，真不知道害臊！"

如果说有过恋爱的故事，也是发生在下乡知青聚集的青年点里，他们有的来自上海，有的来自北京，有的来自县城，有文化，观念新，又都是情窦初开的年龄，时不时传出一些绯闻，但是很少有结果的。随着知情返城，大多曲终人散……

在封建世俗的环境里，我要亲自给雪姑送信，如果泄露风声，村民还不知议论什么呢！

我为此一筹莫展。

第四章

深冬的夜晚，村子里不时传来狗叫声。我与母亲打了招呼，从坐落在村西端的家中出来，径直朝村里走去，脚踩在雪地上，发出"咯吱咯吱"的声响。村中央的水井旁，是我的表叔李德胜家，他是我奶的叔伯侄子。他的大女儿秀萍与我同辈，长我两岁，我自然称她秀萍姐。秀萍姐与雪姑关系要好，形影不离。表叔表婶人缘好，家里"招人"，每到"猫冬"时节，像开店似的，到家里打扑克的，下棋的，抽烟、喝茶闲聊的，来的都是客，每年一入冬，表叔表婶就备好扑克、象棋、旱烟和红茶，将三间屋子烧得暖烘烘的。表婶愿意玩牌，弄那种叫"看对和"的玩法，天天围着炕桌四周，正襟危坐，四人一伙，大小动些输赢。表叔象棋下得好，村里博弈高手都愿挑战他，人多时，他便礼让位置，或下来观战，或陪着不会打扑克、下象棋的人喝水，抽烟，聊天。有时我学习学累了，就跑到表叔家看热闹，听收音机。刘兰芳讲的《岳飞传》，我就是在表叔家有滋有味听完的。

我想，到表叔家找秀萍姐转信给雪姑，不失为上策。

凑巧，雪姑正在表叔家与秀萍姐闲聊。进屋与表叔表婶打过招呼，雪姑冲我嫣然一笑，风趣地说：

"是啥风把'大学生'给吹来啦！"

"是西南风！"我笑着坐在了炕沿上。

气氛稍静之后，我偷偷瞄了雪姑几眼。见她继续和秀萍姐粘在炕沿上，小声聊着女孩的心事。灯光下的她，褪色的小花格棉服，配着脖颈上的白围巾，显得格外漂亮秀气。但不知怎么的，这时我心里兀自产生一种奇怪的感觉：雪姑水灵灵的一双眼睛和笑面孔变得不真实了，脑海里还有一个声音对我说：还美呢！你的秘密我全知道啦！继而内心里又开始做斗争："她与乐天谈恋爱是真的吗？"

我表面沉静，其实内心已有些慌乱了。

过一会儿，表叔家陆续到齐了打扑克的人，可能雪姑觉得该给玩牌的人让出地方，便起身张罗回家。秀萍姐送出门，我顺势也跟了出去。待赶上雪姑，因天黑眼睛冷丁不适应，我看不清她的脸，所以说下面一段话时声音尽管压着，但分贝其实依然很大：

"雪姑，乐天给你捎来一封信！"话音未落，我一下将信塞给她，触碰她手指的瞬间像过了电一样，接着我又说道："乐天让你明天上午十点到惠民站前商店找他，他说他在那儿等你！"

虽然从窗户透出来一束灯光，可我还是看不清她的表情。但接信时我能感觉到她仙女般的手指略略发抖。

"噢，谢谢你了。"她声音微弱，但暗藏惊恐。她迟疑一下接着还想说点什么，可欲言又止，然后手里攥着那封信，踉跄脚步消逝在冬夜里……

我又回屋，为南炕上一伙打扑克的人观战。

过了有半个小时，表叔家外屋门"咣当"了一声，接着里屋门"嘎吱"被轻轻推开，雪姑十四岁的妹妹雪花探头探脑地进来，问道：

"我姐在这儿吗？"雪花手把门拉手，身子贴门，眼睛怪异地四处搜寻。

"刚走啊！"秀萍姐即刻迎过去答道。

雪花一句没多问，转身"嘎吱"带上里屋门，"咣当"一声关上外屋门就离去了。

我心里顿时"咚咚"打起鼓来，雪花找雪姑干什么？不会是给雪姑送信一事泄露了吧？不会，这才多大工夫。我立即否定了自己。

大约又过了十分钟，大哥峰顶也突然来找我：

"峰脉，宿里有人找你！"

看大哥紧张的神情，我预感事情有些不妙。出了屋，我急忙问："大哥，谁找我？"

"孟大下巴！"

我的心"扑腾扑腾"跳起来，因为孟大下巴是雪姑的二叔。"他找我干啥？"

"说要什么信。"

天哪，雪姑家怎么这么快知道这事了？秀萍姐和雪姑关系要好，不会泄露出去，她也一定知道这不是闹着玩的，再说这信刚刚交给雪姑不足一个小时，秀萍在家哪也没去啊……我紧张得出了一身冷汗。

我怀揣小兔子回到家，发现大下巴孟久林在座。日光灯下烟雾交融。父亲劈头就问：

"你给雪姑捎一封信？"

"是。"

"信呢？"孟久林在炕沿上一下坐直了，瞪大眼睛，吊着长长的下巴问。

我立刻明白既然孟大下巴来家索信，说明雪姑还没向家人"交代"信在她手里。为此我灵机一动答道：

"信在我这。"

听说信在我这，孟大下巴面生难色，吞吞吐吐地说：

"是高乐天……捎来的信吗？"

"是啊！"我直面以对。

没等孟大下巴再问，炕沿上抽烟的父亲，感觉我要惹出乱子，扭头对炕梢的孟久林呵斥道：

"大下巴我告诉你，我打开窗户说亮话，你们老孟家那些破鞋烂袜子的事少跟我们老祖家掺和！"

父亲突然"撸了"大下巴，大下巴虽然是大队书记的弟弟，但县官不如现管，多年惧怕父亲这个小队长的威力，他没敢再追问，起身啪嗒啪嗒屁股溜走了。

孟久林刚走，我马上向父亲交代了乐天来信已交给雪姑的实情。

父亲脸上明显挂着不悦，但克制着没再批评我。父亲可能认为我不过替别人捎了一封信，没什么大不了的。而我的心里却抽得紧紧的——虽然撒谎说信还在我手里，以减轻雪姑家庭对她的压力，但我很纳闷，送信一事怎么这么快就泄露出去了呢？

第二天，我在深深的自责中度过一个恍惚的上午。老师在课堂上讲得什么似乎不重要了，重要的是雪姑她怎么样了？父母打骂她没有？她去县城与乐天约会了吗？我平生第一次感觉自己陷入了一次情感危机，一次与己无关、却又无法放下的情感危机。

"祖峰脉，外面有人找！"

下午，第一节课刚开始，有着一双大眼睛的女英语老师就叫起了我的名字，照旧是那种个矮声高的喊叫。这种与生俱来带有杀伤力的喊叫使同学们人人发威，英语课堂上从来都鸦雀无声。

我快步来到教室外，很远就看到高乐天在学校青砖瓦房的西山头等我。

"乐天，你怎么来了？"

"信送到了吗？"他反问。

"信？啊……送到了。"我有些慌张。

"雪姑怎么说的？"

"她什么也没说。怎么，上午她没去找你？"

"没有。"乐天似乎知道了什么，若有所思地低下了头。

我将咋晚亲手将信送给雪姑的过程学了一遍。当然，但信被雪姑家莫名其妙发现的事我只字未提。

思忖半天，乐天说："谢谢你了峰脉，麻烦你把这封信再交给雪姑。"说完，乐天把一个粘好的白色信封递给我。我接过信，像接过火炭一样。几乎在我接过信的同时，高乐天转身离去，长发、喇叭裤渐渐消失。

"那你……"我立在那，发出蚊子一样的声音。乐天当然没有听到，被爱情缠住心结的人也不屑听到。我怔了半天，忧心忡忡回教室接着上课去了。

老林镇距惠民县城仅十八里，客车半个点就到。看来乐天上午没等着雪姑，下午就来问个究竟。乐天从我这里知道了他想知道的答案，心情沉重地走了。我也从他那里知晓雪姑并没有去约会——她失约了。

在得到雪姑失约消息的一霎间，我突然意识到这个消息对自己如此重要。如果说原来只是有好感，或朦朦胧胧的暗恋，一天前还可以像个绅士一样为"爱情的尖兵"传递"飞鸿"，那么此时此刻，我越发感到雪姑在自己心中的位置已是不可或缺。因为这一天，"失去"她我魂不守舍，而刚刚得到她与乐天失约的消息，我浑身的血液立刻沸腾起来，有种东西在躯体里开始剧烈燃烧……

一夜之间，我隐隐感到，一个英英少年对倾慕已久的姑娘的情感发生了质变——我敢断定，那种美妙的变化在每个身处青春期的人身上都会悄悄发生，虽然那种美妙的感觉常常不为外人所知。

是的，我承认，我的的确确爱上雪姑了。

晚饭后，我急忙跑到德胜叔家。没等我坐稳，秀萍姐就慌忙地把我叫到厨房，悄悄跟我学了昨天的经过。原来，隔墙有耳，昨晚我将信送给雪姑，并且告诉她与乐天约会的消息时，表叔家的邻居、雪姑的老姑父，外号叫"王大炮"的王守礼正在茅房解手，那茅房与表叔家的院子仅一墙之隔，黑灯瞎火谁也没注意王守礼的存在。王大炮听说高乐天找孟雪姑约会，本来屁股冻得拔凉，不禁又打个冷战——这还了得！那东西听说已经学坏成流氓地痞了，妻侄女怎么能跟他混到一起！想到这，王守礼赶紧提上裤子跑到大舅子家送信儿。孟久公正坐在炕上喝着红茶，入迷地听广播匣子里刘兰芳讲《岳飞传》，听完妹夫的报告，孟久公像吃了枪药，把广播匣子往炕里一推，"腾"地一下从炕上蹦到地上，气急败坏地喊叫正在西屋跟大姐雪芬学织毛衣的小女儿雪花："快去快去，把你二姐叫回来，叫回来看我不打折她的腿！"

这就是为什么雪姑昨晚还没到家里，家里就炸锅的原因。

"后来呢？"我急切地问。

"雪姑没有承认她和乐天谈对象，也没承认有什么信，他爸气得扇她一个耳光，她哭了半宿，一夜没睡。你知道，三个闺女孟书记最疼爱雪姑了，他常念叨说老大雪芬老实厚道，但嘴笨；小闺女雪花口齿伶俐，但得理不饶人。倒是二闺女雪姑，落落大方，办事得体，长这么大孟书记没碰过她一根儿手指头。要不是真急了，怎么会动手？今天上午我去看雪姑，两个眼睛都哭肿啦！"

听秀萍姐一学，我的自责感又升腾上来，好像孟久公的那一记耳光，打在了我脸上，火辣辣的。不行，不能再出意外啦！我再次摸摸口袋里已被捏得发黏的信，心想第二封信我要绝对保密地交给雪姑，并且找机会向雪姑当面道歉自己的不慎。

我把自己的想法讲给秀萍姐，秀萍姐答应帮我联系雪姑见一面。

第五章

　　靠山村坐落在小安岭余脉的南麓，润津河的北岸，丘陵地势，起伏绵延，草甸子横亘期间，岗地、涝洼地居多。整个靠山大队共管辖十个生产小队，按顺序两个生产队合建一个自然屯，南面的一队、二队，三队、四队，沿河北岸而建，各居东西。北面的五队、六队，九队、十队依山而建，各居西东。我家所在的七队与八队为一个自然屯，在高岗上，为五个自然屯的中心，首脑之地大队部就建在了村西端。历史上，润津河北岸三四队这个屯子，老名叫"祖家窝棚"，据说因当年我们祖姓人家到此开荒，盖窝棚栖居得名。据父亲讲，清末，河北保定有一户姓荣的人家，与我们祖姓的先人住邻居。后来荣家闯关东逛游到嫩江边，落脚卜奎城，渐进发达，诗书继世，后人干上了西满警察局长的肥差。荣局长手中有权，四处跑马占荒，成了乌裕尔河一带有名的荒揽头（占有荒地较多的人）。再后来祖姓先人的子孙不知何故也从保定闯了北大荒，扑奔了卜奎城姓荣的邻居。荣局长穿着黑色警察服，戴着大盖帽，在气派的办公室里用手向东北一指说：

　　"离这三百多里地有一条乌裕尔河的支流，叫润津河，润津河的北岸地肥水美，我那儿有一处窝棚，你去打听打听吧，周围几百里不管是平头还是土匪，没有不知道荣家窝棚的，荣家窝棚北面的荒地你尽管占！"

于是祖姓先人的这位子孙也就是我的祖太爷便来到这里开垦荒地，耕地面积渐渐扩展到北至鹅头山，南至润津河，西至荣家窝棚，东至"老等沟"，方圆几百里，"祖家窝棚"成为名扬一方的大户。父亲习惯地说："善意人教，久而敬之。到了你爷这辈，哥六个数你爷忠厚善良，深得雇农的好感，但在你太爷那里不得烟抽，你后太奶再吹枕头风，吹得几乎净身出户，被撵了出来，辗转四处，居无定所，几年后搬到七队一个破马架子住了下来。后来土改，祖家划为地主成分，另外五股很多遭难，咱们这股老百姓口碑好，一九六四年社教开始不久，就经中共中央东北局批准，改为了贫农。"

每次说到这，父亲的脸色都很难看，半晌低头不语。一旁的母亲总是插话说："成分不好，谁敢把闺女嫁给你们老祖家！我是被骗来的！"

父亲跟母亲订婚时三十二岁，母亲才十九岁。父亲年轻英俊，索性瞒了五岁。每次听到父母这段五味杂陈的婚史，我都不置可否。母亲不止一次地对我说："那时候没有电话，如果有电话我和你爸就黄了，听说你们老祖家是地主，你姥爷再想撵不赶趟了，老媒婆已经把我领到靠山啦！到你们老祖家进院一看一个破马架，穷得叮当响，啥也没有，你爸可会说了，要啥给啥，等结完婚啥都没啦！"父亲却满脸得意地说："俗话说娶媳妇红毡铺地，到家后地老山光，咋地？不瞒岁数、不答应买东西你能来？你也不傻不茶的！"

据父亲讲，七八队这个自然屯老名叫"庙李屯"，是花先生李明世的爷爷第一个在此建庙立屯得名，一百多年发展到现在百十户人家，其中一半是早年闯关东来的坐地户，一半是新中国成立后搬来的山东人。山东人能吃苦，会过日子，坐地户好吃懒做且自高自大，天长日久，山东人的日子都比坐地户过得好。尤其比起孟大下巴这样的累赘户，更是天上地下。坐地户不服，背后还指指点点骂人家"山东棒子"。

父亲曾经讲："对于后来户，生产队流行一句话：一年勤勤二年懒，三年就把队长管！而这些山东户，种庄稼有一套，任劳任怨，轻易不耽误工，工分挣得最多。年底分红，队里剩钱户，准是山东人。"有时母亲在一旁插话说："你知道山东人咋吃饭？做菜不放油，捞完米饭用米汤直接下窝瓜炖。"

通过父母的讲述，我渐渐听明白了，靠天吃饭的农民，"排外"的情绪终究改变不了现实：抓农业搞生产不如山东人有本事。为此他们选择山东人当队长，高乐天的父亲就这样顶替了我父亲。高乐天的父亲很争气，当年将第七生产队的分红翻了一番。要不是后来乐天父亲顶着不组织社员去修"大寨式"梯田，被孟久公抓了典型，撤职后待不下去跑回山东，现在父亲也不能重新上台，再当上小队长。

孟久公是大队书记，管十个生产小队，在村民心目中，他就是"土皇帝"，"公主"私下谈对象已伤风化，找的还是一个小流氓，你说孟久公一张尊贵的猪肚脸往哪搁？这些日子，孟久公像热锅上的蚂蚁，急得团团转。一面叫人看着雪姑不许出门，一面利用他手中的权力，集合民兵，白天黑夜轮流站岗，怕高乐天带人来犯。

好像战事来临，村子里的空气骤然紧张起来。

孟雪姑和高乐天谈恋爱的消息像长了翅膀，在村里迅速蔓延。猫冬时节农民没什么营生，除了听有限的几台收音机，总算有了一个打牙祭的话题。这个非同寻常的话题像生了磁性一般，男男女女、老老少少都喜欢拿它嚼舌头。

"啧啧，听说孟书记家的二闺女跟一个流氓处对象了，真不要脸呢！"

"啥流氓，就是七队干掉蛋儿、跑回关里家那个高队长的大儿子！"

"还不一样，你以为流氓是从娘肚子里胎带来的？学好不容易，学坏还不快！"

"俩人啥时候搞上的，高队长搬走有么几年了，难道俩人穿活裆裤时就嘎达上了……"

"咯咯咯……哈哈哈……"

"哼，装什么正经人，狗起秧子，老母猪打圈子，你看哪个用教？你刚过门不到十个月，孩子就生了，不会是从石坷垃里蹦出来的吧！"

"你这老不正经的！这回看孟书记的脸往哪搁，这些年竟长嘴说人家了，大眼珠子瞪溜圆，猪肚子脸拉拉着，好像谁欠他八万丈似的，见谁剋谁，这回瘪茄子了吧！"

"咯咯咯……哈哈哈……"

家里人自然也听到了风言风语，偶尔议论都盯着我看，好像与我干系不浅。见我不吱声，母亲就会用敏感的目光制止大家不要胡言乱语。

秀萍姐帮我把跟雪姑见面的地点安排在贾晓峰家。贾晓峰家也是山东户，小时候因家里孩子多，养不起，父母回关里时，把他扔给爷爷、老叔一起生活。他爷爷常年为生产队放羊，老叔贾永祥是公社农机站的拖拉机手，老婶娘家是后村十队的，不生养。村里人议论这可能与贾永祥开拖拉机有关，常年"嗡嗡"叫，震出病了，花先生李明世给开了昂贵的汤药，喝了很多副也没见"动静"。贾永祥问其中缘故，花先生直言不讳说："命里八升，难求一斗，老贾家前世积德，早晚会有的！"贾永祥半信半疑，倒也有了希望。贾永祥一家三口人挣钱，只供晓峰一人读书，日子过得殷实，家住三间"一面青"，是村里仅次于大队孟书记的富裕户。所谓富裕户也就是没有饥荒、平素手里不缺零花钱的人家。

晓峰与秀萍姐是要好的同学。晓峰平时爱干净，很招女孩喜欢。但念书与我大哥有一拼，一上课脑袋就疼，跟跄念完小学，就回家帮爷爷放羊去了。晓峰和秀萍姐、雪姑是同龄人，长我两岁，全是十七岁花一样的年龄，却早早都辍学务农了。因此与他们比起来，我是幸运的。尽管家境不如雪姑和晓峰好，但我学习好，父亲坚持让我读初中——从父亲坚定的目光里，我窥探到他想与这些"大户"一争高低的内心。父亲常说：三十年前看父敬子，三十年后看子敬父。

放学回来，天黑了下来。吃完晚饭，我跟母亲说学习累了，去德胜叔家溜达溜达，半路就拐去了后院的晓峰家。

我打开虚掩的木栅院门，轻声走过羊圈时，绵羊休息的鼻息声和一股腥膻味同时飘袭而来。通过甬道，走近挂着霜、透出灯光的窗户，晓峰像知道我来，开门出来迎。我小声问："你爷和你老叔老婶不在家？"晓峰悄声说了一句"我老叔陪老婶回娘家，我爷去前院和花先生唠嗑"，然后把我带进了他和爷爷居住的东屋。进屋一看，雪姑和秀萍姐已经在座。晓峰给我搬了凳子，倒杯茶水，放在我身旁的柜子上，到厨房将炉火捅欢后，回屋给秀萍姐使个眼色，便一同躲进了他老叔老婶居住的西屋。

我有些忐忑不安。因为我心里清楚，我不是与心仪的姑娘来约会的，而是来"赎罪"的。

我和雪姑已经多年没有独处的机会。我们都进入了青春期，单独接触的内涵和感觉与童年、少年时期已大相径庭。如果不是发生了不愉快的事，这样的独处会令我激动不已。

我浮想联翩。

雪姑垂着头，一言不发，默默坐在深色瓷砖镶成的炕沿上，双脚支着地面，依然高傲地显示着修长的身躯。一头秀发，裹在绿格围巾里面。看不见她的脸，但可听见她呼吸的急促。

看来紧张的不仅仅是我自己。

我的脑门、手心汗津津的，怀里像揣个小兔子，满腹的话没个头绪，不知如何跟她开口。可我毕竟是男子汉，是读书人，我努力控制局面，恐怕心爱的人笑话。

我强装镇定，终于嗫嚅出了第一句话：

"雪姑，你还好吗？"事实证明，我还没有被涌流的血液冲昏头脑，"你还好吗"的确是我最想问她的第一个信息。如果她"不好"我会更加不安，更加自责鲁莽。

雪姑没有回答。

一团火遭遇一盆冷水，我顿感尴尬，真想找个地缝钻进去。

这时，我突然发现一滴泪水从雪姑的脸颊滑落。随之，耳畔传来了雪姑有节奏的抽泣声……

这还是我第一次见心爱的人哭泣。不论是小时一起玩耍，还是后来同学时光，即使不开心，她也始终以一张笑面示人。记得有一年冬天，村中央的大水泡子冰封如镜，七、八两个队的孩子聚集在冰面上打出溜滑（滑冰）。刚刚下过一场清雪，冰面上冲出一条长长的简直可以飞翔的滑道。摔倒的惊叫声，你追我赶的吵闹声，不绝于耳。终于又轮到雪姑滑了。她穿着鲜艳的红棉袄从人群中闪出来，在滑道的一端快步起跑，她奔跑的姿势多么像希腊女神降临啊！在滑道另一端观看的我心潮澎湃。就在她双脚甩上滑道飞翔的一刻，我在众目睽睽之下迎面冲了上去。一个女生，一个男生，一个高个，一个矮个，像两只离弦之箭飞向一起。吵闹的人群一下寂静了。周围观战的半大孩子们见了这突发的一幕，全傻眼了。

我澎湃着不能自已。雪姑惊恐着冲向我，距离我越来越近。梦想的一刻就要来临啦！"哐当！"我们二人迎面满怀相撞。

感觉是美妙的，后果是严重的。我们双双摔在了冰面上。比疼痛更使人恼怒的是我的冒失行为。寂静的人群又喧闹起来，有人叫着我的乳名责怪我。我站起来扑棱扑棱身上沾的雪，疼痛难隐却假装若无其事，面带羞臊等待雪姑的谩骂、咆哮。可像什么事也没发生，雪姑疼得只是"哎哟"几声，很快又面带笑容与大家继续滑冰了。

而此刻雪姑抽泣的样子，我怎能不心如刀绞？我多想去帮她轻轻擦拭泪水，然后拥抱她，抚慰她饱受煎熬的心灵……

善良的雪姑发现了我的紧张，阳光的天性使她很快控制了情绪，打开话题，向我讲述了她与高乐天的"恋爱史"。

原来，雪姑小学毕业务农后，高乐天父亲正当七队队长，雪姑和乐天也称得上是村子里的纨绔子弟。在村人眼里，乐天像个二溜子，不正经下地干活，满脑子新鲜玩意，嫌村里这个落后，那个陈旧，三天两头出门，不知道干些啥，不过穿戴越来越花哨，看起来扎眼，有的说他去倒服装，有的说他去倒牲畜，但谁也没看见。受家庭环境的熏陶，大小见过一些世面的雪姑，观念比一般人新，对于乐天的所作所为，别人看不顺眼，她却很感兴趣。父亲回来讲起高乐天的事，她脸上看不出有多惊喜，心里却听得仔细。一天晚上她到秀萍姐家闲聊，正巧遇到了高乐天。她发现乐天与往常有些不一样，一改玩世不恭的姿态，不敢正面瞧她，感觉羞羞答答有些紧张。出门回家的时候，高乐天背人塞给她一样东西。她回家到自己的小屋里偷偷打开一看，是一条粉格围巾，里面还夹了一张纸条，上面写道：

明天晚饭后到鹅头山木桥边，有事找你，愿你能来。

她明白乐天的意思，她有些不知所措。她虽然对乐天有好感，但处朋友，她还从来没想过。她心里清楚，别说周围的十里八村，就是靠山大队的十个生产队、五个自然屯、上千户人家，还没听说谁靠自己谈对象解决婚姻大事。她又是大队干部的女儿，这事若传出去，全家人会无地自容，尤其看重面子的父亲，怎么受得了？可是不去呢，她又觉得失去了一次机会，一次感受新生活的机会。一天里，她魂不守舍，几次想失约。可乐天洋里洋气的样子像有什么魔力在身，她又欲罢不能。是的，在偏僻落后的小山村，从短暂的哭叫来到这个世界上，她在传统封闭的环境里默默生活到情窦初开的年龄，她太需要一种新生活、一种新气息啦！尽管她还不知道那种新生活、新气息会是什么样子，会付出怎样的代价。

那天晚饭后，鬼使神差，她去了鹅头山。鹅头山是北山群山之首，海拔四五百米高。传说，山上原来有座庙，庙里还住着几个看破红尘的和尚。从家到鹅头山脚下，正常要走一个小时，现在她用半个多小时就跑到了，还是夜路。去了，她就懵懵懂懂与乐天好起来。尽管她不知道他们的相处会有什么结果，尽管他们还是隔三岔五地简单接触，但她觉得自己的生活有了色彩，情感有了一丝寄托，心情愉悦的她，下地干农活时，经常控制不住将甜美的歌声洒在田野里。

"后来呢？"我被他们的故事打动了。

"到了秋天打完场，生产队开始整班子，不知啥原因，我爸把乐天他大挤掉了，他家待不下去，就回了关里。我很苦恼，虽然谈不上生离死别，可我们相处了大半年，相互有了很深的感情，正在热头上，他却突然离开了，我们之间还有很多话没说，还有很多事没做，未来就这样被现实无情中断了，我陷入了深深的痛苦之中。"

说到这，雪姑又抽泣起来，调整一下，她接着说："乐天两年多杳无音信，家里上来很多媒人，我都没有答应，因为我的心里一直装着乐天啊！后来听说他没回山东，在县里混成了流氓，还进过监狱，我的心痛苦到了极点，乐天怎么能这样！难道他是因为我才流浪街头？难道他是因为痛苦才作践自己、沦落下去？如那样，我们的恋爱岂不是害了他……"

说到这儿，雪姑终于憋不住，居然哇哇大声哭起来。目睹这一场景，我非常紧张，不知如何是好，我起身不好去劝，又不好坐，只好站着待她哭完。情绪稍稍稳定，她又接着说："我能怎么办呢？心想既然老天爷要拆散我们，就认命吧，幸亏我们俩的事还没有人知道，还没啥影响。谁知他突然捎信来，一封信闹得满村风雨，我爸反应又是那样强烈……"

　　听完雪姑的讲述，我感觉整个人被一种东西燃烧得融化了。我知道那种东西的名字叫爱情！对，是爱情！在青春的血液里，还有什么能比爱情的力量来得更直接，更猛烈，更会使人不得不燃烧呢？不管五彩缤纷的闹市，还是贫穷落后的小山村——爱的涌动与贫富、城乡无关，爱是一种再艰难的环境也无法阻挡的力量，一种推动人向前的原动力……

　　我浑身几乎湿透了。秀萍姐听到哭声，进来安慰雪姑，倒一杯水给她我也浑然不觉。

　　是的，我承认，从雪姑开始讲述她与乐天约会的罗曼史，我就为一对恋人约会的场景想入非非了。从靠山大队部毗邻的砂石路向北走，攀上一个高岗，穿过九队、十队那个自然屯，就触摸到鹅头山的气息了。不过要路过一片沟壑，甚至要过一座简易的木桥，听着"哗哗"小溪流淌的声响，才能到达鹅头山的脚下。这一段农民进山打柴、采野果子经常走的山路，即使白天，也要走上个把小时。乐天为什么要把雪姑约到那里，村庄周围的田野、树带、小路，僻静的地方很多。这就是乐天，总是做出惊人之举……初秋的夜晚，月亮方升，银色的光芒泼洒在山脚下的田野里，刚刚收割完毕，还来不及拉回去的大豆堆、谷子垛，月光下形成一个个乌色的小山丘；河沟里传来阵阵蛙鸣，山林里有秋蝉伴奏，高乐天在水汽冥冥的南山脚下，焦急地等待着。这时，心爱的人像仙女一样从草甸子南端缓缓而来……也许，田野上的庄稼全部被放倒，大朦月亮下的传统世界明晃晃的，乐天思索再三，为不招致无聊的世俗干扰，他选择了离家较远的鹅头山下。只是苦了心上人。也许他在故意考验心上人。还好，经常上山下山的人，即使走夜路，也不会感到崎岖和害怕。鹅头山沉默不语，像一位慈祥的月下老人，以敦厚之躯，挡住了初秋夜晚凉爽的北来之风，见证着一对恋人的约会之旅，为他们提供了一个可以缱绻的温柔之乡……

尽管之前为乐天送信我已经知道了一对恋人的秘密，可听完雪姑的亲口讲述我仍然震惊而着迷——在我们这个贫穷落后的小山村，真真发生了浪漫的爱情。我敢肯定这是祖家窝棚历史上的第一次。震惊和着迷之余，我又自责起来，若不是大意，送信泄了密，怎么会给心爱姑娘已经受伤的心口窝，再撒上一把盐！

怀着无限自责的心里，我不记得后来跟雪姑说了什么，而像罪犯一样，匆忙逃离了晓峰家。

第六章

　　我的学习成绩直线下滑。前三名的"苗子生"期末考试一下落到了二十六名。班主任找我谈了几次话。同学们也用异样的目光望着我——我这个"插班生"当初骄人的成绩曾经让同学们羡慕不已，从他们的眼神都能看出嫉妒的成分。可目前不知什么原因，"苗子生"听课的眼神飘忽不定，讨论问题心不在焉。父母也为我十分焦急。

　　来信事件曝光以后，鉴于高乐天的"流氓"身份，鉴于雪姑家庭的强烈反对——当然，我不得不承认更鉴于我对雪姑的暗恋，我与晓峰和秀萍姐积极参与其中，居然帮助雪姑解决起就连大人们都感到棘手的问题来。我们没有经验，可我们互为知音。我们不知道在其中能发挥多大作用，事件会发展成什么样子，但我们没有理由袖手旁观。小山村里，四名还不谙世事的青年（其实我还只是一名初中生），因为好友的情感危机，紧密地团结在一起了。这个"爱情大队"的偶然形成，使我常常感到有一股新鲜的、争取自由的、向往美好的春风，在小兴安岭南麓和润津河北岸悄悄吟唱。那种找到青春的团体，把握自我命运的感觉，使我甚至对其带来的所有后果都不愿去考虑……

　　这一天傍晚，四名青年又聚到德胜叔家里。德胜叔带着表婶出去走亲戚了，秀萍姐的四个妹妹出去玩耍了，给我们提供了一个聚会的场所。

已经月余，课堂上每天我都被忐忑不安的心情缠绕着。尤其英语课堂上女英语老师自然的"个矮音高"，常常吓我一哆嗦。我真担心乐天这个"恶魔"再次出现在我可爱的校园里……要尽快拿出一个解决问题的办法，但我们不知道作为当事人，雪姑究竟是怎么想的。

沉默半晌，我说："临放寒假之前，我预料高乐天还会来问结果。"

当我说出"高乐天"三个字，从大家紧张的眼神中，我能感觉到同我一样，大家心里已不把这个名字背后所代表的那个人当作伙伴、朋友，甚至其中一位的"恋人"了。

秀萍姐握着雪姑的手，紧紧地偎在炕沿上，没有作声。

晓峰与我坐在屋地板凳上，他身上那件洗得发白的劳动服发出的肥皂味向我飘过来。晓峰望了她俩一眼，回头对我说："躲过初一躲不过十五，这事早晚要处理。不过究竟咋处理，还得看雪姑的想法。"

"雪姑，你啥想法，表个态吧，大家帮你！"专注而欣赏地听晓峰说完，急性子的秀萍姐配合地问道。

沉默，空气有些窒息。德胜叔家一向烧得滚烫的火炕向外散着热气，连热带焦急，我的脑门溢出了汗。

"我脑子乱也不知道咋办好……"

雪姑终于发出了蚊子一样的声音。

听了雪姑的话，焦急归焦急，大家都不好表态。男人和女人感情上的事，除了当事人，还有谁能真正说得清楚呢？

我感觉自己是要直面高乐天的人，也是最受干扰的人，我比谁都急于了结此事。于是我没有再沉默下去。

"这问题其实不复杂，"我有板有眼地说道，"首先当然要看你还想不想跟他继续下去，想继续，按继续的思路想办法，否则就……"

"还是高才生说得在理，你到底还想不想与高乐天处？"晓峰附和道。

性急的秀萍姐也用握着雪姑的手耸了耸她，示意她表个态。

"我等他两年啊，没承想他不学好，混成了这样……"雪姑又开始抽泣了。

从雪姑的话里，我们仿佛听出了弦外之音。

稳重的晓峰犹豫着说："不管怎样，你们是有一定感情基础的。"

"是啊，这也不能全怪他。如果不是恋着你，他十有八九不会留在惠民街里，误入歧途……"我亲耳听过高乐天关于他和雪姑感情的述说，特别是他对我的信任，想到他急迫的样子，就是出于良心，我觉得也要为过去像亲哥哥一样的人说上一句话。尽管我不是出于感情上的自愿。

"还有什么好说的，过去是过去，现在是现在，我们这么好的一个雪姑能跟一个流氓走吗！"秀萍姐有些急了。

"为他我推掉了多少门婚事……"刚一接话茬，雪姑又哽咽着说不下去了，随即"呜呜"哭泣起来。

大家又沉默下来。是啊，难以做出决定。人世间还有比感情难以决定的问题吗？

我看看晓峰，晓峰看看秀萍，思忖一下说："秀萍，不行你陪雪姑再坐会，我和峰脉先走？"

秀萍会意地点点头，我和晓峰起身沉重地走出了表叔家。正巧，秀萍到邻居王大炮家玩耍的几个妹妹也叽叽喳喳地进院了。猫冬社员没什么事，除了几伙赌徒仍然聚在一起打牌酣战，多数人家该熄灯睡觉了。

冬雪映照的有些灰暗的大街上，已经不见人影，甚至听不见狗吠，一股冷风袭来，我急忙将棉帽子扣紧——德胜叔家烧得太热，额头上还渗着汗呢！晓峰没戴帽子，从口袋里掏出耳箍扣在双耳上。我们向西走了一段路，晓峰说：

"看样子，雪姑对乐天已失去了信心。"

"是的，我也这么看，善良的雪姑只是不好直说。"

"要不那样，明天让秀萍再问问她吧。这种事情，我们怎么给做主。"

"行。"

到了晓峰家门口，我们就怀着沉重地心情各自回家了。

晓峰说秀萍告诉他，雪姑表示与乐天失去联系这么久了，现在又是这种情况，无法继续相处。

听到这个消息，我并不怎么惊讶，毕竟，雪姑昨日已表露了端倪。我感到突然的是，晓峰居然说雪姑让我代她给高乐天写一封"绝交信"，还要负责转交给高乐天！

"这……"我在晓峰家里望着他，舌头伸出好长。

"你好人做到底嘛，不然怎么办？"晓峰手里端着茶杯，一双不大但炯炯有神的眼睛专注地盯着我，"怎么，非得让雪姑许诺你什么？"

"说什么呢！"我的脸一下绯红了。

我接受了这内心里五味杂陈的使命。

回到家，本想长篇大论地将雪姑决定与乐天分手的理由说得透彻些、妥当些，可最后只在"绝交信"上偷偷写下这样一段话，并且握笔的手瑟瑟发抖：

> 乐天：
> 　　对不起，过去的事情就让它过去吧，愿你将来能寻找
> 到更好的情感伴侣。祝你幸福！
>
> 　　　　　　　　　　　　　　　　　　　　　　　雪姑

这张足以结束一场爱情的小纸条像一枚手榴弹，在我口袋里揣了三天。第四天，放寒假之前，高乐天果真来了。当我将如法炮制的绝交信

交到他手上时，我像犯罪一样，草草寒暄几句，就谎称期末考试在即，匆匆跑回去上课了。

那一瞬间，我感觉自己是在逃离，逃离与己无关又千丝万缕的战场。

与乐天分手尽管是雪姑自己的决定，但我毕竟参与了研究、写信和转交，我对自己充当了一个不怎么光彩的角色，心情低沉了好一段日子。是啊，长这么大，我还没处理过这么复杂的人际关系。同时，随着雪姑与乐天的爱情结束，被道德压制下去的不能充当"第三者"的欲望之火，此刻死灰复燃，又大胆燃烧起来。并且通过帮助雪姑解决她的感情纠葛，多次与她近距离接触，对她的爱慕之情卷土重来，急剧升温，那激烈的情感在我的胸膛里翻滚着，荡漾着，像潮水一样无法阻挡……整整一个半月的寒假生活啊，鬼迷心窍的我，几乎天天在神魂颠倒中度过，没有任何心思去完成那一摞摞"可恶"的寒假作业——我心里十分清楚，自己成了"意乱情迷"的可怜虫。

第七章

　　转眼，春天来了。俗话说，春天的风着人不着水。虽然天气还很寒冷，卷着尘土，草叶满天飞扬的黄风还抽得人手指发麻，但润津河面上的雪冰被抽成了蜂窝状，已开始由青绿色变成乳白色。靠近泥土的地方，冰层已经很薄很薄，边缘已翘离堤坡，下面已经积满了清水。河边高耸入云的白杨树，枝条已经由灰白变得青绿，芽苞已开始鼓胀，颜色也渐渐变红。河岸阳坡，枯枝败草下面，细细察看，已经可以见到一丛一丛的绿色小蒿。如果用心些，还可以找到叶子边缘发紫、内里灰绿色，拇指大小的蒲公英。要不是刮着这该死的狂风，搅得人烦躁不安，这微微春意，已很能让人感到心情舒爽了。

　　随着包产到户信息的不断逼近，农民们对一个即将到来的崭新的生活景象进行着无限的展望。一九八三年的中央一号文件关于《当前经济政策的若干问题》，对分田到户仍然没有搞"一刀切"。而现实情形是，安徽小岗村带头干起来了，全国很多地方也跟着干起来了，开始是包工、包产到户，后来是包干到户……与合作社以前小私有的个体经济不同，家庭联产承包责任制以稳定的集体合作经济为基础，作为合作经济中的一个经营层次，打破了"大锅饭""大帮轰"，实行单干，极大地调动了农民的积极性和智慧，为农民群众走出贫困的樊篱寻求到了一个充满阳光、充满希冀的道路。黑土地上的改革虽没到来，但过够了"三靠"（吃粮靠返销、生产靠贷款、生活靠救济）日子的社员，要求包产到户的心情同样强烈。

社员们激荡着，阵痛着，迷茫着。

由于顽固思想的抵制，一九八三年靠山村最终没有彻底分开，只是按"人合心、马合套"的原则，将每个生产队分成了若干个生产互助组。改革的步伐显然瞻前顾后，畏首畏尾。是的，解决矛盾和问题，实行历史性的变革，总不会是一蹴而就的，缓冲和试验也是必要的。难能可贵的是，春风蒸腾，万物复苏，掌控这片黑土地的思想家们，像冻土一样坚固的陈旧思想，毕竟有了松动的迹象。由于牛马等生产资料有限，互助组改革的模式是社员私下结对子，自愿组合，或四五户，或八九户，重新组成一个个生产单位，每组分一头牛马，组内自行决定土地耕种方式和管理方式。

这已经是很了不起的一步了！一次生产经营方式的小小转变，打破了"三个和尚没水吃"的历史怪圈，农民的自主权扩大了，小规模经营的长处发挥了，初步克服了管理过分集中、劳动"大帮轰"和平均主义的弊端。农民的干劲一下上来了，就连以往"大兵团"群体里的榆木疙瘩脑袋，实行"小分队"作战后都变成了"小诸葛"，为互助组小集体的利益出谋划策了。

孟大下巴打心眼里不愿意实行互助组。他在家里跟老婆喊叫："真他妈变天了，改来改去改到老子头上来啦！"可他也藏个心眼——找几个好人家组成互助组。他掂量了几圈，觉得姐夫王守礼在大队"铁匠炉"干活，有手艺，牛马车有个毛病，挂个掌啥的，不花钱又方便，能靠得住，跟他搭伙准不吃亏！于是他让老婆背地里做姐姐工作，自己有事没事也厚着脸皮，主动去王守礼家软磨硬泡，套近乎。

"我要是把大下巴拽上，就是小马拉炮筒子，啥时候能拽到炮位上去！"王守礼复员前是炮兵，人高马大嗓门大，技术好，孟久公就是看到了他这个优点，才串联将妹妹嫁给了他。

"你不要他谁要他？你看生产队分的这些个组，除了家族，就是亲戚，难道你让他一家人去喝西北风不成？"孟久公的三妹妹翠芝生得也壮实，立在王大炮眼前，瞪着一双浓眉大眼质问道。

对这位靠山村的"公主"，王大炮向来怕三分。难怪，没有"驸马"身份，他复员也干不上大队"铁匠炉"的上等活。像往常一样，王大炮又瘪茄子了，心里一百个不愿意，也只好做通其他六户的工作，把臭名昭著的小舅子拉进了互助组。

改革的春风终于刮进了靠山村。而我因为处理雪姑和乐天的感情问题，还有无法控制的想入非非，耗费了太多的精力，功课受到了很大影响。我准备抓住初三下学期的最后机会，煞下心来奋起直追，把学习成绩撵回来。可在内心里无论怎样告诫自己，胸膛里的火焰就是无法平息。在生机盎然的季节，我就像一头发情的小公牛，心里时时刻刻想着雪姑。特别是当我从大哥峰顶口中，听到村人对我和雪姑之间风言风语的议论，我更是暗自欣喜，像似一场春雨就要落在干渴的大地上，焦躁，梦语，夜遗，满脸鼓冒粉刺……男儿怀春的各种征兆在我这名乡下青年的身上一一出现了。

我知道如此"放荡"下去会把我拖入"万劫不复"的险地，我必须想办法将胸膛里那头放荡不羁的发情的"小公牛"圈起来。

清明时节雨纷纷，
路上行人欲断魂。

转眼到了清明，中考只剩两个多月时间，我忧心忡忡。

魂不守舍的我，左思右想，正好星期日，我一个人猫在西屋，写下了这样一封长信——

　　雪姑你好：

　　窗外细雨蒙蒙，我怀着沉重的心情给你写信。我写这封信别无他意，只是想说明以下几个问题：

　　首先，你我同在一个队里，曾经在一班就读，在这期间，我对你的印象是很好的。人常说"酒逢知己千杯少，话不投机半句多"。我们的话是很投机的。这你可能也会觉得。自从我们别班以后，直到你接受社会生活的开始，我们的关系一直保持与众相同一般的关系。然而，去年冬天，高乐天忽然让我给你捎信。说实话，当时我真不知道你们的关系。所以一时弄得我不知所措，就是因为我们存在着一般的关系，所以我不能把信直接送给你。我看到你和秀萍的关系很好，也就毅然做出了把信交给秀萍，再转送给你的决定。哪曾想，看似一个简单的决定，给你那纯真、美好的青春带来了伤害，可谓"人无远虑，必有近忧"啊！我那天把信在秀萍家给你，哪知道，不大一会儿，你也走了，你妹妹雪花就到秀萍家找你。你老叔孟久林又到我们家去要信。这时我才觉出这件事对于你们孟家如此重要，真是"一时失足成千古恨"！我虽然把信已经给你了，但我还是说没有给你，以便减少你们家对你的折磨。我非常痛恨我自己，伤害了你，但这又有什么用呢？我想我只有在今后帮助你处理好这件事情中，表达我的赎罪之意，使我得到一丝安慰。当我接到高乐天第二封信时，我不想给他捎回来，但又难为情。"聪明的人不会第二次被石头绊倒"。我通过秀萍与你约会，把第二封信直接交给你，并与你进行了长谈，才了解情况，知道了你和乐天的爱情故事。你是最先朝气蓬勃地投入新生活的人，你们爱的勇气是令人羡慕的。当得知你决定不再与乐天保持恋爱关系，并让我替你给高乐天写绝交信，我勇敢地承担了重任，并且顺利地完成。对于乐天的种种劣迹，你和你们家都感到很不安。可想而知，我的心神会怎么样呢？我们这段的经历是特殊的。真正的青春，不是季节的点缀，而是走在最前面的尖兵的脚步。人最宝贵的是生命。生命每个人只有一次，但生命标志着什么？人的一生最宝贵的不就是青春吗？望你在最美好的青春时代，扫除必须扫除的一切灰尘，把以前的事情都忘掉，你的青春爱情才刚刚开始。

其次，通过以上的特殊经历，也使我对你大方、开朗、善良的性格有了进一步的了解，也使我们一般的关系转变为与众不同的特殊的关系。所以从那以后，我们在接触中无所不谈，从没有拘束过，这样就为我们的生活增添了乐趣，我们超出一般的特殊关系，结合得十分紧密，坚实得赛过任何钢铁。但是事实不能顺从我们，就是因为我们以上接触的不拘束，存在着特殊关系，难免那些知道一些关系而不了解实情的人说一些不三不四的话来。我经过各种办法追问我哥，才知道，我们的关系已被说成了搞对象、谈恋爱。这些话对于你我的影响都是不好的。更要说明的是我还是一名学生，现在中考在即，我怎么能谈起自己的感情问题呢？所以为了避免这种荒唐的说法，我写了这封信想和你说一声，哪个男子不钟情呢？但是我对你的感情，现在还不到深谈的时候。由于我现在正忙着考学，寒窗九年，父亲托人把我转到老林镇读书，我没有理由不争口气。这一个时期我的表现实在不怎么样，我现在非常担心，能不能给父亲一个满意的交代。最近由于我们的事情使我经常心烦意乱，我不知道这叫不叫意乱情迷，总之已经影响了我的学习，所以写了这封信，算是对自己的情感有一个交代。一切等忙过这阵子再说吧。

祝你劳动愉快！

祖峰脉

一九八三年四月五日

这封颤抖着喷涌出来的感情之水，整整用去了六页三十二开"小方格"作业本。

写完，我专门给信加了白封皮，并用墨汁笔在封皮上竖写了四个工整的楷体字"供你参考"。写完仍觉得不严谨，又用蓝钢笔在楷体字下面横写了一行小字"一封平凡绝密的信，取者独阅"，并加重描粗，好像是在加固感情的堤坝，不致溃泄千里。

把这张"特制"的封面用订书器订在信上，我才嘘了一口长气，像是身上卸下了千斤重担。但不过十分钟，也就十分钟，冷静一些的我突然意识到，我怎么能给雪姑写这样一封信呢？我们之间什么关系？其实我们之间什么也没发生啊，充其量是意乱情迷的"小公牛"一厢情愿的和"妄想"而已，这太荒谬啦！

想到这，我像贼一样，急忙把信藏进西屋的小柜里——那里面装满了我的书、本、日记，虽不上锁，但家里上下心知肚明那是一个"禁区"。现在，"禁区"里又塞进了一个秘密，美好的秘密，想起来就使人脸红的秘密！

偷偷藏完信，我躺到炕上平复紧张的心境。然而清明前后已经撤柴火的席炕，却像火山口一样熊熊燃烧。其实，我是多么希望雪姑能马上看到这封信啊！如果她看到这封遮遮掩掩、躲躲闪闪，一头"小公牛"臆想的胆怯的"表白"，她会怎么想？她会很惊喜——在一段旧情终结的低谷时刻，又有一个新情感冒出来，失意者怎么会不惊喜呢？这情感即使可以算作乘虚而入的家伙，也会拯救一个人失意者的孤独、无助和痛苦吧？在这个世上，有多少情感其实就是在人生低谷之时融合一起的，并且激发出了新的希望和力量，为几乎穷途末路的生活开辟了一条新路……当然，她看过信也可能会这样处理：通过秀萍姐约我，或干脆回敬一封长长的信，含蓄地表达爱慕之意，鼓励我安心读书，我考上考不上，她都等着我……感觉这一个时期与她接触，她对我很有好感，从她那张悲伤而焦急的笑面上，以及含情脉脉、一往情深的眼神里，我似乎捕捉到了一点隐含着的那一层捉摸不定的深意。

想到这，我又有些亢奋了。

"老二，吃饭啦！"

陶醉的人根本没听见大哥叫我吃饭。直到大哥在厨房喊起来，才把痴情人从梦中惊醒。我一骨碌从席炕上爬起来，神情恍惚地走进东屋。母亲炸了辣椒酱，厨房里溢满呛人的气味。天暗下来了，窗户上蒙了一层哈气。晚饭母亲煮一锅苞米碴子粥，一家五口围坐东屋的炕桌上，炸熟的阴干白菜蘸辣椒酱，全家人吃得香，"哧溜哧溜"的喝粥声，此起彼伏。

吃完饭，"贼"的感觉又卷土重来。我不敢回西屋去，若让大哥看出什么破绽，我这个大哥眼中骄傲的弟弟，多丢人！我脑袋里藏着"小秘密"，溜出家门，孑身一人走在街巷里，悄手悄脚的样子，像刚偷了什么东西怕被人发现。

刚下过一场春雨，街路有些泥泞，有人贪黑从村西的供销社里买东西出来，渐渐消失在灯光下，再见不到人影了。

这给我的自由思考提供了空间。思考是需要环境的，夜晚是天然的思考之所。我要冷静地想一想——家人知道了会怎样？父母当然高兴，同意，那可是大队书记的女儿！家庭、长相，哪一点他们有理由拒绝呢？不不，父亲托谷明老师送我去老林镇读书，是希望我考上大学，处于社会底层的家境，哪会是为了一个大队书记的女儿就知足了呢？再说父亲与孟久公暗斗多年……

夜色里，迎面刮来一缕微微的寒风。此刻，我的眼里，看不见路北成趟的茅草房亮起的一束束灯光，耳朵里听不见稀稀拉拉的狗吠声，满脑子装满雪姑读信后震怒的样子，抑或是伤心透顶的无助表情……对，一定会是这样，女人都是好高骛远的，祖家的贫穷与孟家无法相比，还有我中等身材、并不出色的长相，她怎么会相中我呢？

不行，不能寄！还有，乐天会怎么想，我岂不成了乘虚而入的"第三者"？这不光彩，不合兄弟礼仪，不行，不能寄！还有，中考落榜了雪姑会怎么想，缘于自己的情事耽误了你的学业就来施舍你？爱情断然不是依靠怜悯和施舍获取的，如果依靠怜悯和施舍，即使获取了爱情又有何意义呢？那简直可以用悲剧来形容了……

如果说是出于恐惧，还不如说是出于自尊，我将喷涌的情感寄托给了一封信笺，便像什么事没发生一样，全身心地投入到学习中去了。

第八章

秀萍姐喝了农药。

听到这个不幸的消息，我被惊得目瞪口呆，手里拎着的书包迟迟没有放下。

晚上放学，母亲腰间扎着围裙，与平常一样忙在厨房里。她一边"嘎巴嘎巴"给灶坑添柴，一边隔着饭锅哧出的热气，急切地告诉了我这个不幸的消息。

原来，表叔给秀萍姐找了个婆家姓田，秀萍姐死活不同意，可收下的彩礼还饥荒了，没钱退，又拗不过表叔，就喝了乐果。早晨，德胜婶做好饭，秀萍的四个妹妹小鸡一样叽喳起床，洗漱、吃饭，唯独秀萍赖在被窝里，一动不动。德胜叔家是长长的筒子屋，南北炕，夫妻俩住南炕，五个闺女住北炕。德胜婶特意到北炕来劝，秀萍纹丝不动。当妈的心软，德胜婶就坐在炕沿上流泪说：

"都说嫁出去的闺女泼出去的水，省心，谁知这头一个找婆家就……呜呜呜……"

老两口本来想生个小子，可嘀啦嘟噜生了一串丫头，小子也一直"没来"，表叔表婶就"招弟""盼弟"地给丫头们起名，祈得贵子。平素不对付的社员就背后议论说德胜叔上辈子做了损，这辈子断子绝孙，老两口心里压上了沉重的舆论负担……这时，去井沿挑水的德胜叔回来了，肩上忽闪着扁担进到厨房，两桶水"哗哗"地倒进柴堆旁的大缸里，然后一手拎着扁担，一手拎着两只空桶，转身出门，到院子里将水桶反扣在墙角的两个橛子上，扁担挂在屋檐下，重又进屋，摘下草帽，见秀萍还没起床，表婶在枕头旁抹眼泪，搅得吃早饭的闺女们不敢出声，没了平日里叽叽喳喳的热闹场面，本就心烦的表叔顿时发了火，用手指着被窝里的秀萍大声呵斥道：

"快点起床！你以为你是小孩啊，一天到晚不让人省心！"

发完火，表叔就挂好草帽去南炕吃饭了。吃完饭，他到院子里喂猪，年初抓的一个猪崽，现在长成了半大肥猪，在圈里嗷嗷叫食。他去槽子旁边的大缸里舀了几瓢烀熟的猪食菜——多亏这些闺女们下学到野外挖的灰菜、苋菜了，这头花白猪格外能吃，平素家里的豆粕、麦麸子舍不得喂它，只有花白猪不愿吃食时，才给拌上一些。现在，德胜叔拿起铝水瓢，去西仓房舀豆粕，心想这段时间猪光长个，得给点豆粕，上上膘，秀萍这门婚事成了，办喜事就不愁肉了，第一个闺女出门子，一定要好好办置办置……

德胜叔打开仓房门，一股刺鼻的乐果味扑面而来。机敏的德胜叔闻到了不祥的气息，急忙闯进装着破破烂烂、但也整齐的仓房里，眼前的一幕让他惊呆了：只见秀萍倒在豆粕袋子旁的地上，嘴里吐着白沫，还不停抽搐。德胜叔一下明白发生了什么，顿时天旋地转，眼前发黑，差点栽倒。他下意识扶墙镇定一下，随即冲出仓房喊人。

听见德胜叔的喊叫，表婶和四个妹妹鱼贯而出，惊慌着拥向仓房，德胜叔则疯狂地向院外跑，几分钟便跑到村西的大队部。

孟久公刚吃完早饭上班，前天接到公社秘书通知，今天公社李书记要来检查文明村建设，他已召开支委会提前做了安排。这一段时间忙活春耕生产，各队街道脏乱差问题又凸现出来。

德胜叔气喘吁吁说明了情况，孟久公大眼珠子顿时立瞪起来："他妈的，怎么搞的！"然后亲自带着德胜叔跑到路上连喊带叫地截车。半天，也不见车影儿。这里是向阳连接东部几个村子的咽喉要路，平素常有三轮、四轮拖拉机通过，偶尔也能看见北京吉普车。正焦急着，只见一辆北京吉普车从西面砂石路一溜烟似的跑近了，孟久公到跟前见是带人来检查的公社李书记，急忙说明了情况，身材魁梧、着一身蓝色中山装、看上去就很精干的李书记二话没说，神情严肃地招呼司机跟德胜叔走。这时，奄奄一息的秀萍姐已被抬到院里，周围围满了听信儿跑来的邻居。吉普车一进院，王大炮呼喊着第一个上前抬人，大家一齐将秀萍放躺在后排座上，德胜叔拦着不让德胜婶去，哪里还拦得住，德胜婶撕心裂肺哭喊着挤上了车……

吉普车卷着沙尘，五分钟到了向阳卫生院。因抢救及时，加之给蔬菜杀虫的乐果只剩一瓶底儿，洗了胃，秀萍姐不仅保住了命，而且很快就无大碍了。虚惊一场，大家出了一身冷汗。经过翻肠倒肚这么一折腾，秀萍姐身体格外虚弱，加之喝药寻死毕竟不是什么光彩事，没脸下田干活，便躲在家里休养。

这天放学回家，刚吃一口晚饭，晓峰就穿他那一身洗得发白的劳动服，带一股好闻的肥皂味来找我。晓峰进屋没坐下，只是在屋子里转了一圈，我即刻明白了他的用意，便与家人打了招呼，转身陪他出去了。

现在正是铲头遍地的忙时候，晓峰突然找我，一定有急事。

我们走过供销社和大队部，出了村口，沿着通往西面向阳方向的沙石路，慢慢走着。天已垂暮，除了沙石路尚有一丝灰白，左侧的小麦田和右侧的松林已是漆黑一片。天空闪着星光，身后的七、八队和树林另外一侧的五、六队，偶尔飞来几声幽远的狗吠，剩下的，只有两名青年踩在沙石路上沉重的脚步声。

初夏的傍晚，虽有凉风吹来，可我还是觉得闷闷的。

很久晓峰一言不发。

"你知道秀萍现在怎么样了吗？"

又走了一段路，几乎走过右侧一里多长、黑黢黢的松林了，终于按耐不住的晓峰问我。

"昨晚放学我到她家去了一趟，秀萍姐还行，快恢复了。"

"噢……"晓峰停顿了一下，接着说："她要是有个好歹，我也不能活了。"

"出什么事了要死要活的？"

"峰脉，在靠山村，咱俩是最好的兄弟，瞒谁我不能瞒你，秀萍是因为我才喝的药！"

"啊？"我停住脚步，瞪大眼睛盯着晓峰朦胧的面孔，"你们？"

"我俩好上了。"晓峰羞答着说。

我像被针刺一了下，心脏猛跳起来。难怪，我心中刚刚放下雪姑，找回了学习状态，现在晓峰和秀萍又恋爱了，并闹出风波，这真应验了《婚姻·恋爱·家庭》一书中的那句话：哪个女子不怀春，哪个男子不钟情……

"这是一件好事啊。"

不论缘于心底对新思想的追求，还是通过处理雪姑与乐天感情纠葛这一时期对他们相处的了解，我都没有理由不肯定和鼓励他们。但接下来我又直率地说："不过，两个家庭也是个难关……"我听父亲学起过，德胜叔与晓峰家早年有过一段很深的恩怨。

"问题就在这儿，"晓峰说："原来我家是地主成分，到北大荒后，怕继续抬不起头做人，我爷隐瞒了多年。我爷讲，一九六四年社教刚开始，有一天，思念家乡的爷爷一个人躲在屋里给山东关里家写信，被德胜叔抓住了。那时德胜叔二十出头，血气方刚，是大队民兵连的骨干分子。孟书记背地里经常蛊惑德胜叔，'像贾殿阁这样来路不明的人，要盯紧，一刻也不能放松！'爷爷写信这天，德胜叔正好到我家察看实情，进屋见我爷一个人偷偷写着什么信，冲上去一把将信抓在手里，报了大队。德胜叔和孟书记二人都不识字，就找人念，念信人念出了'地主'二字，孟书记立刻派德胜叔带人把爷爷押到大队部，审问他是不是隐瞒了地主成分。我爷不承认，孟书记使个眼色，德胜叔就把我爷推到院子里踢。"

"那你爷怎么会同意你和秀萍在一起！"

"是啊！"晓峰沮丧地说，"我们家后来成分虽然改成了中农，但是与秀萍家这个怨算结下了。后来，爷爷干上了给生产队做豆腐这比较不错的活，德胜婶生孩子奶水不够，德胜叔就端一碗黄豆，去豆腐坊私下找我爷拉小豆腐。直接拒绝吧，又担心德胜叔起疑心，说爷爷记恨他，只好偷偷给拉了几次，后来德胜叔总去拉，爷爷心疼天天贪黑拉磨的红瞎马，只好跟孟书记说了。在社员大会上，孟书记当众把德胜叔一顿批。德胜叔认为爷爷是在报复他，怨越结越深。我听人说德胜叔发誓了。"

"发什么誓？"

"毒誓！就是把闺女扔到山里喂狼，也不会嫁给老贾家！"

见晓峰绝望的样子，我急忙硬着头皮说："不过，我看秀萍姐这么一闹，没准坏事变成了好事。"

晓峰停下脚步，扭头对着我，夜色中能感觉一双眼睛的急迫。

"德胜叔弄不好会借坡下驴，妥协！"

"要是那么简单就好了……"晓峰停顿一下说，"我心里一点底也没有，今天约你出来，就是帮我合计合计，失去秀萍我还怎么活在这个世上。"

一波未平，一波又起。雪姑和乐天的事儿已经搞得我魂不守舍，影响了学习，这又来个晓峰和秀萍。我瞬间感觉自己的肩上有些沉重，心口有些压抑。自由恋爱，在天愿做比翼鸟，在地愿为连理枝，七仙女和董永、张生和崔莺莺、贾宝玉和林黛玉……感天动地的爱情故事听起来美好，可又有多少终成眷属？

此恨绵绵无绝期。晓峰和秀萍姐的美好爱情，也遇到了巨大的阻力，像崂头山一样的阻力，我一个小小初中生，除了为他们焦急，能有什么办法帮他们翻越！

马上中考了，我的心仍被晓峰和秀萍姐的事牵挂着。可前途不允许我的心像小鸟一样继续自由飞翔。我要收心复习备考。但是对雪姑的暗恋可以深存心底，可晓峰与秀萍面临的处境，又把我的心搅乱了。受晓峰之托，我央求父亲出面说和，并做他们的"媒人"。父亲说表叔家刚摊上闺女喝药寻死这种丢人的事，你秀萍姐与老田家的亲事还横在那儿，咋张嘴去给晓峰说媒？

怕乱掺和事再影响我学业，父亲硬头皮去表叔家打探回来的消息是，秀萍姐刚好些，表叔家就又闹开了。铲完头遍地，老田家的媒人又来游说，临走扔下两句比石头还硬气的话：要么秋后成亲，要么月内退彩礼。秀萍姐死活不嫁，彩礼又还表婶看病拉下的饥荒了，表叔两头为难，被逼之下，老两口只好商量秋后把秀萍嫁给田家。但秀萍姐身体刚恢复过来，怕再出意外，表叔表婶一时还不敢再提此事，一筹莫展之际，见父亲上门，便请父亲出面做秀萍的工作，同意老田家这门婚事。

这弄得父亲左右为难……

将这个尴尬的结果转告晓峰，再顾不了那么多，我便投入到中考复习中去了。意外陷入两场爱情危机，已对我的学业造成了不可估量的影响。

第九章

　　黑土地的七月遍处葱茏茂密。小兴安岭至松嫩平原的过渡带上，丘陵此起彼伏。苍翠的大豆农田，镶嵌在属于国家"三北防护林"工程的白杨树带里，一片片的，远远望去像块块绿色的地毯，铺卧在天地之间。屋前地头，随处能见到笨鸡蹦跳着捉虫子的身影。笨鸡，这老乡们最亲密的伙伴，无论是饲养的快乐，还是产蛋的歌唱，田间地头的玩耍，以及餐桌上的美味，我们都不能无视这可爱的精灵……

　　临近中考，再奋起直追，显然已经太迟。初选，我被筛掉了。

　　我成了"爱情尖兵们"冲破封建的牺牲品。

　　就要离校了。"入围生"们在紧张备考，"落榜生"们却像霜打的茄子，甚至没心情相互告别，便兀自脚下拴上一块石头，沉重地各奔东西了。返乡后除个别有机会参军，接受部队大熔炉的锻炼，再不乏寥若晨星的提干留城，绝大多数"莘莘学子"，将会与父辈一样，走完面朝黄土、背朝天的一生。

　　把毕业照小心塞进书包，我推着自行车，驮着书本和简单的生活用品，呆立在公路上，回头向老林中学做最后的告别。望着眼前那长长一排熟悉的的青砖校舍，宽敞的、驰骋两年多的篮球场和操场，我眼里不觉涌出了泪花……

盛夏里，我的心，则像寒秋一样凋零无助。

若能像路旁白杨树带里叽叽喳喳蹦来跳去的麻雀一样，继续自由地飞翔该多好啊！可是如今自己亲手折断了飞翔的翅膀，断送了这个机会。此时我才深深感受到，一座学校，一张课桌，对于一个农家子弟而言，是多么的重要，因为那几乎是走出山村的唯一通道啊！

一切都晚了。该死的高乐天！去年冬日的黄昏，就在前面这条向北回家的村路上，我是多么的晦气，偏偏碰上了他这个克星。如果不卷入一场爱情纠葛，说不准我已经是"入围生"中的一员，依旧骄傲地埋在教室里复习备考。

我无法自拔地深刻反省。自己多么对不起面朝黄土背朝天的家人啊！不沾亲，不带故，没啥背景，地地道道的农民家庭，上初中还是父亲低三下四地去求人，自己才转学成功。还有勤俭的母亲，缝衣做饭，含辛茹苦。还有大哥，十几岁就辍学放猪，风雨不误泡在草甸子里，蚊叮虫咬，晒得如野人似的……

上学的路走到了尽头，当兵又谈何容易啊！

我陷入了极度自责的痛苦之中。

腰间扎着围裙，仍然忙活晚饭的母亲，听说我被刷掉了，抑制不住悲伤，进屋里解开围裙呜呜哭起来。父亲啥也没说，阴沉着脸，掐起烟袋，"咣当"一声，出门去院子抽闷烟了……

中考结果出来了，老林中学九人考上惠民一中，升学率五比一，全县乡镇中学排名位居榜首。我这个曾经前三名的"苗子生"啊，再没脸将这个消息告诉家人，一个人悄悄走到家门前的田野旁，望着眼前一大片泛黄的麦浪，心里充满万般无助和迷茫，仿佛世界末日来临一样……

在这个世界上，具备最优良品质的人，莫过于中国农民。他们坚韧、达观、积极、勤劳，不管生活多么的艰辛，多么的磕磕绊绊，日出而作，日落而息，追赶希望和管理季节的脚步从未停止过。而我名乡亲眼中的书生、秀才，心中却藏着"小"，躲在家里帮母亲干零活，羞于见人。

进入八月份，田野里黄澄澄的亚麻，一片片在风中摇曳。广播里天气预报说近日本地区将有一次强降雨。在连夜召开的社员大会上，父亲以生产队长的身份通报了这一紧急情况，传达了大队书记孟久公主持召开的会议精神——大雨临近，为防止亚麻遭雨、倒伏、腐烂，全大队立即掀起一场"薅麻会战"，三天内（说到这父亲伸出三个手指，以示强调），亚麻要全部薅完上垛。

无法再躲避不下去，我也参与到"薅麻会战"中去了。

从靠山大队部向西走，在通往向阳公社的沙石路上，有片南北走向的沟壑，北连鹅头山，南接敖龙沟，一条溪流从鹅头山倾泻下来，流入润津河。这片沟壑距离村子三里地左右，社员习惯称呼它"西沟子"。每到夏季，西沟子水草覆盖，到处是"塔头墩子"，适合放牧，一片"风吹草低见牛羊"的景象。饱受三年自然灾害洗礼的山东移民，不断涌入北大荒，耕地越来越珍贵，荒滩、林地不断被开垦，草肥水美的"西沟子"当然厄运难逃，周边多处被翻地拖拉机吞噬。"东方红"呜呜冒着黑烟，眼前刚刚还是一片翻滚的绿浪，一袋烟的工夫就被"东方红"屁股上带的锋利犁铧，把美景无情扣入地下，取而代之的，是一条一块冒着热气的、油汪汪的黑色耕地。西沟子被周围村队肆意蹂躏。鹅头山下穷出名的靠山七队当然也不甘示弱，在西沟子也抢开了一块荒地。那块荒地陷在涝洼塘里，一到雨季，在坡上甩眼望去，像水田一样亮汪汪的，人车难进，只指望着种一些亚麻之类的不用铲、不用蹚的经济作物。如今大雨将至，这里被淹的可能性极大，自然成为"薅麻会战"的第一战场。

太阳没跳出来，草甸子上空还夹含着一团浓浓的水汽，村里上百号穿着花花绿绿的男女，便吵嚷着集中到了西沟子。人到齐后，望着眼前一片杏黄喜人的亚麻田，个头不高、生得敦实的贾会计开始按人头分配苗眼儿，男劳力一人拿十个，女劳力拿八个，我这样刚下学生门的拿"半拉子"，分五个苗眼儿。上学时赶上农忙，偶尔也下田干活。农村孩子，哪个能躲过忙碌的农活？薅地、割地，跟妇女一样干"半拉子"，挣半份工分，天经地义，从来没觉得不妥。可今天，我总觉得有些别扭，包括贾会计在内，社员们看我这个"队长公子"的目光里，均好像有了什么异常。

中考落榜，无颜见江东父老的窘迫心里一下翻腾上来了。

随着贾会计一个个指定"战役"的位置，百十号人因分配时间上的差异，打着一条花花绿绿的斜线，呜嗷喊叫地冲向麻海，像翻卷的浪头一样势不可挡，眨眼间，就薅远了……

心情沉重的我，不一会儿，就被远远甩在了后面。

太阳渐渐升起来了。万道光芒驱散了空中的所有污晦，给劳动的人们送来了一个鲜亮亮的世界。快中午，蝈蝈在麻海里鸣成一团。连累带晒，我身上穿的白色长袖衬衫湿透了，脸颊上的汗珠子噼里啪啦往下滚，越抹越痒，火辣辣的。

"住工啦！住工啦！"

贾会计在远处喊。完成任务的男男女女，有的开始坐地头抽烟，扯闲篇；有的则到塔头墩子里一瘸一拐寻鸟蛋，鹌鹑等一些野鸟被惊得"突突"张开翅膀，飞上了天空；有的去地头挖野菜，三一伙俩一串的，笑声混合野鸟的鸣唱，一同刮进我的耳畔……

我像牛一样啃着依然站立、如在嘲笑我的一块亚麻。

这时，晓峰、秀萍姐、雪姑还有其他几位社员都过来帮忙。其实，我早就看到了雪姑，怕她看见我，我尽量躲到人群后面，回避她的目光。人多好干活，最后一块亚麻很快被消灭了。"战役"全面胜利，到贾会计论功行赏，查边计分时，别人都按部就班记了分，却给我记四分。我说为什么？贾会计说大伙帮你薅了。贾会计是个一丝不苟的人。当年从山东来队里落户，手里拎着两瓶"惠民白"，怯生生走进家门，小心翼翼做父亲工作的窘迫样子，至今记忆犹新——进了屋，贾会计半天屁股不敢坐到凳子上，不说话，只是笑，倒水也不敢喝。父亲问一句，他哆嗦着答一句，多余的话一句不说。父亲烟卷刚掐，他就又站起来递，父亲不接他就不坐下……贾会计千里迢迢来北大荒扑奔先移民来的父母，又招人喜欢，落户指标虽紧了，但父亲还是行使生产队革委会主任的权力，做通大队工作，给贾会计落了户。后来父亲看他有文化，人老实厚道，就有意培养他，直至当上小队会计。为这事父亲还得罪了孟久公安排的前任会计。有这层特殊关系，贾会计与我之间自然有一种说不清楚的亲近。可今天，别人看我的眼神怪怪的，感觉一贯柔和的贾会计也刁难我。于是我心烦气躁，双手叉腰站在地头，像个英雄似的大嗓门喊道：

"凭什么不给我五分！谁让他们帮了？！"

我突然蛮不讲理的态度，将贾会计弄得晕头转向。也许是感到在众人前没面子，贾会计山东人的倔脾气一霎间爆发了。只见他直往天上蹦、蹿，双手挥舞，大喊大叫，天要塌下来似的。蹦累了，跳累了，他又蹲下一边挥拳砸地，一边用浓重的山东口音喊：

"小军，你想干啥？你还不服管啦！"

贾会计气得嘴角咧着，脸红着，眼睛瞪着，一边喊着我的小名，一边连串的重拳砸下去，将刚薅完松软的亚麻地，生生砸出一个大坑来。

"你别管我想干啥，你少给我记一分也不行！"

我毫不示弱。

社员们都围拢过来，一场战事一触即发。怕我们俩交手，表叔李德胜急忙挤出人群，伸手把我俩拽开。我自知理亏，借机抄小道往家溜。

小道的周围长满了一人高的苞米，我藏在青纱帐灰溜溜往回走，心怦怦跳，心想这下惹祸了，回家父亲定是一顿劈头盖脸的训斥。这时，只听见身后青纱帐里有窸窸窣窣的声响，我判断是有人跟上来了，从气呼呼的粗气声中能感觉到，跟上来的人是贾会计。但我不敢回头面对那张怒气冲冲的脸。果然，我前脚迈进家门，后脚贾会计也尾随进屋了。我躲在角落里的木凳上，一声不敢吭。贾会计坐在炕沿上，一改刚才的怒吼，继续喘着粗气，向刚刚去大队汇报"薅麻会战"工作的父亲，当面告了我的状。听完，父亲严厉地批评我说："现在是火上房的时候，我刚去大队开汇报会，有的生产队缺人手，瘸瞎皮子带滚蹄，全上阵，你个棒小伙子，去了就该听你贾叔的安排，捣什么蛋，添什么乱！"说到这，父亲走到地中间，手里挥舞着烟袋，大声道："还不向你贾叔道歉！"

我看了一眼表情严峻的父亲，又瞄了一眼他手里的烟袋锅，心里一哆嗦，心想这家伙要砸在脑袋上，还不得开花，于是乖乖向贾会计道了歉。

送走贾会计，父亲回屋没再深究。

晚饭后，大哥去挑水，三弟去喂猪，我主动敛桌子，帮母亲收拾厨房，想好好表现，戴罪立功。平时，这些家务活儿我是不做的。我刚要进厨房，炕上抽烟袋的父亲喊住了我："峰脉，你坐下，我有事跟你商量。"

我回头拿起暖瓶，将父亲的茶杯小心翼翼地填满水，有些紧张地将半个屁股贴在了炕沿上。

红茶水的热气袅袅升腾，父亲的烟袋锅明明暗暗，烟雾缭绕，屋里暖融融的。

我的心又开始怦怦跳了，等待父亲对我白天不良表现的再批评、再教育。

"峰脉，不行你再重读一年吧！"

父亲的话一出口，我怔住了。原来，父亲深深理解儿子中考失利带来的憋闷。其实，落榜后我时刻想着重读，哪个有志向的青年甘心放弃自己的理想呢？可重读一年，意味着一个劳动力要再搭上一年，还要交一年的学杂费，所以满腹愧疚感的我一直无法向父亲开口。

"我……"

"要想重读，新学期刚开始，还赶趟，我再托托人，给你转回向阳公社读初三！"

"我考虑一下吧……"

对父亲突如其来的建议，我措手不及。我心里怎么愿意错过这个机会呢？不考上大学，其他没有任何出路，像今天薅亚麻的男男女女一样，一辈子土里刨食，风雨劳作，活得卑微清苦。

但重读显然对家庭压力太大了。

父亲心有不甘，我心里也五味杂陈。我失眠了。小学重读的往事翻滚而来。那时"文化大革命"刚刚结束，我读小学二年级，学校还没完全恢复正常上课。到了秋天，学校与生产队达成协议，天天组织学生到地里拣庄稼。家里也不怎么正常吃饭，母亲起早贪黑去野外疯拣庄稼，补贴家用。我和大哥开始将拣到的黄豆枝交公，与其他同学一样背到生产队的场院，那里垛满一座座小山似的黄豆垛。后来看母亲拣得辛苦，趁老师不注意，就将拣到的豆枝背回了家里，假公济了私。干了不光彩的事，再不敢去上学，哥俩索性就随母亲拣庄稼，北到鹅头山，南到润津河，到处留下了我们羸弱的身影。豆枝拣光了，就拣谷穗、糜穗，再遛苞米棒、饭豆枝，就连公家起剩的土豆，都当作宝贝，顶着萧瑟的秋风，用镐去大地里刨，可谓无所不及，无所不拣。天天泡地里喝西北风，双手吹裂了，细皮嫩肉的小脸蛋也吹得麻麻裂裂。那一年秋天，家里的粮食拣得比哪一年都多，但母亲笑容里掺杂着忧愁，我和大哥旷课多日，学校勒令退学的通知下到家了里。第一次当队长被"派性斗争"赶下台的父亲心里憋屈，蹲在家里泡蘑菇，啥也不干，没脸去找学校。直到第二年夏天新学期快开学了，父亲才腋下夹着两瓶"惠民白"，趁天黑没人注意，偷偷摸进了郑校长的家门。

郑校长正在自斟自饮。见轻易不求人的父亲进来，他顿时明白了来意，招呼老伴儿新添一双碗筷。父亲刚坐下来，郑校长就一改刚才的笑模样，拉着长脸严肃地说："我说老祖大哥，要说你不明事理，祖家窝棚上上下下谁会相信？可你一个明白人咋也办糊涂事呢？天底下还有比供孩子上学再大的事吗？"

郑校长一句振聋发聩的话，点醒梦中人。不仅我和大哥返校重读，父亲从此对愿意念书的我格外重视，这主要源于郑校长的那句话。当然，关瞎子算卦说我有出息，也是因素之一。

现在，我心里比谁都清楚，中考失利完全是我个人的原因，父亲没让你卷入高乐天和孟雪姑的恋爱风波。父亲提出让我重读，我羞愧难当。看看现在的家境，买咸盐钱都紧张，大哥快到了订婚年龄，破草房漏雨，婚房还没着落。我马上可以顶上一个整劳力，下田干活了，再去祸害捉襟见肘的家，是不是太自私了？再说，今年实行了分田到组，看来地分给个人种只是时间问题，我完全可以跟家人共同大干一场，致富奔小康了……

我最终放弃了重读。父亲知道了我的决定，没再坚持，而是沉默了。我知道，父亲的沉默中，既有伤心，也有对沉重生活的妥协。

第十章

一九八三年的秋天，如期来到小兴安岭余脉的山脚下。层林尽染、风景如画的大山，近处望，绿叶正在变成红色、黄色，而站在高处远眺，绵延的山峦已是褐色一片了。

中秋节这天，预感到大集体解散、分田到户的时间不远了，父亲决定用手中即将不在的权力，为社员最后办一次好事。屯东头八队社员过年过节都能杀猪分肉，七队社员眼巴巴看着，吃不上，他这个队长的威信也降低一大截。几年过节吃不上饺子了，他要破例买两口肥猪，杀了分肉，补上这一缺憾。听了父亲的决定，贾会计手里端着账本，对父亲说：

"账上钱只够买两口肥猪，都花掉？"

"都花掉，出问题我负责！"

房顶正冒蓝烟的生产队九间正房，是一九六四年吃大食堂时盖下的。东厢房是仓库，仓库南面是牛马厩，西厢房是米坊，米坊南面是停车场。当年共产主义大食堂只吃了四年，人声鼎沸、壮劳力挤进九间房吃午饭的场景，早已不在。现在，写下了保证书，牛马车已分到各个互助组保管和使用了，除剩下的一溜破草料槽子，坏了没修的破马车、破犁杖，生产队偌大的院子倒比原来宽敞了许多。只是院墙依然用宽深的壕沟代替，中间自然也没有院门。整个上午，生产队院子里热热闹闹，孟大下巴和另外几名社员烧水、杀猪、吹气、褪毛，贾会计里里外外张罗着。今年实行了分田到组，他再也不用帮助打头的，组织社员下地干活了。

"帮帮忙，吃血肠。"孟大下巴脚上趿拉着一双破胶鞋，挽着袖口，坐在队部门口翻猪肠。几条闻到肉腥的狗在不远处觊觎着。

"快点干吧，一会社员住工啦！"贾会计手里捧个账本，狠狠地瞪了大下巴一眼。

"你别说，这家伙干庄稼活不中，摆弄吃喝却是把好手！"负责手拎水壶倒水冲肠子的社员一旁打趣道。

"你放屁，有你这么夸人的吗！"孟大下巴不示弱，但打嘴仗不耽误手里的活，他拎着猪肚，快步走到院门口的灰堆旁割破，倒净污秽，回来用清水洗刷几遍，放到一个大号铝洗衣盆里，然后坐在小木凳上，用根筷子一头顶住膝盖，一头顶住肠子，一根一根将肠子翻过来，用水刷洗干净，动作娴熟、麻利……另一名社员将放好调料搅拌均匀的猪血灌进水壶，倒进大下巴双手撑起的肠管，再用线绳麻利地封好口，一根一根猪血肠就可以下锅了。煮肠子有讲究，火轻了嫩，火大了老，弄破皮了顺汤跑。往年，八队杀猪都请大下巴帮忙。八队社员心里谁不清楚，那是看孟书记的面子上。分红高，年节分肉，比七队强，八队就少有社员计较猪身上的灯笼挂、血肠这些细节。大下巴跟着忙活，年年能跟小队干部一起混些猪下水吃，会来事的小队干部，还不忘让他给孟书记偷偷带回去一些，每次孟久公又免不了匀点给他这个不争气的弟弟，毕竟弟弟家里破席烂炕的，还有叽喳乱叫的老婆孩子。

实行互助组第一年，庄稼获得了大丰收。七队社员心里个个像开了一朵花。大家你追我赶割完黄豆，手拎镰刀一路唱着歌回到队部，笑呵呵分了肉，便乐颠颠各自回家包饺子去了。

太阳偏西，正当家家户户准备吃团圆饭的时候，一辆北京绿吉普突然出现村口，马达声引来一群孩子追赶。民兵也回家过节，村口无人值守，吉普车没有阻拦，径直奔了孟久公家。头天夜里刚下过一场淅沥的秋雨，吉普停在泥泞的路旁，副驾驶上下来一个人，手里拎着水果、月饼，车后门打开，跟着又下来几个奇服怪发的人，一起拥进了孟家门。

来的不是别人，正是高乐天。

陷入爱情泥潭的男人是冲动的。心中已是山高水长、苦苦眷恋孟雪姑的高乐天，按捺不住情感的恶魔，趁过节防范松懈之机，带人闯进了靠山村。其实，孟久公刚刚在大队部值班回家，多年来，不管有事没事，他每天都要到大队部转一转，这已成了他的一个习惯。他常对看屋的刘三讲："天天防火，夜夜防贼，万万不可麻痹大意！"虽然刘三耳朵都听出茧了，但嘴上不停说："是是，是是，您这是警钟长鸣！"他要看好自己的"领地"，就连刘三过节都回家了，他却坚持到午后，直到老闺女雪花叫他回家吃饺子。

进屋见饺子没好，他刚喝几口红茶水，高乐天几个人就气势汹汹地闯了进来。孟久公脑门一下渗出了汗珠子，但他毕竟有多年干部经验，完全有信心处理任何突发危机。他心里想，高乐天，你个小王八羔子，当年你大都不是我的对手，我看你能有什么新鲜本事，难道还敢把我的闺女抢去不成？还没有王法了？这些年老子当大队干部，县公安局和公社派出所也认识几个人，不然将你抓了去，趁全国严打，定你个强抢民女的流氓罪，叫你吃不了兜着走，蹲几年笆篱子，看你猖狂不猖狂！

想到这里，孟久公故作镇静，先给高乐天等人让了座，又让儿子建军给客人点烟、倒水，自己也卷起一支旱烟抽起来。孟久公有抽旱烟的习惯，虽然当大队干部抽烟卷的机会多，可他总觉得那玩意没劲，不过瘾。在厨房和母亲一起包饺子的雪姑和雪花不敢出来。唯一的儿子建军是个老实人，念书不行，初中没毕业下来后，孟久公就在公社给他找了一个饭店，学厨师。建军没想那么多，伺候完客人，他一手拎个兜子，一手攥个三齿挠子，出院门轰了轰围吉普车淘气的孩子，就去路旁抱柴火煮饺子了。

屋里留下孟久公一个人待客。不等孟久公搭话，高乐天开门见山地说：

"孟叔，过节了，过来看看您和我婶，我家搬走三年没见面了。过去的事都过去了，那是你们老人的事情，当小的回来看看您也是应该的。"

"那是，那是，其实我与你大也没啥哈，牙哪有不碰腮的？那咱时兴工业学大庆、农业学大寨，实践看你大的很多意见是对的，比如说修梯田这件事，就不适合咱这疙瘩，咱们大队虽然处在丘陵地界，但耕地多半一马平川，不用拦坝挡水，那是瞎子点灯白费蜡，可不搞不行啊，在其位谋其政。你大身体还行吧？"

为稳住眼前几个愣头虎眼的不速之客，孟久公不管心里怎么恨，嘴上还是甜甜的。他之所以一个大字不识能在台上干多年，靠的就是一张八面玲珑的巧嘴。孟大下巴为此常吹嘘："你别看我大哥一个大字不识，可大眼珠子一翻楞一个道儿，你说都是一个妈养的，差别咋就这么大呢！"

"我大身体还行，听说山东老家那边分田到户了，家里日子好过了……"说到这，高乐天突然停一下，然后接着说："前些日子我接到我大一封信，说老家地分了，房盖了，让我回去成亲。"

"那你还不赶紧回去！"高乐天话音刚落，孟久公急忙接话道："听说了，山东那边家庭联产承包搞得很红火，既然房地都有了，你大在这疙瘩当队长就有正事，媳妇一定也给你物色好了，不好在外面瞎混，抓紧回去，别太让你大太操心。"

"孟叔，"乐天用手挠下耷拉到脖颈的长头发说："我今天来还有一件事，我与雪姑的事八成您也知道了，我想带她走，回山东老家。"

见孟久公故意岔话题，高乐天只好和盘托出。

虽然孟久公心里一万个不愿意——我响当当大队书记的闺女，怎能与流氓成亲？笑话、荒唐，不可能！可面对高乐天的直截了当，和几位同行者的气势汹汹，他一时语塞，无法回绝了。

屋里的气氛陡然紧张起来。

孟久公现在盘腿坐在火炕上，只管吞云吐雾不吭声，一副死猪不怕开水烫的样子。在靠山村当了几十年的村支书，他已经习惯了不管谁家请他喝酒，进屋脱鞋就上炕，盘腿就坐主位，被村民们笑脸伺候的感觉。大下巴经常吹嘘："我大哥到谁家，狗都不咬！"有的社员听不下去，揶揄道："半夜上人家老娘们炕，让狗撵得嗷嗷叫，跳墙头，裤裆差点让狗掏烂了，是谁干的事？"

现在，老奸巨猾的孟久公觉得一直沉默下去不是办法，于是话题一转，说道：

"乐天大侄儿，你也清楚，成亲不是一个人的事，要看男女双方的态度。再说了，按照咱们家乡的令，就是你们山东老家也是这规矩，说亲男方要托媒人，啥事由媒人在当间儿撮合！"

"孟叔，我和雪姑是自己谈的恋爱，还用找媒人？再说我们家人都搬走了，找媒人这事不咋好办。双方同意就行了，要多少彩礼我出，只要让我把人领走就行！"

见高乐天步步紧逼，孟久公心里有些急，扬手将烟头向屋地中间一砸道："这不是彩礼不彩礼的事，你们俩前几年处对象是岁数小，和小孩过家家没啥两样，现在大了，你知道雪姑咋想的？今天过节，要留，你们小哥几个就在叔家喝酒、吃饺子，要是有事，叔也不强留你们！"

见孟久公鸡粪味了，坐凳子上的高乐天左右看了一眼弟兄们，见大家也有些不耐烦，于是冲厨房里大声喊道：

"雪姑！你大胆跟孟叔说，愿意跟我回关里成亲！"

这一声喊，像一枚炸弹，投进厨房里。半天，厨房里仍然一点动静没有。高乐天急得站起身来，几个小哥们也跟着站起来，要直接去厨房叫，但马上感觉失态，又坐下来。乐天明白，这不是要个小猫小狗，是要个大活人，哪那么容易，还是要先礼后兵。

屋内的气氛一下子僵持起来。

雪姑在厨房包饺子，思绪早乱作一团。是啊，当年和乐天处对象，本来就让村里人笑话，几年来这场给她带来快乐也带来无尽痛苦的爱情无果而终，她的心已慢慢平静下来。本想爱情的苦水随着岁月的河流东逝而去，谁料乐天居然逼上门来……这都是自己惹的祸，大过节的，搅得一家人不得安宁！

听到高乐天喊她的名字，她一万个不敢进屋呢！别说念及父亲的威严，就是自己内心咋想的也一时理不出个头绪来。她现在只想逃避。要是有地缝，她也会毫不犹豫地钻进去！

"滴答——滴答——"，正在僵持的时候，门外突然传来刺耳的警笛声，并且愈来愈近。高乐天几人听见警笛声，互相看了一眼，似乎明白了什么，一齐起身向外冲，还没冲出门，几名全副武装的警察的枪口就对准了他们。没等醒过神儿，手铐已给他们戴上了。

这时，魁梧的乡派出所所长顾秀山，像面墙似的走到孟久公面前，瓮声瓮气地说：

"感谢孟书记帮我们抓住通缉犯，我会给你报上一功！"说完回头指示随行的警察："带走！"

事发突然，孟久公满脸通红，哪还有什么记功的想法，嘴上连说：

"谢谢，谢谢！"然后躲在屋里没脸出去见人了。

孟家大院墙里墙外围满了人。显然，社员们对中秋节发生这样的事件措手不及。高乐天神情凝重，一步三回头地向警车走去，就在要上车的瞬间，猛甩开摁头的警察，回眸向院里搜寻……搜寻一圈什么也没看到，顷刻泪如泉涌，踉跄着上了警车。

警车的呼啸声打破了小村的宁静。高乐天抢亲被抓的消息不胫而走，成为小山村中秋佳节说不尽的话题。原来，在乐天与孟久公谈判的时候，孟久林手里拎着两瓶酒，过节了来看望大哥，靠这些小恩小惠，搞得孟久公也不得不照应着这个不争气的弟弟。大下巴见院外停着一辆吉普车，开始还寻思过节了是哪疙瘩来人看望大哥，大哥称霸一方，有些县乡干部赶上年节也屈尊来"互通有无"。大下巴脚一迈进厨房，听雪花说高乐天来了，吓得腿直打摽，悄悄退出去，疯狂地朝大队部奔跑，那双破胶鞋不跟脚，他干脆就脱下来用手拎着，赤脚跑。到了大队部，他气喘吁吁喊刘三给派出所打电话报案。原来，高乐天本已金盆洗手，心里盘算着接走雪姑回山东老家成亲，过安稳日子，不料全国"严打"开始了，公安机关正紧锣密鼓通缉抓捕有前科的在逃人员，县城一起聚众斗殴、致人死亡案件牵连上了他。

眼前突如其来的场景吓得雪姑浑身发抖。她躲在窗户后面，眼看高乐天被押走，她神情恍惚，瞬间泣不成声。她做梦也没想到，一段恋情会闹得如此不堪……

当晚，贾晓峰找到我，说已委托秀萍姐将雪姑约出来，四人一起到村西侧的那片松林。

我明白晓峰的用意。事情到了这种地步，好朋友不能袖手旁观。

中秋的夜晚，一轮玉镜般的明月，慢慢爬上了村西的松林。银色的天空，笼罩着已经恢复平静的村庄。早早地赶到我们常相聚的一个地段，我双手垫着腰，倚在一棵松树上，出神地望着月亮。皎洁的月光如一股银流泻了下来，泼在松林的树梢上。我仿佛感到月宫中嫦娥正面带笑容望着我，不，那分明是雪姑面带微笑望着我，但很快，那满面的微笑就被满面的愁容替代了……若不是发生了这样的不幸，中秋月圆之夜，要是与心上人在此幽会，此情此景，会是令人多么的心怀荡漾，满怀温情啊！

云母屏风烛影深，
长河渐落晓星沉。
嫦娥应悔偷灵药，
碧海青天夜夜心。

感慨今人与古人同样的无奈中，他们三人陆续到齐了。而雪姑仍然神情恍惚。是啊，除了流泪，除了自责，她还能为乐天做什么？我和晓峰，还有，也是为了爱，刚刚寻死喝药、身体虚弱的秀萍姐，只能尽力安慰她。除了安慰，我们不知能说些什么，做些什么。说什么呢，贫穷落后的山沟，一场自由恋爱之苗，就这样凋谢了。其实，即使乐天不被抓走又能怎样呢？结果可想而知，孟久公定不会同意女儿与又是冤家的儿子，又是流氓的人成亲。这是谁的错误？是历史，是现实，还是贫穷、落后和愚昧？

谁能轻易解脱历史的束缚，谁又能不被现实所左右。历史和现实常常是混杂一起的，包括贫穷、落后和约定俗成。人们常常深陷其中不能自拔。尽管如此，人类毕竟生活在情感里、希望里、憧憬里。如同现在，尽管艰难，但自由恋爱的脚步声，毕竟在封闭的山村里悄悄响起……

第十一章

县法院的判决很快下来了，结果令人吃惊，高乐天被判了死刑。后来得知，针对严峻的社会治安形势，全国集中开展"严打"，掀起了从重从快逮捕、审判危害社会治安犯罪分子的高潮。

国庆节前一天，惠民城的天空压着阴云。上午九点刚过，县城东西主大街的两侧，围满了看热闹的居民。每逢法院执行死刑犯，都先公审，再游街，然后押赴法场，走过这条主大街时，会引来两侧商店、单位以及行人的围观，在人流嘈杂、车辆轰鸣声中，对犯罪萌芽发挥着很强的震慑作用。现在，高乐天等九名死刑犯在县政府大礼堂被大会公审之后，正由荷枪实弹的武警押在两辆解放牌汽车上游街。死刑犯胸前各挂一块牌子，墨笔字在白纸上前缀"死刑犯"三个字，下面是死刑犯的名字，名字上打着大红叉。死刑犯们几乎都低着头，呈垂死状，而押在第二辆车上的高乐天，表情里却饱含不服、怨恨、绝望，迎风昂首，对这个他生存了二十载的世界，做着最后的告别……三辆警车前面引路，三辆警车断后，过了十字街口，游街车队浩浩荡荡地驶向城西，出城后突然加快速度，呼啸着奔向了西门外山隘里的惠民法场……

本来，我们是不同意雪姑去刑场的。得到高乐天将被执行死刑的消息，头晚晓峰焦急地把我喊出去，转述秀萍姐的话说雪姑死活要去刑场送乐天。我们四人来到村西的松林，商量这个棘手的问题。棘手的原因显而易见，一对恋人，一方被判死刑，一方想去送行，作最后的诀别，看似顺理成章，可是不容忽视的是，那惨烈的场景，一个弱女子能否承受住打击……何况，据说孟久公这几日看得紧紧的，他认为女儿要去刑场给高乐天送什么行，这不光彩的事儿如果传出去，社员们还不笑掉大牙，讲究成一个蛋。

我的意见很明确，不同意雪姑前往。

"雪姑，别去了，这事传出去对你和你们老孟家都不好，你说呢？"

雪姑不语，背过身去，坐在秋后的松叶上哭泣起来。秀萍姐急忙上前劝。

晓峰发表了他的看法：

"就是想去，也不一定能去成，孟叔天天派人在去向阳的公路上看着，根本出不去！"

有了帮手，我坚定地说："要不这样，我和晓峰代你去送乐天吧。"

"这样行，不会有啥后果！"晓峰和秀萍姐附和着。

"不行，我要亲自去送他！"

雪姑猛地从地上站起来，声嘶力竭地吼道，"他是为我才走上绝路的，我不能无情无义！如果我不去送送他，我的良心一辈子都会不安！"

说完，她扶住身旁的一棵松树，又大声哭泣起来。秀萍姐又上前安慰她。

雪姑的态度使我们都很犯难。怎么办？去还是不去？我的脑海里翻江倒海地思考着。望了望已经升上头顶，被松树枝遮挡着慢慢钻进乌云的残月，沉思片刻，我的双眸溢出了泪水。我突然觉得，自己之所以不同意雪姑前往，在内心深处，还有一个对雪姑那么深、那么真挚的疼爱。这一点自私，现在显得更加地强烈，雪姑如果去经受那样惨烈的一幕，为自己的心灵救赎，将承受多么沉重的打击，对她是多么大的伤害。如果不能成行，她又将背上十字架，心灵深处戴上自责的枷锁，一生不会安宁，那更是糟糕的事情！

转念想想，我不由自主地开始理解这个可怜的姑娘了。当年，她是怎样情深意笃地在和乐天谈恋爱，冲破世俗的艰难不提，单论热恋的美好日子，就足会使一个女孩家难以忘怀！那次在晓峰家听她讲述与乐天的恋情，是那样的令人向往——贫困山村的夜晚，一对恋人，在鹅头山下，碰撞出了爱的火花……虽然那火花只燃放了大半年，可针对一个观念落后的地方而言，是多么的难能可贵！

可是环境和世俗的力量太过强大，爱情的嫩苗经受不住风风雨雨的打击，飞向高空的一对双飞燕，一只突然被雷电击中，奄奄一息，直至夭亡，另一只惊魂不定，无助迷茫。本来，经过岁月的洗礼，雪姑已经渐渐淡忘了这次人生旅途中天注定会失败的恋情，可是欠下的情债老天不依不饶，高乐天登门来逼，被抓、判刑，刚刚平静的激滟又波澜再起……如此看来，雪姑想去最后看一眼乐天，与自己的初恋告别，此时显得是那样的无可厚非。

月光下，晓峰显然发现了我的激动。我对雪姑的爱意，他心知肚明。他说："要不这样，秀萍先送雪姑回去，我和峰脉再商量商量，时间长了，孟叔又会到处乱找。"

看着秀萍姐陪着雪姑走远了，晓峰说："明天早起，咱俩偷偷去惠民，不通知她们。"

我同意了晓峰的安排。第二天，天蒙蒙亮，我俩就赶到了向阳客运站。谁知，雪姑和秀萍姐已经等在那了。秀萍说雪姑一夜没回家，在她家哭了一宿，天一亮就往客运站跑，疯了似的。

雪姑一定要去送高乐天，我们只好陪着她。我们乘车到了惠民客运站，担心游街场面雪姑受不了，谎称时间来不及，就劝她直接去了西门外的法场。我们坐乐天大姐夫拉脚的毛驴车，颠簸了半个小时，等在拐向坡下法场的路口。九点半左右，押送犯人的车队鸣着笛，呼啸而来，到跟前向坡下拐弯的瞬间，我们几乎同时看到了胸前挂着牌子的乐天……雪姑"呜嗷"一声，哭着冲上去，我和晓峰急忙把她拽住。但雪姑撕心裂肺的哭喊声，显然刺激了车上的乐大，他将头沉重地转过来，在发现我们的一瞬间，他的口型用力地做呼喊状——可是沙哑的喉咙里呜鲁呜鲁不知喊的什么，大风便卷着汽车跑远了。雪姑意识到乐天是在呼喊她，继续疯一样向前冲，被我们死死拽住……

此刻，惠民的城郊，残云蔽日，凉意袭人，金秋的野外没有了往日黄灿灿的颜色，天地间灰突突的。我们在山冈上，远远看见山坡下人影绰绰，马达声轰鸣。随着山谷里传来一阵清脆的枪响，不一会儿，警车呼啸着从原路返回……高乐天，这个我小时的伙伴，带着一腔遗憾，以及对一位姑娘的深深爱恋，走了，去了一个未知的世界。他刚刚还是村里人的梦魇，人们谈其色变；他刚刚还是孟家的纠结，挥之不去；他刚刚还是雪姑心中一道解不开的难题，使她不知如何是好；他刚刚还是我的假想"情敌"，在我暗恋的湖面上凸起涟漪。可现在，一切都结束了……接下来，秀萍看护着雪姑，我和晓峰与乐天大姐、大姐夫一起赶过去为乐天收尸。乐天大姐一路上哭得死去活来，一会儿一个趔趄卡在草坪上，一会儿哭得背过气去，喊叫苏醒，嘴里反复念叨一句话："你咋不跟咱大一起回关里呀，都怨大姐没照顾好你啊！"乐天的大姐夫眼角有块鸡蛋大小的疤痕，在城里娶不上媳妇，就找了乡下的，以赶驴车拉脚为生。现在，这个老实人一边安慰寻死觅活的媳妇，一边含泪用一辆驴车将内弟的尸首运到火葬场去火化。

我们的心都碎了。但是我们必须坚强。受到严重打击的雪姑已经几次昏厥，我们还要搀扶照顾她。我们要坚持帮她完成送心爱人最后一程的愿望，以此告慰九泉下的乐天——我们亲爱的伙伴！你的爱没有错，是由于我们所不知的原因，迫使你离开深爱的土地和深爱的姑娘。你因爱不肯回关里，流浪县城街头，终于为自己的任性付出了生命的代价。我们不愿说是为了我们的友谊来送你，我们更愿意说是陪着你心爱的人来送你，因为她才是你所盼！她来了，你应该感到欣慰了，你安宁地走吧，只要你的心中有爱，只要你已经警醒，你会一定会获得新生，我的伙伴！

　　将高乐天的尸首运到城西的殡仪馆火化寄存完，与乐天大姐和老实的大姐夫告过别，等回到靠山村的时候，已经是傍晚时分。一路上，望着车窗外"东方红"刚刚翻过的黑色麦田，遗落的麦粒又长出一茬绿油油的麦苗，与金色的大豆田、玉米田形成了鲜明对比。美景之下，我的心里却如同装了五味瓶，七上八下理不清思绪，对刚刚发生的事件渐生惊悚、震撼之感。是啊，人生是美好的，人生也是残酷的。父母赐予我们一颗思考的脑袋支配双腿不断前行——可有时，谁会未卜先知，永远脚踏坚实的大地，总是奔向美好的前程？那一刻，我突然感觉自己像经过风霜的草木，能承担人世间一切的苦难和打击了，并且像一个哲人一样开始深入思考人生问题了。客车颠簸着，我失魂落魄的心情渐渐被心底慢慢升起的一种责任和力量所取代——一切都结束了，生活如同那收割过的麦田，又长出了绿色的新茬，秋后尽管是寒冷的冬季，可那是生命必须要经历的风雪冰霜……

　　孟久公发现女儿一夜未归，哪好意思声张，更没办法差民兵去寻找。一个姑娘家夜不归宿，可不是一件光彩的事。这个把面子看得比天大的村支书，只能憋在家生闷气，尽管大田收割到了决战阶段，一切工作需要安排，可他认为分田到组了，各个互助组收秋都恐落人后，根本用不着公家去瞎操心了，于是他由着性子，第二天破例没去大队当值。看屋的刘三，上门问老书记是不是病了，他正披着衣服，在院里焦急地遛来遛去，惊得墙根的鸡狗，都不敢靠近槽子抢猪食。

见刘三来献殷勤，他大眼珠子一瞪呵斥道："你也恨老子早死是不是！快滚回大队去，有事及时报告，公社里来电话一定要答对好，弄出岔子老子饶不了你！"

傍晚，雪姑回来，他本想大骂一场，可听说高乐天被执行了死刑，他的心一下也揪住了。小时候多好的娃啊，怎么就走到了这一步……他进而有些自责地想，当初要是不把乐天他大赶下台，逼得回了关里，这孩子大概就不会漂在路上……唉！现在想这些还有啥用，谁知道这形势发生了这么大的变化，这几十年都是大队管小队，小队管社员，社员管好自己的小家，除了靠山村，全大队几千号人，没几个敢到外面给他惹事的。虽然也有一些沟沟坎坎，但总算都对付过来了。自己这个没级没品的官，坐得也算稳当。可近几年明显变化了，各种新思想呼啦一下冒出来，好像过去一切都是错误的，边境上不消停，国内也是这个要改，那个要变的，一股改革的风也吹到靠山村了。人都躁起来了，高乐天就是躁的，也算咎由自取，老百姓还是老守田园稳妥啊……生发完恻隐和怜悯之情，看到女儿失魂落魄、浑浑噩噩的样子，一肚子火气的孟久公最终忍住了。

社员们对高乐天的死议论纷纷。靠山村大大小小十个生产队，新中国成立后还没有因犯罪被处以极刑的。虽然孟大下巴逢人便讲，说老高家没好人，死一个少一个，可绝大多数社员都对刚满二十岁的高乐天表示了极大的同情。尤其是七队的社员，对本队搬走的高队长家发生了这样不光彩的横事，讳莫如深。父亲与高家斗争多年，对此事坚持缄口不谈。这天，父亲坐在炕沿上，嘴里叼着烟袋低头看着地面对我说："回家好好学种地，本本分分做人，等你大哥娶了媳妇，你也差不多找个姑娘成个家，人活在世上不容易，小心驶得万年船，一辈子当个庄稼人，平安太平，挺好！"

　　我明白，父亲话里话外对我一个时期的表现相当不满。可不管怎样，如果说高乐天的出现是一个梦魇，影响了我的学业，使我对人生有了新的认识，那么他的突然消失，更给我心头留下了阴影。那么雪姑呢，她能顺利迈过这道坎吗？

第十二章

第一年分组，天遂人愿，格外的风调雨顺，靠山村的小麦长得比肩高，亩产达六百多斤，比"大帮轰"多打一百多斤粮。黄豆也不示弱，亩产四百斤，比过去高产一百多斤。小麦、大豆的"冒高"产量，使社员们对"包干到户"，获得更大的自主权，盼望得更加急迫了。大家心里盘算着，到了那一天，一亩三分地完全自己说了算，说不定会亩产过千斤哩！

像太阳从西面出来一样，被禁锢多年的人们尽情地憧憬着。

生产队宽阔的场院里，各组的成员你追我赶，相互摽着劲，把粮食晒干、选净，再大小车辆吆喝着，送到惠民粮库交了公粮，拿了钞票，开付了饥荒，余钱存进银行，口粮、种子入仓，赶在落雪前收拾完地里的秸秆，就开始猫冬了。

要是往年，猫冬一开始，大队就要下去整班子了。工作组下来之前，在夜色的掩护下，社员开始一派一派搞串联，你上他下的，各队的"能人"心里无不打着小算盘，暗中谋划，神秘的气氛，跟选总统似的。

往年整班子季节，来我家走动的人最多。为避嫌父亲让大哥把狗看好，免得乱咬，动静大，让人怀疑。开始，大哥坚守岗位，狗看得很好，来人弄出动静，大黑狗"汪汪"两声，他守在窗前及时呵斥，狗就消停了。可时间一长，大哥就懈怠了。有次德胜叔来搞串联，摸黑进院，被咆哮的大黑狗撵得跳了墙头，大哥被父亲狠狠训了一顿。见大哥委屈出了眼泪，我帮大哥出主意，晚饭后掰块剩馒头，引大黑狗到跟前，用牛缰绳把狗嘴勒起来，来人狗干嘎巴嘴，叫不出声来。

今年，大队没及时下来整班子的原因，秃头虱子明摆着。大、小队的头头脑脑们，这一年已被分田到户的信息闹得人心惶惶，可谓山雨欲来风满楼。其实孟久公心明镜似的，包干到户是迟早的事，是不得不面对的现实。前些日子去公社开秋收总结会，风向更加明显了——安徽小岗村单干的事，传得沸沸扬扬，南方很多地方陆续也分开了。他深感自己这个一把手的蜡头不高了，家里刚又发生了闺女搞自由恋爱，闹出人命的丢人事，从来自命不凡的他，心气受到了极大的打击，像变了个人似的，整天不愿打理"朝政"，哪还有心情下去调班子，混酒喝，争先进？近几日，他怀着当天和尚撞天钟的思想，心里在打着自己的小算盘——搜寻各种消息，研究不分家的可能性。因不识字，他除了整天广播不离耳，还让亲信刘三笨笨磕磕每天给他读几段报纸，尤其是《人民日报》社论，几乎一天不落。有时听听睡着了，刘三就偷停歇气，他却突然大眼睛一瞪骂道：

"你小子也见风使舵，糊弄老子，接着念！"

孟久公心里侥幸的想：人民公社干了几十年，说分就分了？我就不信，听蝲蝲蛄叫还不种庄稼了，没准这家还不分了呢！去年不就传吗，不也没分开，现在只是分田到组，摸着石头过河，没准就归回去！

孟久公这么想也不是一点依据没有。山北的黎明大队，就是近年来全国有名的集体农业机械化典型。"机械化加化肥，优良品种大粪堆"，黎明大队县里出名，省里有名，中央挂名，集体合作经济搞得红红火火，他们创办了集体机耕队、面包厂、罐头厂、汽水厂、酒坊、油坊、粉坊等一些很有规模的队办企业，一部分农民已经开始试着从传统的农业生产经营中脱离出来，到队办的集体工业里劳动挣钱，并获得了一定的效益，趟出了一条致富之路，有着值得期待的发展前景。这个典型还惊动了中央首长，听说很多"大人物"陆续前来参观考察，甚至总理也乘专机来了，据说总理的专机降在附近一个部队农场的停机坪上。再说北大荒黑土地辽阔无比，适合连片种植和农业机械化，而分产到户条条块块的，影响大型农机具作业效率，因此说不分田到户，继续集体经营，也是有明显优势的。

每当有人问起他，他就敷衍，话里话外暗含着家不一定分的意思。信息闭塞，听惯了孟书记教诲的社员，信服他的人很多，尤其那些"亲信们"，抱着孟久公这棵大树乘凉惯了，不愿撒手，现在继续鞍前马后，抽空还请"贵客"到家中喝一顿——杀只鸡，拌个凉菜，一瓶小烧，尽量保持着与一把手的关系。近臣们心里盘算着，即使分家了，孟久公称霸一方几十年，上上下下有着一定的关系网，老虎的威风还在，万一有个大事小情，他出面给说句话，那不一样。不说别的，单说赌博这件事，家家犯赌，为啥有不挨罚的？就是因为孟久公与向阳派出所所长顾秀山官官相护，他出面给说了话。就说八队"康局长"家吧，每到冬闲必开赌场"抽哄"，为什么从来不挨罚？就是因为有孟久公给罩着，据说孟书记与"康局长"的老婆也有一腿！弟弟孟久林更不用说，三天两头就往哥哥家跑，戴着那顶烂狗皮帽子，趿拉着那双还是当兵复员时穿回家的破胶鞋，往炕上一侧歪，吸着旱烟，唠唠个没完，弄得屋子里乌烟瘴气的。孟久公的老伴对这个邋邋遢遢不争气的小叔子一直没办法，但也只能翻翻白眼。过去，孟久公也不愿意理会这个不争气的弟弟。现在的境况不同了，不管咋说，主动到家里来献殷勤的人还是明显减少了，来的心里也像隔上了一层东西。没啥爱好的他，还真就靠这个不争气的弟弟陪他说说话，唠唠嗑，熬过了这个又漫长、又难挨的冬夜……

一个冬天，没有丁点儿消息。父亲的心里也一直不安。

这天晚饭后，父亲手里拎着烟袋，一个人出了院门，走过一段冰雪路，径直去了"花先生"李明世家。李明世一家住在一套破旧的三间草房里，大儿子娶个上海知青，婚后分家另过了。老儿子跟他学医，娶的媳妇是靠山小学郑校长的千金，校长千金知书达理，容得下老人，就一起合着过。依靠花先生为人看病的不菲收入，家里不用养鸡鸭猪狗，日子也算殷实，每天晚饭后闲下来，老伴就过到西屋去，盘坐炕上由老儿子老儿媳妇陪着，翻出扑克看"对和"——抓七张牌轮流找对，谁先飞抢上第八张配上四对，谁就和了。老太太和的频率高，赢的零钱多，高兴得日日红光满面。虽然她心里也知道，这多半是孝心的孩子们让着她的结果。

现在，老伴又去西屋看对和了，花先生照旧盘腿坐在东屋火炕上，摆弄紫檀木盒子里他那些看病、卜卦算命的什么《周易》、竹签之类的宝贝。父亲"嘎吱"一声推门进屋，花先生精瘦的面孔、深陷的双眼冲父亲笑笑，示意他上炕坐，随手将烟笸箩推给父亲。

父亲点上烟袋，吸上说："老舅（李明世与奶奶沾点偏亲，论辈分父亲叫他舅），你看这分家的信儿准不准？"

李明世用包裹将那些行医卜卦的宝贝小心包好，掖到身后被阁下，回头用一双精瘦且白皙的手指边卷旱烟边说："天要下雨，娘要嫁人，操那闲心干啥？"

父亲沉默不语。李明世看出了父亲的心思，接着说："有什么好留恋的？你祖德贤这些年没少为大家着想，可是病入膏肓，没得救了。分开好，分开，一了百了。"

"嗨！老舅，我不甘心呢！你说孟久公总埋汰我不是当队长的料，老舅你说句公道话，是那么回事吗？咱们七队为啥穷，还不是地少、累赘户多，一个孟大下巴就糟蹋队里三千多块，有孟支书的面子还不能把他咋地！"

父亲打了一个"嗨"声，有些激动，一股脑儿道出了窝在心里的话。

李明世起身到小柜上取过来一只空玻璃杯，把身旁白漆缸子里的红茶水"哗"地倒进去端给父亲，烟气水汽交融，把两个人的谈话气氛衬托得暖融融的。等父亲把一肚子的话发泄完，李明世打个哈欠说道："卦上说天有外星闯入，地上必有大变。前天晚上我去茅厕，见一串流星从头顶飞过，我琢磨着，靠山的天，要变了。"

……

一九八四年正月二十五，人们还陶醉在春节的气氛里，父亲参加完靠山大队紧急会议后，带回来一个令人振奋的消息：在中央新一年"一号文件"的推动下，省里全面推行家庭联产承包责任制，也就是传说的包干到户、包产到户、分田到户，反正就是一个"分"字，把地分给个人种！

像一把从天而降的利剑，这条消息从根本上斩断了僵化的思维，彻底击碎了黑土地上保守派的美梦。犹如气象学意义上的立春已至，真正的春天还远没有到来一样，这个春风化雨般的政策落实起来一定还会有这样那样的阻力，但毋庸置疑的是，把地分给个人种，已经板上钉钉，势在必行了……

父亲让大哥把贾会计叫来，差他立即组织人马，挨家挨户通知开社员大会，不准请假。

晚饭后临出门，父亲对我说，"峰脉，跟我一起去开会，咱家地分好分差，就看你这个秀才的手气啦！"

自从大队开会回来，有着"祖大消停"美誉的父亲坐卧不安，明显

"不消停"了，在他喉咙里发出的急促声音中，完全能感觉到事情的重要程度。对于父亲而言，这些年几上几下，可谓"宦海沉浮"，多少日夜盘算着带领大家致富，可是"三靠村"的帽子至今没有甩掉。他常说，惠民十七个公社，向阳公社是最困难的一个；向阳十几个大队，大大小小一百二十个生产队，靠山七队最穷。显然，沉重的担子使父亲继续带领社员走大集体道路致富的信心已经完全丧失。花先生说得在理，天要下雨，娘要嫁人，天意难违……他也早盼望这天的到来。可这天真的来临了，他又有些莫名的紧张和失落，因为那意味着他不再是生产队长了，将重新回到普通社员的队伍里。如同全国铺展的各种改革，会使所有的既得利益者遭受打击和影响一样，父亲同样在内心深处进行一场激烈的思想斗争。在这人世间，谁会能完全没有一点私心呢？像孟久公一样，父亲同样产生过抵制思想，但一个小队长能做什么呢？别说一个小队长没有能力成为改革路上的绊脚石，据孟久公讲，省领导都因为抵制分田到户都被中央调动啦！即使有那么一点阻力，比如晚落实，比如传播负面思想，比如节骨眼儿上摔耙子、撂挑子，等等，与其因一时想不开拖困大家，莫不如早早分开，以最快的速度放开大家的手脚，八仙过海，各显神通，大干一场。凭借在生产队长岗位上造就的管理才能和种田的本领，带着自己这个小家庭搞单干的前景一定错不了……

我扣上帽子急忙跟了出去。我心里明白父亲的意图。作为生产队长，为了避嫌不好参与抓阄分地——祖队长大公无私在靠山村是出名的，父亲此举是要"保持晚节"。

看我被点了重要差事，大哥咧了咧嘴，没计较，也跟我和父亲一起来到了队部。按照法定权利，十八岁以上成年人都有权参会。

生产队的九间破连脊泥草房里，除去西侧的豆腐坊被石磨、大锅和一些破破烂烂占据着，东面三间挤满了人。队长、副队长、会计、妇女主任、民兵排长、老贫协、打头的组长，"革委会"的七名"常委"全部到齐。地上、炕上，还有外屋，坐的、站的、倚的、蹲的，一百度的照明灯下烟雾缭绕，一张张有些喜悦、有些紧张、有些急迫的面孔，散布在这座象征第七小队权力中心的角角落落。每当队部出现这种场景，预示着生产队将有重大的事情发生。否则，这样的场景只有在年末分红时才能见到。

孟大下巴在孟久公那里早就得到了分家的消息。起初他想不通，甚至不想来参会。他委屈想分家了自己还去哪里刮油水？去年分田到组，有姐夫照应，收成不错，如果彻底分了，还靠谁？可他转念一想，识时务者为俊杰，不参会，如果分家现场有啥便宜，不让别人抢先了？于是他晚饭都没顾上吃，就趿拉着一双破棉鞋，带着磨没毛的狗皮帽子第一个来到了队部。陆续来的社员在他那里，皆提前透露出了分家的口风。其实分组干了一年，社员们对彻底分开早有心理准备。现在，全队八十九户、三百五十二口人、一百多号十八岁以上的劳动力到齐了。很多家庭父子爷们齐上阵，那架势，不像分地，像要抢地。

大队为分地仪式派来了专门工作组，分地仪式由父亲主持。屋地紧里边摆一张褪色的旧桌子，上面放一个破竹暖瓶，几个瓷碗里面盛着贾会计刚倒下冒热气的红茶水。父亲站在桌子旁，用不怎么连贯的语气，传达了一九八四年中央"一号文件"和上级有关包干到户的意见，基本精神是：目前，以家庭经营为主的联产承包责任制已占全国农户总数的百分之九十以上。一些富裕的地区、机械化水平高的地区，原来对联产承包责任制曾经有种种疑虑，经过几年的观察、比较，特别是经过一九八三年的实践，陆续选择了联产承包制。同时要继续稳定和完善承包责任制，帮助农民在家庭经营的基础上扩大生产规模，提高经济效益，为此决定延长土地承包期（一般应在十五年以上）。根据这个精神，决定分田到户。之后贾会计宣读七队分家方案：即按照平均分配的原则，第七生产小队二千二百一十七亩耕地，男女老少平均分配，每口人六亩三分，并且好差搭配，远近搭配，抓阄产生。生效后，自愿商量串换，三天内报队里备案，一经备案，十五年不变。耕地分完后，又对二十九头牛、十六匹马进行了分配，按照先作价再分配的办法，要牲口的掏钱牵牲口，不要牲口的领钱舍牲口，如果要牲口多的，还是抓阄解决。

"我要牛！""我要马！"贾会计的话音刚落，会场就炸了锅。"这样不合理，这牛马不都让有钱户牵去了吗！""西沟子那片涝洼地咋分？""那几个累赘户欠队里账咋办，不能就这么一笔勾销了，天底下哪有那么便宜的事！我们要分债权！"……一些尖锐的问题，被一些社员甚至个别"革委会"成员提了出来。

父亲出了一身冷汗。

其实像累赘户欠下生产队多少账这样的高层机密，一般社员光听辘轳把响，不知道井在哪儿，他不想在此公布，也不能公布，像大下巴这样的欠账户，公布了他也还不上，影响分家进程，压在账本上交由新的政权去研究吧。再说，牵扯到孟支书，孟支书就在眼前坐着，这会让看重面子的孟支书下不了台。自己与孟久公明合暗不合斗了这么多年，但都是一些陈芝麻烂谷子的往事了，如今在树倒猢狲散的节骨眼儿，冤家宜解不宜结。可现在的情形是，班子成员带头发难，说话着急就有那么一点结巴的父亲，脸憋得通红，半晌也没答出一句话来。

孟久公在一旁喝着茶水，吸着旱烟卷，偷偷乜斜一眼蹲在墙角不敢抬头的弟弟，猛地站起来，烟卷往地下一扔，又上去使劲踩了一脚，然后扬起高傲的头颅，瞪起大眼珠子说："怎么的？要造反呢！我告诉你们，分家是中央的决策，谁要是阻挠，就是阻挠改革开放，就是与中央唱反调，这顶帽子轻重你们掂量掂量！"

会场一下鸦雀无声。这几十年，靠山村上下谁不怕大眼珠子？

"我不是批评你们第七小队，这些年为啥穷？为啥分红分不过八队？就因为窝里斗！"

孟久公说完扫了一眼班子成员，然后一脸怒气地坐下来，缓和口气说："杀人偿命，欠债还钱，天经地义，谁也跑不了！嚷什么嚷？"

孟久公震住了场面，接下来父亲让贾会计把大家有疑问的其他问题，都现场一一做了解释说明，打消了大家的顾虑、疑虑。到深夜十一点，地也分了，牲口也有主了，粮草、物资、生产队账目等事宜也都进行了交代和处理。最后，父亲请孟久公发表重要讲话。孟久公端坐在桌子中间，大眼珠子翻了翻，沉稳地把手里又一颗旱烟卷卷完，用舌头舔湿纸边，转动几下裹紧，然后用右手掐掉粗头的纸捻，将细头叼在满是胡茬的嘴巴上，手疾眼快的贾会计"刺啦"一声，划着火柴，随着一股白烟给孟支书点着。孟久公狠狠吸了一口，吐出烟雾，又端起茶水呷了一口，润润嗓子——这几天，天天参加各小队分家会议，每次都要讲话，嗓子都有些沙哑了。他心里虽然不是滋味，但已无法翻天，只能顺水推舟。再说乡党委也对自己进行了照顾性安排，去向阳乡（人民公社已改为乡政府）林业站上班。他要站好这最后一班岗。

现在，他又要开始做指示了。他清楚，这既是贯彻落实上级分田到户的精神，又是最后一次进行"谢幕"演讲，以后不会再有这样的机会了。

"这次搞承包到户，是我党的英明决策。南方分开有几年了，今年祖国江山一片红，全国各地全部分开，就连全国的农业机械化典型黎明大队也不例外。喊哩喀喳，脑瓜搬家，大集体基本一个不留！"

讲到这儿，他停顿了一下，满屋响起雷鸣般的掌声，像要将房盖掀开。

"靠山大队十个生产队，七队最穷，倒数第一，啥原因？红糖包子蚂蚁蛸，鸡头鱼刺，混的！第七小队病号多，赖债户多，调皮捣蛋的也不在少数。"

说到这里，孟久公的眼睛瞥了一眼挤在墙角里的孟大下巴，把孟大下巴吓得赶忙将目光移开，他知道大哥是在点他这个不争气的弟弟。

"现在把家分开，自己伺候自己的地，八仙过海，各显其能，是骡子是马拉出来遛遛，两回子打仗，看这回的！"屋里又响起来了掌声。

接下来，孟久公在讲话中对七小队顺利实现分田到户表示祝贺，对大家都能够如愿以偿抓到好田、好牲口表示祝贺，并祝愿大家在党的好政策指引下，大干快富，力争上游，快些致富奔小康。讲到这儿，孟久公停顿下来，而目光在人群里搜寻一圈，最后一下落到七名"常委"身上，他接着说："这些年，七队班子上来下去的，没轻折腾，可不管咋折腾，都是想带领社员过上好日子，自私自利、调皮捣蛋的毕竟在少数。尤其是老祖这届，没少干事，分红低有客观因素，比如耕地少（说到这，孟久公扭头瞄了一眼坐在身旁的父亲，将苞米种植面积多这条致贫因素咽了回去）。总之吧，在分田到户改革这个历史性的时刻，我们要为七队以祖德贤为首的最后一届班子成员鼓掌，谢谢他们的辛苦付出！"

社员们的掌声"哗"地又淹没了会场。我挤在人群里，将巴掌都拍疼了。大多数人的眼睛里都涌出了泪花。从会议开始，我的目光就一直盯着坐在孟久公身旁的父亲。我从未见父亲流过泪，父亲的目光里始终透着一种威严。现在，身材魁梧、脸盘宽阔的父亲，一双炯炯有神的眼睛也湿润了。我清楚，与多数社员的喜悦泪水不同，父亲和他所率领的"常委们"，泪水里一定蕴含着更加复杂的情感。全国千千万万个村落所有旧体制的带头人，我想面对变革，都会留下与众不同的泪水吧。那泪水里，一定是对过去未能实现带领社员致富的夙愿，而感慨万千。眼前的父亲，卸任之际对组织的肯定、包容和理解，怎么能不动容？

渡尽劫波兄弟在，相逢一笑泯恩仇。恩恩怨怨都过去了，一个新的时代开始了。我甚至想到，如果这股春风再早来几年，也许不会发生高乐天式的悲剧了。

生活和命运是无法假设的，我们能做的，只能是面对现实，继续前行……

孟久公顺利完成十个小队的分家任务后，不再任村支部书记，调到乡里林业站工作。乡党委从机关干部里派来一名姓毛的年轻同志任村支部书记，贾会计三十出头，年轻有为，群众基础好，被推选为村委会主任。

父亲的生产队长职务自然免除。分家时，我们家、三叔和老叔三家分得一匹红瞎马，瞎马干活不地道，老叔相中了西屯六队老解家的一头黄母牛，要七百块。回家与父亲、三叔商量，把瞎马赶到向阳牛马市上卖了，但只卖了三百二十块，哥仨裤兜里加一起也凑不上一百块钱，犯了难。父亲想了一夜，第二天跑到乡林业站，硬着头皮找到刚报到上班的孟久公，孟久公二话没说，找到乡信用社的信贷员，哥三个签字贷款五百块，回来就把六队老解家的黄母牛牵回了家。父亲是长子，队长的面子还在，家里大事小情，小哥俩也习惯找父亲商量，合作得很愉快，哥仨拧成一股绳致富奔小康的局面由此形成了。

大地上的积雪刚被春风抽干，能进去车了，一些先分完地的村屯，勤快人家就满身大汗地刨粪、送粪了。

前屯姑父居住的一队，早一步分了地。唯一的姑姑嫁给了一队的孙德林，婚后生了一堆孩子，日子过得紧紧巴巴，分家时买牲口，掏不出一分钱。一个春风料峭的早晨，姑父突然进了家门，摘下狗皮帽子，露出"刨花秃"脑袋对父亲说："大哥，你看我拣了一冬天的粪，沤好了，

103

可没车送到地里去。老话讲种地不上粪，等于瞎胡混，咋整啊！"

把姑父让到小柜旁的凳子上坐下来，父亲坐炕沿上只管吸烟，半天不吭声。牛是哥仨合伙买的，他不好一个人暗中做主。

看出父亲的难处，姑父继续央求说："大哥你就这么一个妹妹，别人看笑话，大哥你不能看笑话啊！"

听姑父这么一说，父亲的眉头抽搐了一下，低头向墙根磕磕烟袋说："行，把牛车赶去吧，快送快回！"

姑父乐颠颠赶牛车走了，我担忧地对父亲说："不跟三叔老叔打声招呼？"

父亲说："你三叔老叔我了解，过日子一个赛一个仔细，打招呼你姑父牛车能赶走？"

我会意地点点头。父亲又说："其实，你这个姑父不是亲姑父，你老姑是你老爷的闺女。当年，我娶你娘之后与你奶分家，没地方住，正好你老爷有病一个人生活不下去，去前屯投奔你老姑，临走时，见咱们家可怜，就把那栋尼姑住过的小马架送给了咱们。"

这时，母亲做好早饭，手里正端着碗筷，进屋张罗放桌子吃饭，听了父亲的话，母亲接过话茬，挑起大眼睛，激动着说："你爸说得对！那时候你奶往外撵咱们，你三叔直往外扔行李！要不是你老爷给咱们小马架，咱们就得住露天地！"

听到不利于奶奶的话，孝敬的父亲狠狠瞪了母亲一眼。

两天后，姑父把牛车送回来，但黄牛兀自打蔫，三叔老叔顿时急了眼，埋怨父亲不该借牛给姑父送粪，没日没夜的，累着了。父亲解释说姑父不是外人，家里困难，不能看笑话，以后送粪、趟地、拉个庄稼什么的，难免要帮他。见老牛趴在牛棚里打蔫，脾气倔强的三叔眼睛里直冒凶光，对父亲吼道："就你知道交人！牛累死了算谁的？不行分家！"

"对！不行分家！"老叔也在园门处叫嚷。

哥仨"斗牛"引来很多邻居围观。

知道小兄弟俩会过日子，但父亲怎么也没料到会这么不近人情，反应会这么大。这反应暴露出来的已经不仅仅是借牛问题，已经演化成对他这个曾经说一不二的大哥的态度上！前脚刚刚下台，后脚他们就给自己下马威，联想小哥俩最近的态度，变得极度敏感的父亲怒火中烧，居然出口不逊了：

"就借了，怎么的，你们两个小兔崽子，还反啦！"

爷爷死得早，那时老叔八岁，三叔十二，是守寡的奶奶和父亲把他们抚养成人。长兄如父，父亲自认有功，有权威挟制两个弟弟。可此时父亲明显对形势估计不足，已成家立业的三叔老叔，早不是当年需要他用翅膀呵护的小兄弟了。

见大哥口出脏言，年轻气盛的老叔俨然找到了"开战"的借口，不由分说，上去就把父亲抱住向后推搡出六七米，没想到老兄弟会下手，父亲一下摔倒在地。这时三叔也冲帮上来，小哥俩与父亲厮打在一处……

天命之年的父亲怎么是小哥俩的对手，只有招架之功没有还手之力，倒地上本能地双手抱头。围观者们显然被眼前突如其来的"战争"惊呆了——母亲声嘶力竭地喊我和大哥去"救"父亲，我和大哥撸起袖子奋不顾身上去"参战"。

东院的奶奶听到西院的吵闹声，挂着拐杖蹒跚着走了过来，见此混战的情形，拐杖向空中一扬，喝住了我和大哥，三叔和老叔也松开了父亲，一场"战事"被制止了……事后，父亲的腰疼了好几天，奶奶只好把自己积攒的蛋糕、罐头拿来安慰父亲。

裂痕公开化了，合作已不可能，哥仨就此分家。将牛核给我们家，父亲借齐三百块钱，顶牛款给了三叔和老叔。这意味着，父亲和两个亲兄弟走上了各干各的道路……

其实，三叔和老叔的心里，早有了一个更大的梦想。小哥俩广泛发动亲戚朋友，凑够了三千块钱，然后兜里揣上扳手、螺丝刀等防身的家伙，到惠民车站乘火车，连夜去相看三轮拖拉机了！在大兴安岭东麓绵延的山脉里，其中有一座山峰，形如磨米的石碾子，老百姓俗称"碾子山"。碾子山上的石头适合做军火，又在大后方，三面环山，地形隐蔽，国家早期在此建设了一座兵工厂，为国防建设发挥了重要作用。和平年代，兵工厂吃不饱，就走了军转民的道路，生产农用拖拉机。开春，老叔见外村有人买回来那像警用挎斗摩托一样的三轮拖拉机，心里早长了草。他心里不止一次联想着骑跨在大摩托上，像派出所所长顾秀山一样，风驰电掣牛气哄哄飞过街头的风光场面。暗地里他跟三叔嘀咕好几次，碍于父亲的威严，三叔一直没敢表态。这次分家了，两个人暗中商量好，又软磨硬泡做通奶奶工作，星夜向西跨过嫩江，赶往五百里外的碾子山。坐了一夜火车，小哥俩下车早饭都没顾得上吃，就寻问着路线，转来转去摸到了兵工厂。兵工厂坐落在山坳里，四周楼房林立，烟火和晨雾交织，灰茫茫一片。宽阔的厂区院里停满了草绿色儿的大摩托，一下子把哥俩吸引住了。左瞅瞅，右问问，挑了一辆可心的，交钱办了手续，兵工厂的师傅又负责任地教会二人驾驶，二人在练车场又练习了半天，把口袋里的余钱除买几根麻花充饥，剩余的都加了柴油，便乐颠颠地往家开。三轮"突突突"的引擎声，惊得山中的飞鸟喳喳地飞远了。

出了兴安山脉，过了嫩江桥，大摩托跑得更快了，一会儿三叔开，老叔坐翅膀上，一会儿老叔开，三叔坐翅膀上，小哥俩像两个孩子，一路欢喜地在"突突突"的美妙音乐声中憧憬着美好的未来。轮到老叔驾驶的时候，天渐渐黑了下来，离家还有一半的路程，傍晚融化的雪水结冰，路面打滑，一天一夜没怎么合眼，驾车技术又不怎么娴熟的老叔稍

106

不留神，居然把车开翻到了路边的浅沟里……

第二天太阳初升，当大摩托开进奶奶家的农家土院时，就像天外飞来了UFO，引来邻居围观。孟大下巴带着磨没毛的狗皮帽子，趿拉着旧胶鞋，左看看，右看看，眼圈都看红了，脚踩在冒热气的鸭屎上他也不在乎，嘎巴着大下巴不停叫好。他这个义务宣传员知道了，消息很快传遍了全村，很多人争相来瞧看这绿色的家伙。

三叔和老叔当然隐瞒了掉进路沟"走麦城"那一段，老叔心里忍着卡破膝盖的疼痛，面带笑容地接待了前来参观的人。早饭时，好热闹的大哥也跑去看了，回来却一脸的乌云。母亲一问才知道，他稀罕大摩托，摸了摸，却被倔三叔没皮巴脸地吆喝了一顿。母亲手里端着饭碗说：

"小子，没啥了不起的，这咱兴发家致富，咱们争点气，明个儿挣钱也买一台！"

父亲只管闷头向嘴里扒拉饭，一声不吭。此时，我很能理解父亲：一个新的时代真的来临了，别说管理一个生产小队的威风日子一去不复返了，就是管理两个亲兄弟的日子也消失在了岁月的烟尘里。从处处迸发的活力看，人管人，人不干，分家政策调动了千千万。一个简单的生产关系的改变，给农民带来了无穷的力量和积极性。单干，就是给自己干。走生产队小伙装老头，搞单干老头变小伙，堵塞的血管通开了，老驴尥起了新蹶子。一切证明，分田到户犹如春雷炸响，是个孕育着无穷力量的法宝。

第十三章

　　回乡务农第一年，就赶上土地改革这历史性的变化，冥冥中，我成了时代的幸运儿。我与乡亲们一样，幸福地憧憬着，畅想着，仿佛分到手的那几块耕田会马上长出黄金似的。

　　自从"薅麻会战"与贾会计发生了摩擦，刚刚过去的这个秋天，父亲没再安排我参加劳动，只在家帮母亲干些挑水、抱柴火，收拾房前屋后小菜园的零活。小雪前后，第一场雪融化完，紧接着就落下了一场大雪，把黑土地、鹅头山和封冻的润津河打扮成了银白的世界。第一年实行互助组，粮食丰收了，社员手头宽裕，办喜事的多了，赌博的恶习也有所抬头，"康局长"家塞满了投机取巧的人。没了学习压力，我也尽情享受生活，给省电台《听众点播》节目写信点歌，到晓峰家用录音机放磁带听歌。张明敏的一首《我的中国心》，我百听不厌，还偷偷学唱，并录到磁带上。

　　　　河山只在我梦里

　　　　祖国已多年未亲近

　　　　可是不管怎样也改变不了

　　　　我的中国心

　　　　……

有时，我还到奶奶家与老叔下棋，杀个你死我活，面红耳赤，奶奶常常叼一个长杆的大烟袋，在一旁当和事佬。荣升村主任的贾会计买回了村里的第一台电视机，黑白的，十二英寸。每到黄昏，贾会计家的两间茅草房，就像蚂蚁翻蛋似的，屋里屋外挤满了人。特别是到了电视连续剧《霍元甲》开播的时段，村子几乎万人空巷，水也不担了，柴火也不抱了，炕也不烧了，着急看耍猴戏一样，陆续奔到贾会计家看电视剧。村民看得热血沸腾，爱国情怀高涨，直到深夜荧屏上出现"雪花"，个个才依依不舍地离去。

　　我与贾会计（虽然他当了村主任，但我还是习惯叫他贾会计，如同习惯忘记他的本名贾兴旺一样）发生过不愉快，当然没脸去。而是偶尔钻进德胜叔家，在暖和的屋子里，看赌徒们打牌。有时，也趁机给秀萍和晓峰送信儿。我这十八岁的"小公牛"对异性的向往也越来越强烈了，时常想入非非，但不敢多想，多想一会儿就会滋生负罪感、羞愧感，搞得自己莫名紧张，好像有什么隐私在人面前暴露了。我想的那个"异性"当然是雪姑。脑海深处，无不是与雪姑丝丝缕缕的关联，以及缥缥缈缈的未来。

　　十八岁的年轻人啊……

　　我也常常隐隐不安。冬去春来，村里虽然发生了分田到户历史性的大事件，但从县城法场回来，我没机会再见与雪姑。秀萍姐说雪姑受的打击太大，很少出门，她也很少见到她，孟久公不友好甚至深藏怨恨的眼神，她也不愿面对。

　　我和晓峰更不便接触。我们只有在心里默默为雪姑祈祷。

　　七队这个贫困村、懒惰村，分开第一年的备春耕生产，也早早开始了。换麦种，买化肥，收拾农具，家家户户你追我赶，都怕落在别人后面。去年，我家与三叔、老叔一个互助组，丰收的麦子品种好，父亲组织我和大哥挑了又挑，选了又选，装了满满登登一麻袋待播。余下半袋子，留给住润津河南岸的二舅。

这天，二舅戴着狗皮帽子，赶着一匹马的单车，来家里换种子，顺便拉来半车柳条。娘家来人了，母亲乐得合不拢嘴，招呼大家一捆一捆把柳条卸进园子里。植物都是有生命的。万物复苏的春季，园角摞起来的柳条堆红彤彤的，已然能闻到生命的气息了。

"这回夹障子不用愁啦！好几宿我都没睡好觉，想摸点小鸡仔儿，又怕祸害菜园子！"

母亲一边给二舅杀一只"隔年陈"的红公鸡，一边欢快地说。母亲摸鸡远近闻名，家里的零花钱和我们的学费，都是母亲从鸡屁股里抠出来的。熬过风雪冬季，到了开裆鸡"咯答咯答"鸣唱的初春，我们会从天使般的鸣唱里，闻到油盐酱醋的味道，嗅到生活的希望，甚至拣回失落的尊严——院里"咯答"声一响，意味着会将我们从自卑的情绪里拯救出来，不再为几块钱的学费，而在老师学生面前抬不起头来。

二舅一进院儿，见了我便笑说："下学生门儿干粗活，二外甥能习惯呢？"

二舅不经意的一句玩笑，一下触碰到了我的痛处。我嘿嘿苦笑一下，什么也没说，急忙接过二舅手中的马鞭，牵着二舅分家时分到的枣红马，去牛棚里喂草了。

二舅不胜酒力，我和大哥劝说着喝了二两小烧，一张白净的脸就变成一张红纸了。

"姐夫，今年种地你买化肥不？"有正事的二舅，喝酒闲谈，也不忘唠种地的话题。

"不买！"父亲放下酒杯激动着回答。

"我们那疙瘩家家都买了，我也买了。"

"家家？你糊弄鬼呢！"父亲更加激动，"小贺子（二舅的乳名）我告诉你，你东西两屯打听打听，这可不是说，你姐夫我种地报不报二洼地？想骗我，没门！"

"我能骗你吗大姐夫，人家说那玩意的劲儿老大了，比粪强百倍！"二舅又重复一遍他的观点。

三弟峰良没放学，母亲在厨房忙活烙油饼，不是来了尊贵的客人，家里很少能闻到这弥漫屋内外的大豆油香味。我和大哥成年了，父亲允许上桌陪二舅吃饭。平素给父亲烫酒，尝一口我都嫌辣，不会喝。大哥则给二舅满杯后自己也倒了一杯。因野外放猪，大哥被晒黑的皮肤一冬天又养得白嫩了。此刻杯酒下肚，瘦削的脸盘泛出了红晕。

见父亲与二舅争执，我坐炕边看眼大哥没敢吱声。大哥坐我对面炕边上，一条腿着地，一条腿蜷炕沿上，听了父亲的话，他端杯"咣当"一声与二舅碰了，仰脖干了酒，然后喘着粗气说：

"什么呢！你看咱们屯子多少家都订化肥啦，贾会计家、王大炮家，我三叔、老叔家……"

大哥很少顶撞父亲。这些日子，为买化肥的事，我们哥俩正与父亲较着劲呢。大队供销社要进化肥，叫什么二胺和尿素，说上地比粪有劲，产量高，我和大哥建议父亲也去订。父亲用他的理论反驳说："种地不上粪，等于瞎胡混！你们看去年冬天，满屯子旮旯胡同的粪让人拣得精光，你们哥俩不也拣一堆堆在猪圈旁？过几天引火沤发喽，上地没治啦！"当时大哥不敢吭声，我勇敢解释说："不是不上粪，化肥就是肥料，人畜粪是有机的，化肥是无机的，更有劲，能催作物生长和早熟。"父亲生气说："我不管有鸡的还是有鸭的，我就是不花那大头钱！"

父亲"不见兔子不撒鹰"的做事风格出了名，七队穷困与父亲的保守不无关系。大哥说不清楚化肥是个什么玩意儿，见三叔老叔订，他就觉得没错，自从两个叔叔开回来"大摩托"，他打心眼儿里崇拜他们。前几天争论无果，现在听说就连行事谨慎的二舅也买了化肥，见来了帮手，大哥不想错过争取父亲的机会。谁知，大哥话一出口，父亲就瞪起眼睛急了，大声喝道：

"咋地小子（大哥的乳名），你想当家啊？我告诉你，别看你是大的，我还没老！"

见父亲急了，我撂下饭碗躲到厨房帮母亲忙活去了。母亲正在锅灶上烙饼，听屋里动静不对，问我咋地了，我说没咋地，我爸喝点酒说话声大。母亲说把油饼端上去吧，我说娘你端进去也趁热吃吧，我到外头透透气。我开门走出热气油香交织的厨房，到院里一看，太阳偏西了，瑟瑟的一股凉风吹到我滚烫的额头上，我急忙裹紧上衣，用手捂住额头，去了牛棚，心情沉重地去给二舅的枣红马添草料了。

天晚了，母亲想留二舅住一夜，可父亲酒杯把桌子摔得"啪啪"响，嚷嚷够了，好歹哄躺下睡了，打出鼾声才算消停。吃完饭，再也留不住，二舅便气鼓鼓套车回去了。夕阳露着半张脸，正在窥视这个充满矛盾的世界。望着二舅远去的朦胧背影，听着渐渐消失在白雪、树带间的马铃声，我心里难过极了。三个舅舅四个姨，属二舅最聪明，最谨慎了。小学一年级时，见老师拿粉笔在黑板上写字，很好奇，就偷偷拿回家一支乱写乱画。一次，我正在家泥草房山墙上写着"毛主席万岁"几个字，二舅突然手里拎个兜子进院了，他抚摸着我的头说：

"二外甥，可不能乱写乱画，要有坏人加上'打倒'二字，你就惹祸啦！"

对二舅的小题大做，我不屑一顾，认为谨慎过了头。长大后，越想越佩服二舅。现在，连这么谨慎的二舅化肥都买了，父亲还转不过弯，看来父亲的保守思想根深蒂固！也许，队长的"乌纱帽"被改掉，俩弟弟又另起炉灶，父亲心里一直憋闷着……

这天上午，老叔突然来喊我和大哥，去供销社帮他们"抢"化肥。

老叔"突突突"驾驶着"大摩托"，牵引着生产队胶轱辘车改装的平板车斗，我和大哥坐上去，不管颠簸，心里美滋滋的。几次想坐"大摩托"过过瘾，俩叔叔都把宝贝疙瘩看得紧紧的。闻着柴油味，满面春风地到了供销社，我和大哥干劲冲天，不一会儿，就装满了一车化肥。四面八方陆续赶来的村民，无不夸赞我俩虎虎生威。

装完车，我和大哥"腾"地跳上车斗的化肥垛上，准备再坐一次过瘾，忽见一辆手扶拖拉机"哒哒哒"地朝向阳方向驶去。车斗上坐着孟久公，雪姑的大姐雪芬、弟弟建军，还躺着个病人，用棉被包裹着。

"出什么事了？"我立刻紧张起来。我转身跳下车，正好孟大下巴戴那顶破狗皮帽子，趿拉那双破胶鞋，抄手转悠到我面前。

"二叔，怎么回事？"

"别提了，雪姑病啦！"孟久林一扬手说。

"什么病这么急？"

"看样子不轻，魔魔怔怔的，不吃不喝不说话。"

听了孟久林的话，我的胸口像一下堵上了什么东西。可我能做什么？我能做的只是在心里默默为雪姑祈祷……

雪姑得了间歇性精神分裂症。当然，从百里外的东安农场精神病院返回来，孟久公对外隐瞒了这个不幸的消息。消息是从他弟弟大下巴嘴里传出来的。大下巴说医生让患者住院，孟久公说现在春耕忙，不住行不行？医生用不解的目光瞄了一眼孟久公，似乎在怀疑他的父亲身份，然后说：

"精神分裂症实际就是常说的精神病。这种病的特点是间歇性发作，一阵一阵的，平实跟好人一样，受点打击、刺激了就会犯病，你姑娘是初犯，从医学理论上讲，很多疾病初犯期都是最佳治疗期，这个你们家属要自己拿好主意！"

从医生办公室出来，孟久公觉得医生说得在理儿，应该住院坚持治疗。

他回到病房，建军和雪芬两个孩子正围在雪姑病床前。点滴给药后，二丫头神志清醒，基本恢复正常了。孟久公把两个孩子叫到走廊，小声重复了医生的建议，建军和雪芬都让父亲留下，他们回去忙春耕。孟久公思忖后说：

"还是你们姐弟俩留下吧，头一年分家，地咋种不是闹笑话的，再说我刚到林业站报到，春干物燥，山风也大了，正是防火关键时期，我也不能请假太久！"

厚道的建军看了一眼大姐，雪芬顺从地表态说："那就听爸的！"

办好住院手续，孟久公在医院走廊的长条椅子上对付了一夜，第二天先乘火车到了惠民，又乘客车返回了靠山村。一路上，他迷迷糊糊的，困倦了也睡不踏实，心里一直为家庭的不顺感慨：人不顺溜真的是喝凉水都塞牙啊！干了二十二年零五个月的大队书记，被改革的风一下给吹下台了，这二丫头处对象又处出这么个病。按理说，自己最喜欢这个二丫头，虽然自己风风光光到乡林业站上班了，但家里分的责任田还得种，人走茶凉，树倒猢狲散，就连像狗一样天天在眼前摇尾巴的刘三，也跑得无影无踪了，你看哪个还上门来？自己当书记吆五喝六喊了这么多年，分家第一年可不敢落下，否则让人家背后戳脊梁骨，说我孟久公除了会瞪大眼珠子吓唬人，种地却狗熊一个。人生在世，就是斗争，不蒸馒头争口气，走大集体我管着你们，新时代分田到户我也要比你们强！再说，雪姑患精神病的消息要是传出去，自己老脸往哪搁？这也是他坚持先从精神病院回村的因素之一。他回来，舆论就消停了。

怀着复杂的心理，孟久公回家安慰一下哭肿双眼的老伴，就急急忙忙去串换高产的小麦种子，购买化肥了。可他没料到的是，他回来第二天，雪姑说什么也不在医院待，逼得雪芬和建军没办法，只好陪她回来了。临走时，医生千叮咛万嘱咐，回家一定按时吃镇静药，不能受惊吓和刺激，反复就不好治了。

我将雪姑犯病的消息告诉了晓峰，晓峰十分惊愕，用一脸茫然的目光望着我。难怪，姑娘小伙谈谈对象，居然闹到一个走了黄泉路，一个患上精神病的地步，谁的灵魂能不被震撼呢？

那一刻，我的脑子里第一次对生活产生了悲剧感。

第十四章

时光的步履从来不会因人间的悲喜而稍作停歇。

一九八四年农历谷雨，积雪化尽，黑土地已完全恢复了黑油油的原色。去年秋天家门前拖拉机统一耙过的耕地，公家一帮人正组织划分地界。

新当选为村委会主任的贾会计，满面春风地领着会计和几名社员，驱赶着一匹马的犁杖，"驾驾驭驭"地在耙过的土地上犁出一道道浅沟来，一直犁到南地头树带，算是分清了两家的地界，然后将用毛笔写好名字的一条小木板，钉在地上作为标记，便彼此分开了或张家与刘家，或王家与赵家的地界，从此，谁愿种啥种啥，想咋伺候就咋伺候，互不相干。一道浅沟，犁出了一个新时代，终结了"大帮轰"的历史，这在几年前是连想都不敢想的。每天早晨，人们再不用听着"当当"传遍全屯子的钟声，到小队部院子里集合上工，然后共同向着一个目标、一个方向、一个地界进发，一路上欢声笑语，张家长，李家短，然后在打头的带领下或一起铲地，或一起割地，你追我赶，打情骂俏。有人落在后面，还要相帮着回来接应。劳动时的异常团结和难得的快乐，体现着集体的美，也体现着人类喜好群居的本质。可是有什么办法呢？"大帮轰"式的合作，集体蛋糕分配上的平均主义，严重滋生了投机取巧和慵懒思想，造成绝大多数农民在生活贫困线上苦苦挣扎，哪还敢奢望良好的教育和医疗？千呼万唤始出来。终于分开了，从此下地不敲钟，干活无监工，肚子不叫不收工……

划分完地界的第二天，三叔和老叔就"突突突"地开着大摩托，拉着麦种，雇下播种机抢先播麦了。

这比往年整整提前一周。

俗话说，生产队的球子，出民工的油子，干部家的老头子。孟大下巴是有名的懒汉。生产队时他仗着哥哥孟久公是大队书记，占下指标到部队当了两年劣子兵，早早复员后，不咋出工干活、常年泡病号不说，还竟干一些偷鸡摸狗的事。即使出工也出力，专挑拣一些俏活干，当个饲养员、保管员了，"看青"什么的。这还不说，大下巴还好吃好喝，猪马牛羊、鸡鸭鱼肉，有卖的他就敢买，小烧酒不断溜，东家赊，西家欠，欠下一屁股饥荒，堵不上就到队上借。他常到家里哀求父亲："老祖大哥，你看咋整，烧酒又断溜啦！"脸皮厚的神仙拿他也没办法。

父亲有时压着火气说："久林，你咋总给队上出难题，总借钱给你买酒喝，社员知道了还不得翻天？"

"那咋整，嘿嘿，嘿嘿……"大下巴不知羞臊地傻笑，赖着不走。

一次磨得没办法，父亲迟疑着扯下一张老皇历，在背面写上：

贾会计：
大下巴老婆犯志（痔）疮了，借五块。
　　　　　祖德贤
　　　　　　　一九七五年八月八日

父亲刚写完，孟久林就一把抓过来，趿拉鞋跑去贾会计家取钱买酒

117

去了。

有孟久公罩着，谁当队长也不好不照顾孟久林，到年底欠队里千八百是常有的事。七队本就穷，年底分红一个工分没超过五毛钱，辛辛苦苦干了一年，家家都是胀肚户。而村东八队，年年都分一块多，最多时分一块五，有很多剩钱户。

父亲分析，与八队相比，七队穷原因有三：一是耕地面积相对较少。当年归队时分地，暗中八队就比七队分得多，老人都知道，但哑巴吃黄连，心里明白嘴上说不出。二是苞米种得过多，靠山村处于高寒地带，霜来得早，苞米经常上不来，满地"老来瘪"卖不上价。而八队小麦播种面积多，甜菜、亚麻经济作物种也多。

我问父亲，七队为什么不种挣钱的经济作物呢？父亲抽一口烟袋，双眼无神叹口气说：

"嗨，古语说朝里有人好做官。还不是孟久公造的孽！苞米种植任务他年年给七队多分，有一年我在会上和他顶，他大眼珠子一翻楞，'祖德贤，能不能干？要当队长的人拿鞭子赶！你不种他不种，谁种？上面要粮食任务我去老鼠洞里抠？'他偏向八队，人们传言他和八队'康局长'老婆关系暧昧，'康局长'老婆是八队队长解永财的亲妹妹。开始我不信，有年夏天我去东沟子察看庄稼长势，他俩竟被我堵在了苞米地里！"

"还有一条，"父亲郁闷一会儿接着说："病号多也是重要因素。像孟大下巴这样的累赘户七队有七八户，包袱沉呢。现在分开，种啥不种啥，种多种少，自个说了算，谁也不用再拖累谁！"

大下巴这个寄生虫，哪肥哪啃，占惯了公家便宜，对分田到户耿耿于怀。刚分开那阵子，他三天两头往他大哥家跑，透露信息，看归回去的可能性，再趁机对付点酒喝。哎！一个多么不争气的人！孟久公是脑袋瓜非常灵光的人，他十分清楚，北大荒实行联产承包责任制省里阻挠了几年，听说今年中央动了真格的，不换思想就换人，现在分开了，开弓没有回头箭，东流之水不可复西，再想归回大集体，那是做白日梦。

于是他苦口婆心劝弟弟说：

"我现在调到公社林业站工作，组织给足了我面子，靠山老百姓也能给我面子，咱老孟家有个大事小情、危难遭灾的，一时半会儿的还没问题！但树再高也有枯萎的时候，今后你要待弄好地，务些正业，免得全家老小跟着受苦，大哥帮衬你这些年，但总不能帮你一辈子！"

满脑子糗思想、一身懒骨头的大下巴，咋能听得进去？这耳朵听那耳朵冒，生产队刚分开没几日，没处借钱买鸡买鸭，逼得他居然又去偷！

这天，夜深人静，全村人怀着致富的希望进入了梦乡。他出了院子，迎着清明前后料峭的夜风，把破狗皮帽檐放到底，手里拎个旧麻袋，从后街西侧的自家门口出来，脚下一阵风似的，"嗖嗖"一会儿就到了水井旁的王守礼家。姐夫家的黄狗认得他，一声没叫，摇摇尾巴又跳回大门旁的窝里睡觉去了。他悄悄进院，潜到草房东侧的鸡架旁，蹲下来，稳稳神，只见周围漆黑一片，除了猪狗的鼻息声，没一点动静。他不慌不忙，从破棉袄袖口上拽下一团棉花，"刺啦"一声划着火柴点燃，然后用手遮挡着光亮，扔进了鸡窝里。接下来，他慢悠悠蹲在鸡窝旁吸烟。他边吸烟边想，姐夫啊，你也不能怪我，谁让你见钱眼开，见利忘义呢？去年搞互助组，哪个组成员不是家族加亲戚，一窝一窝的，你可倒好，嫌我困难，死活不要我。要不是我姐跟你发脾气，我还真不知跟谁去搭伙呢！

想到这，他狠狠吸了一口旱烟卷，烟火照亮了夜空。他吐出烟雾，左右看了一眼，心里说咋地？你王大炮就是抓住我偷你家鸡了，你还敢去告我？家丑不可外扬，家门你都出不去，就得被我姐拽回来！

想到这里，偷鸡贼脸上掠过了一丝得意的笑。

一根烟吸完，冻得他连续打了几个寒战，随着"嗖嗖"的夜风，再闻不到鸡窝里飘出的烧棉花味，窸窸窣窣的鸡也没了一点动静。于是，他不慌不忙将手伸进洞口，把熏得晕死的鸡摸出来，一只一只塞进麻袋，塞了半下子，他起身窃笑了一下，背起袋子，迅速消失在漆黑纯净的夜色里……

　　现在，太阳升到三竿高，满村子吵闹着备春耕，王大炮家门口却围了一群人，丢了十二只母鸡一只公鸡，连窝端，翠芝心疼得捶胸顿足，在院里骂了一早晨偷鸡贼：

　　"咋这么做损呢给我连窝端！你以为没人知道啊，头顶三尺有神灵，让你们家生小孩不是聋就是瞎，断子绝孙……"

　　大下巴吃完鸡肉，喝完鸡汤，酒醒了，睡腻了，趿拉上他那双烂胶鞋，打着哈欠，东瞧瞧，西望望，又开始四处扫听新闻了，村里的大事小情他要早知道——生产队时养成的这个坏习惯，倒也成了孟久公的千里眼、顺风耳。

　　听三姐翠芝在院子里叫骂，做贼心虚的他，远远躲开了。

　　现在，他抄着袖口来到了我家门前的地头，先打个哈欠，又大下巴耷拉出一尺多长，见三叔一帮人正忙着播小麦，他用袖口抹抹春风吹落的眼泪说：

　　"德鹏我祖三哥呀，麦子播这么早，天凉不出芽埋在地里，还不得捂籽儿啊！"

　　"东方红"嗡嗡叫着，三叔蹲在播种箱上，边向麦种里搅拌化肥边大声答道："那好啊，不出芽毁地种白菜，到秋送你一车回去腌！"

　　三叔外号"三倔子"，干活要强，说话呛人，一句话把孟大下巴噎了回去，只好"嘿嘿"着咧嘴傻笑。

　　我和大哥受父亲的指派，也前来帮忙。其实我们哥俩乐此不疲，都想趁机坐坐往地里运送种子化肥的"大摩托"。

惦记雪姑的我，悄悄走到孟大下巴身旁，低声问："孟叔，雪姑咋样了？"

见我关心他侄女，打蔫的大下巴一下又来了精神头，也不隐瞒，直接说："峰脉我大侄子呀，她受了那么大打击，你说能好吗？我看你挺惦记我这侄女，跟你说句实话吧，她现在不但没好，我看是越来越重了，这药吃的，光药钱就败祸多少！"他把长长的手掌从袖口里掏出来，往我眼前一扬说："一巴掌五百多块没了，也就我大哥这家庭！"

"那怎么办？"我焦急地问。

孟久林瞟了一眼我身后，见十几米外三叔、老叔和大哥正忙着给播种机添种子、化肥，没注意我俩的谈话，便凑到我耳旁手打掩护低声说："二侄儿，我只告诉你，不许跟别人讲，有人说雪姑是招啥了，鬼魂儿附体，今儿晚在家跳大神儿，要破破。"

跳大神儿是迷信，怎么能治病？没等我发表意见，转身要走的孟久林突然又回过头来，神秘地对我说："千万别泄露出去！"

我又开始心烦意乱了。农民得病不管三七二十一，很多人家跳大神儿，这种迷信和陋习在靠山村延续了不止百年。村里的"李大神"李福，就是靠跳大神儿混好了日子。靠山村历史上除了"祖家窝棚"名震鹅头山下，还有一个名字叫"庙李屯"，就因为屯子东北角过去有座庙。记得小时候一个正月十五的晚上，月高风清，周围十里八村的男女老少熙熙攘攘聚拢过去，人人腋下夹着一卷黄仙纸，到庙前焚香烧纸跪拜之后，用海碗把纸灰收回家，当药喝，据说此物可治百病。花先生李明世就是建庙的李家后人，人们为此十分信服他身上那股"仙气"。屯里每逢有人仙逝，等待发丧，办丧事的人家都给李明世一些好处，请他出面，每天早晚各一次，引领死者家属，披麻戴孝，屡屡行行，哭哭啼啼地围着神庙泼浆水，为死者引路。后来破"四旧"，烟火稀少，年久风蚀，断壁残垣，庙宇渐渐也就不复存在了。村人患病寻医，祈求鬼神保佑，跳大神儿便格外兴隆起来。这种据说是达斡尔族传下来的萨满民俗舞，深得汉人青睐。听父亲讲，他小的时候，跳大神儿就很兴盛。每到了庄稼运进场院的季节，大地里没什么要紧的农活，跳神、烧香的堂主冯占一，手里便拿个小鼓，叮叮当当，走街串巷地与人家约日子。

父亲说请烧香的跳大神儿，有时要闹上一夜，看热闹的人多得挤满屋子，有的小孩干脆爬房梁柁上去看，还不过瘾，就跟在大神儿屁股后，像模像样地学着敲鼓、蹦跳……直闹到鸡叫天明人才散去。

父亲说，一般人家请不起烧香的。有一年老叔的脚疾久治不愈，肩负长兄如父的使命，父亲也请大神李福到家跳了一次，跳完老叔脚疾果真好了。周围十里八村，盛传大神李福看病灵验，润津河南鹅头山北，家里有了病人，不去医院，多求李福"出马"看病，李福看病日程排得满满当当。一次，他到山北看病，相中一名小他十几岁刚死了丈夫的妇女，便谎说妇女只有"出马"看病，病才能治愈。父母无奈，便同意女儿跟了他，南屯北国地一起"出马"。你说怪不怪，李福真就把妇女的病给跳好了。有言在先，又恐旧患重袭，妇女痊愈后，不仅成为李福的搭档，后来还自然而然地与李福同居了。李福老伴儿去世多年，屋子里一直空荡荡的，跳神跳回来一个女人，村人无不投以羡慕的目光，一边夸女人长得美，一边议论说天命之年的李福看病积了艳福。有了个女人加盟，李大神声名鹊起，周围十里八村的老百姓，简直把他当成扁鹊重生、华佗再世包治百病的神医了。

我对"跳大神"当然不屑一顾，但我也希望能跳好雪姑的病。

晚上叫来晓峰，偷偷躲在孟久公家窗户外看屋里跳大神儿。在大下巴告诉我这个秘密煞有介事的目光里，不难判断孟久公的复杂心理。无论是过去任大队书记，还是现在当林业站工作人员，孟久公的政治觉悟不是一般老百姓能比拟的。他起初一定不想张罗这种"四旧"流毒，甚至他也不怎么相信这种装神弄鬼的把戏。可是见疼爱的雪姑病情愈来愈恶化，在家人的撺掇下又不得不谨慎地迈出了这一步。为了避嫌，他只能尽力封锁消息。要不是不争气的弟弟泄密，谁也不会相信他家会干这勾当。要知道，破"四旧"时，他派民兵没少抓了跳大神儿的现行。

现在，透过灯窗，依稀能看见孟久公和老伴儿忙碌的身影，柜面"堂子"上供奉着的狐（狸）黄（鼠狼）二仙的牌位，以及摆放的褪净的"小凤凰"（公鸡），忽闪忽闪缭绕的香火。大神李福在地中间板凳上正襟危坐，一言不发。南屯二队请来的二神高瘸子在一旁的板凳上伺候着。高瘸子先将雪姑的病情合辙押韵地唱讲出来，然后求助大神破解之策。二神伺候得满意，好吃好喝准备得也齐全，"鬼神附体"的大神李福不再拖延，忽然仰脖猛揿一口烈酒，"噗"的一声向空中喷出一股神雾，接着喊声"哈拉气！"，全身便哆哆嗦嗦地摇晃起来，边摇晃，嘴里边明快地唱到：

> 中算中，
> 妥算妥，
> 我带兵马下山坡哎
> ……

我被大神李福的悠扬歌声带入了阴曹地府的神灵世界——脑海里浮现出在丛山峻岭之巅，一队面目狰狞的兵马，全身铠甲，手持冰冷的刀枪，号叫着冲下山坡的悲壮场景……李福边唱边问病情，二神高瘸子对答如流。最后，大神李福道出了患者病症的天机——说阴曹地府有一小鬼，在高乐天枪毙那天，前来领乐天魂魄时相中了雪姑，便附身不去。二神急切问如何破解？大神李福说附上身的是一个色鬼，要扎五个替身，四月十八这天夜晚找十字路口烧了，将小鬼送回阴曹地府即可。二神应下来，又絮叨寒暄了几句感谢的唱词，待李福坐稳，走下神坛，回到人间，送上事先备好的瓶装酒、大红公鸡和五块钱的新票，差建军快点跑在前面，"嘎吱"一声打开门，将李福毕恭毕敬送出院门儿，跳大神的仪式才算圆满完成。趁建军不注意，我和晓峰跟在李福身后，也偷偷溜了出来。老远瞄着恢复了"人"样，从走路姿态里就能看出几分得意的李福，心里不觉产生了几分敬意。

阴森森的气氛，连续几日笼罩着村子。按照李福的吩咐，孟家按一个替身需用一根新针、五个扣、一尺半蓝布、一个鹅蛋的材料，备了五份，并买五斤白糖作为酬劳，请会扎替身的"巫婆"扎好替身，于四月十八晚上，由雪姑的亲娘舅王大炮去西道边的十字路口，念念有词地烧了。烧完，雪姑的病情在端午节前果见好转，据说还能下地活动，洗漱吃饭与正常人并无二致了。

第十五章

　　春风越过润津河，爬上丘陵绵延的高岗，吹过靠山村，进入鹅头山的时候，对春风最敏感的，是勤劳的母亲。母亲生在鸭绿江边，她的父亲我的外公，是丹东城的大学教授，因和女教师相好，与外婆离了婚。离婚后，外婆改嫁给一个朝鲜战场归来的英雄，就是母亲的后爹，我的后外公，印象里的"亲姥爷"。"亲姥爷"出门，胸前总是挂一排奖章，有毛主席颁发的，有金日成颁发的。望着太阳底下熠熠闪光的金银奖章，有两件事总使我耿耿于怀——说不准两个姥爷哪个更好，说不准一个响当当抗美援朝的英雄家庭，为什么日子过得如此窘迫。三年自然灾害时期，两窝孩子吃不饱，也许缘于母亲是"带来的"，被送了人。母亲在养父母家里吃了三天饱饭，想家想妈，趁养父母不注意，自己摸黑跑回了家。

　　一个冬日的傍晚，当母亲躺在被窝里，侧歪着身子，跟我们讲起这段辛酸往事的时候，我问母亲，当时你才六七岁，跑丢了咋整？母亲含泪笑说："我记性可好了，这前回去我也能找到老家那趟街，一排连脊房，家家烟囱冒烟……"

　　我听了，不禁在被窝里打了个寒战。

　　因为挨饿，童年与亲人生离死别的场景，深深印进了母亲脑海里，长进了骨肉里，养成了母亲一生艰苦朴素、拼搏奋斗的习惯。母亲说，后来两窝孩子饿得肚皮耷拉炕，没一件像样的衣服穿，全光屁股藏在被窝里，叽叽喳喳的，不敢出门。"亲姥爷"家中哥兄弟五个，三个参加抗美援朝，两个死在战场上。家里两个儿子饿得无奈，跟太姥一起逃到了北大荒。之后他们给"亲姥爷"来信说，北大荒土豆遍地，都打皮儿吃。"亲姥爷"下狠心抛弃用一排奖章换来的工作，在几次出逃被拦回之后，终于在一天夜里，与外婆带四个孩子登上了北上的火车。

母亲又被扔下了。听到这我问母亲，怎么又是您？母亲看了一眼冬夜棚顶温暖的日灯光，叹口气说："手心手背都是肉，哪个孩子当爹妈的舍得扔下？两窝五个孩子我是老大，个儿长够高了买不起车票啊！"

母亲说留在外婆家，想家人想疯了，哭了一场又一场。外婆看不下去，就教她学织渔网，渔网织好了，就卖给鸭绿江边的渔民。那半年，母亲织网织得小手磨烂了多少次，眼睛也哭肿了多少次，终于赚够十四块七毛钱的路费，十四岁那年，孤零零一个人爬上火车追到了北大荒。正值腊月，北大荒冰天雪地，穿着单薄的母亲，一个人踩着雪壳子，天黑才摸到"亲姥爷"家，进屋与外婆抱头痛哭……"亲姥爷"一家暂时落脚的村子正闹一种叫"攻心翻"的快当病，一个冬天死了很多人，鬼哭狼嚎，晚上村子里阴森森的。过完年，村里人快跑光了，"亲姥爷"家的生活更是难以为继，只有一床破被，一粒粮食没有，连谷糠都喝光了，只好搬家投奔润津河南岸的老林镇——太姥领两个儿子先一步来到北大荒后落脚的村子。初来乍到，太姥家日子过得紧巴，十四岁的母亲便随外婆出门要饭，一要，就是三年。

讨饭吃的风雨埋进了母亲稚嫩的心灵。以致结婚后，日子再苦、再难、再累，母亲都不会让我们三个孩子冷着、饿着。

勤劳的母亲怎么会错过第一缕春风呢？

瞧，远近闻名的"种菜大王"，"嘎吱嘎吱"地不停推开房门，一会儿喂鸡，一会儿喂猪，矮小的身影儿如一台发动机，带动一家人往前跑。

白露葱已长出了嫩芽。用二舅给的柳条，将房前屋后的障子夹严，小菜园收拾干净，转眼到了春分，正是育秧时机。

"小子！拿锹去园子给我戳盆土回来！"

"小军！上下屋抱些了邛来！"

这天吃完早饭，母亲扎起围裙边刷碗，边喊着大哥和我的乳名，开始她一年一度的"种菜工程"了。

备好盆和土，母亲熟练地将西红柿、茄子、辣椒籽撒进去，蒙一层塑料布，摆在窗台上晒太阳。一周工夫，像仙女还俗一样，种子拱出来，几天长成气候，绿油油的一盆。当暖阳爬上窗棂的时候，嫩绿的小苗便齐刷刷地迎着阳光跳舞。又过几天，小苗拱得盖不住了，打拉开塑料布一看，一个生机勃勃的新世界便闯进了眼帘。然而，比这生机勃勃的新世界更加娇媚的，是母亲一张更加灿烂的脸庞。

这天，喝完小烧酒儿，睡够了的孟久林，趿拉着那双破胶鞋，胳肢窝夹着气温升高戴不住的破狗皮帽子，吊着一个大下巴，迈进了家门槛，嬉皮笑脸地对母亲说：

"大嫂，你多育点，到时候给我几棵，去年给我的茄子秧接得滴啦嘟噜的！"

"呸！你这懒玩意儿，就知道伸手要！"

"嘿嘿，大嫂啊，咱们靠山谁不知道你种菜是头子？我们家的笨娘们哪有你这两把刷子，嘿嘿！"

"咯咯咯……"母亲被夸笑了，"油了灌子卡前实，就靠嘴支着！好好，等东屋他三叔老叔家栽完，剩下的都送你！"

"大哥大嫂都帮我，打灯笼难找的人家！"

父亲坐在炕里，偷偷瞪了大下巴一眼，然后招呼他坐下说：

"烟笸箩在炕梢儿，你自个儿卷。"

大下巴依旧笑嘻嘻的，放下胳肢窝里夹着的狗皮帽子，一屁股坐在炕沿上，边卷烟，边讨好地跟父亲唠起单干后村里的一些新闻了……

现在，母亲又到园子里挖韭菜，将韭菜的根须剪去半截儿，一颗一颗再栽到池子里，挪移得齐齐整整。过些日子，小鸡开裆了，母亲就会割下头刀韭菜，烙韭菜盒子。苦春头子，有什么能比母亲烙的韭菜盒子更香呢？可惜母亲只舍得给我们吃一顿，解解馋，就从牙缝里省下鸡蛋，等气温上来了，挎着篮子，去挨家挨户串换掉"寡蛋"（没有受精的鸡蛋），回来选"好使"的撞半炕，开始了她一年一度的"摸鸡工程"。在此后的日子里，母亲像生命的守护神，守护着生活的希望。夜里，家人沉睡梦乡，她却不停地爬起来去摸鸡蛋的温度，像拉扯婴儿一样精心。第二十一天，奇迹诞生了，鸡雏们"唧唧"着，一个个破壳而出，湿漉漉、怯生生地来到这个世界，过不了几天，就在屋地撒起欢来。此情此景，我们的生活充满欢乐和希望，这都是勤劳的母亲带给我们的。由于母亲摸的鸡仔生来强壮，成活率高，基本不用走村串户去叫卖，在家就被抢光了，有的来晚了抢不上，还要"预定"。于是，上窝儿刚一出手，下窝儿就开始"摸"了，周而复始，娇小的母亲用她的勤劳和智慧，不断完成她创造生命奇迹的一个又一个宝贵的二十一天。

靠摸鸡挣的现钱，家里柴米油盐不愁了。可一个个不眠夜不知熬去母亲多少心血。现在农村实行单干了，仨小子眼见长大成人，从母亲脸上整日洋溢的笑容里就能看出来，改革时代使一个乡下妇女的心更盛了，干劲更足了。

母亲越有干劲，我心里越惭愧、越焦灼。维持这个穷家，父母付出了太多。我们长大成人，又赶上改革开放的大好时代，有什么理由不积极投身火热的生活呢？特别是自己，家里省吃俭用供自己读九年书不容易，自己怎么能甘于平庸和沉沦呢？

春天里，阳气不断上升，十八岁的我周身蒸腾，像一座暗流涌动的火山，憋闷着。加之牵挂雪姑，我的心里常乱如麻。

分开第一年，家家忙着播完小麦，趁人们还没开种的空闲，鹅头山上便多起了搂柴火的农民。这座长满原始树木的山脉，浑身也长满了宝贝，世代供养着周围的百姓。一些人进山打柴，难免偷偷往家里砍几棵树。柞木弯曲，派不上用场，松木多为人工，高大笔直，但也珍贵，砍了可惜，抓了罚的也重，为此很多人偷砍的主要是漫山遍野的杨木、桦木，塞到柴车里拉回家，盖个房子，或修个猪圈、狗窝什么的，不单材料，足够用了。

为了几棵杨桦木，很多村民被看山的"田站长"处理过。

父亲讲，一年开春，家里要修房子，三叔和老叔上山搂柴火，往马车里偷偷塞进了几棵粗壮的桦木。回来被田站长田宝贤逮住了，好话说了三千六，田宝贤就不放行，非要罚款，否则一车柴火全部没收。逼得没出路，年轻气盛的小哥俩竟把田宝贤绑在树上，赶车跑了。田宝贤呜嗷喊叫一下午，也无人救他。太阳落山时，前屯一队打柴火的马车，下山路过，才把奄奄一息的田宝贤救下来。田宝贤死里逃生，哪里肯饶，告到公社派出所，两人都被抓去了。奶奶哭天喊地，要死要活，身为生产队长的父亲，只好求大队书记孟久公做工作，颇费周折，末了陪了田宝贤八十块钱，才避免了一场牢狱之灾。父亲说，那时钱实啊，八十块钱能买一头牛。为这事，父亲对孟久公一直心存感激，后来不管孟久公对他怎么狠，念及旧恩，父亲都不好意思与他公开对抗。父亲常告诫我们，吃人家嘴短，拿人家手短，人生在世，偷鸡摸狗、犯法的事儿，到啥时也不能干，这是做人的底线。

可现在，父亲自己却碰到一个难题。

前不久，父亲求木匠钉一辆单牛车。没木头做辕子，就把上山拣的一棵柞木派上了用场。现在，麻烦来了，开春后鹅头山上的树丢了不少，林业站要下来挨家挨户搜查。山雨欲来，各村阴云笼罩，人心惶惶。

为一棵捡回来的柞木，父亲一夜没睡好觉。

第二天，父亲赶车躲到了润津河南岸的二舅家。三天后，搜查木头的风头过去了，父亲才套车回来。回来大黄牛却病了，症状是食欲不振，不思草料。

大田播种在即，拉种子犁地，哪样能离开大黄牛？如出现不测，无疑当头一棒，砸向这个刚刚呈现一线生机的家。要知道，大黄牛不仅顶一半家产，并且还怀着小牛犊呢！父亲怀疑大黄牛是吃了二舅家生芽的土豆中毒，便牵到向阳兽医站，找赵兽医打解毒药，打了解药仍不见好转，家人个个愁眉苦脸。我想自己是家里的"秀才"，有责任用知识避免悲剧发生，便在赵兽医那里借来一本《兽医手册》，偷偷钻研起来。

这天早晨，大哥和三弟峰良还在梦乡中，心里牵挂着大黄牛，我早早起床进了牛棚里，查看黄牛的病情。到牛棚才发现，父亲早在了，一张阴郁的脸，盯着打蔫的黄牛看。

若是往常我来，见我来黄牛会一骨碌站起来，象征性地躲闪，现在它却趴在角落里纹丝未动。我见槽子里的草料没动多少，黄牛倒嚼（反刍）依旧无力。

"没见好啊！"父亲身上披着外罩，叹口气对我说。

"昨晚我看了《兽医手册》，牛好像是累着的症状，今天我再去趟兽医站，跟赵兽医说说，抓一些对症的药来！"

"行！"父亲同意了，接着好像想起了什么，说："这牛真是给你姑父家送粪累着了？"

"书上说晚上牛要倒嚼，要有充分的休息时间，太贪黑干活不行……"

父亲没再吭声。姑父家有困难，心善的父亲怎么能看热闹。不过因为借牛，闹得要与两个兄弟分家，父亲一直耿耿于怀。

可是现在，我猜测父亲不敢往下想，如果牛真是累病的，父亲会产生自责之感。善良带来的自责，往往会使人更加痛苦不堪。

这时，只见表叔李德胜急匆匆进了院子，隔有十几米就开始对父亲大喊道："大哥，不好了，秀萍和贾晓峰俩人跑啦！"

"啥时候？"

"昨天晚上！"

"咋回事？"

"昨晚王大炮媳妇得了急性阑尾炎，送卫生院抢救，一早大炮回来说看见俩孩子在向阳客运站等车！"

又是王大炮。站在一旁的我突然想起去年冬天送信给雪姑，王大炮走漏消息的事。

"因为啥事啊？"父亲显然不知道秀萍姐和晓峰私恋的事情。有了给雪姑送信闹风波的教训，我对秀萍姐和晓峰的恋情守口如瓶。

推门进了屋，德胜叔站在地当间儿，慌里慌张学了一遍经过。

原来，后屯六队老田家又找媒人来说和，计划趁大田种完尚未动锄的空闲，选个良辰吉日给孩子完婚，再不同意就把彩礼退回去。表叔无钱可退，只好再做秀萍姐的工作。上次逼婚闹出喝药的事，这次本不该再逼秀萍，可表叔走投无路，只好铤而走险……德胜叔说话间有些哽咽了。

　　"兄弟你别急，俩大活人跑了，不是小猫小狗，哪那么好找？我看你还是去后院找花先生算一卦，算算方位，有病乱投医嘛！"

　　听父亲这么一点拨，德胜叔眼睛一亮，豁然开朗，二话没说，"咣当"一声，转身开门一溜儿小跑就去找李明世算卦去了。

第十六章

听到晓峰、秀萍私奔的消息，我惊讶之后很快为他们庆幸了，庆幸他们冲出了世俗的封锁，勇敢地迈出了第一步。

庆幸之余，更惦记他们的下落。一对不谙世事的山村情侣，私闯外面世界去，懵懵懂懂、跌跌撞撞的，能躲到哪里去呢？跑到城里，口袋里没钱，他们怎么生活？莫非躲到亲戚家，或者深山老林里？

我与好奇的村民们一样，猜测着一对苦命恋人的下落。

孟大下巴和王大炮轮番到表叔家打探消息，半是关心，半是看笑话。上次发生了闺女喝药的丑事，这次又与人私奔，表叔颜面扫地，表婶成天以泪洗面。表叔撒出人马去找，找了几天下落仍然不明。再让好事的人这么一闹腾，表叔只有把头埋在裤裆里，没脸示人。

大黄牛灌了几包赵兽医给配的新药，仍不见好转，照旧眼角糊着厚厚的眼屎，卧在牛棚的角落里，不思草料。

这天一清早，忧心如焚的父亲眼盯黄牛与我商量："要不再牵到山北红旗兽医站看看？"

我不加迟疑地回答道："行啊，只好有病乱投医。"

答应完父亲，我转身进屋，急忙扒拉一口早饭，便与大哥一人牵、一人赶，哄着没精打采的黄牛上路了。

红旗镇离家十五里路，在山北；老林镇离家也十五里路，在润津河南岸；靠山村所属的向阳乡离家五里路，在村西方向；东面二十几里路，还有一个光明乡。在绵延几百里的丘陵地带上，靠山村正好坐落在高岗上。站在村子开阔处放眼西望，向阳乡通往东南惠民县城方向的公路上，汽车变成了一个小点点，像蜗牛一样缓缓蠕动。润津河南岸的老林镇，春节燃放烟花，像雨天打闪，忽明忽暗洗亮夜空。

　　全国"农业学大寨"最要紧那会儿，当时的向阳公社调来一位绰号叫"徐铁嘴子"的人当书记，在县委一次农业机械化现场推进会上，面对各大小队的畏难情绪，"徐铁嘴子"站在主席台上，双手叉腰讲道：

　　"我们向阳公社是北靠青山摇钱树，南邻傲龙聚宝盆，中间一道米粮川，农业机械化有条件要上，没条件九个和尚夹一个秃子创造条件也要上！"

　　"徐铁嘴子"一番煽动引导，瞬间搅得全社上下热情高涨，俨然过去身在福中不知福。"徐铁嘴子"说的"傲龙沟"，就横卧在靠山村与老林镇之间，向南俯望过去，真像一条绵延的巨龙，润津河水在巨龙腹底唱着歌儿，打着旋儿，缓缓西流。这里十年九涝，"傲龙"的巨口，年复一年吞噬着耕地，水土流失十分严重。

　　"徐铁嘴子"说的"米粮川"，即是前文介绍过的"西沟子"，横卧在靠山村与西面的向阳乡之间，这里是一处小盆地，从北面鹅头山下来的润津河的一个支流，从川底草甸子上的"塔头墩子"里穿过，水流舒缓，水源充足，适合水稻种植，但由于地处狭小，后开垦的地有限，当地农民又不认水田，所以水稻种植业发展缓慢。每到夏季，这里倒是保持着一定的草肥水美的原始生态。夏日炎热的夜晚，水边青蛙"呱呱"的鸣叫声，像枪林弹雨一样飞向耳畔。白天，草丛上蝴蝶、蜻蜓、蚂蚱，蹦蹦跳跳，鹌鹑永远在前面几步远的草丛里温柔地叫着，等你悄悄移到跟前，它又悄无声息地草蛇灰线，窜到仍然距你几步远的地方鸣唱，逮不着，又气人。幸运之神降落的时候，也会发现一两窝鹌鹑蛋、野鸭蛋。山胖头、柳根、白漂子等鱼类，在齐腰深的河水里游弋。

"徐铁嘴子"说的"摇钱树"，指的就是北面靠山村与红旗镇之间的山脉。这座山是小兴安岭余脉，像一条凤尾，虽是末梢，但仍然显示出了它的俏丽和雄峻。尤其形如"鹅头"的鹅头山，众峰之首，海拔虽四五百米的样子，却不乏巍峨。靠山吃山，山中的宝贝掐指头算不过来。动物类有野兔、野鸡、野猪、狍子、梅花鹿，甚至张三儿（豺狼），植物类盛产蘑菇、榛子、橡子、黄花菜、高粱果（野草莓），芍药、牡丹及各种不知名的野花。满山人高的柞树桩子，是养蚕的好材料。每到春秋两季，村民们都肩上扛起耙子，三三两两进山去，搂起没膝厚的树叶，再用车拉回家当烧柴。夏季，农民也进山打青柴，俗称"抢片刀"——先将半米长的刀片磨得照人，然后向手掌心吐两口唾沫，握住三米多长的刀把，往山坡上一站，甩开膀子，"唰唰"地左右抡晃，青柴一排排、一趟趟被放倒，像敌兵被机枪扫射一般，十分过瘾。只是抢久了，震得腰酸背痛，膀子肿胀。将这些青柴晒干拉回去，秋天再上山搂些树叶子，房前屋后垛成小山似的柴垛，村民们心里就有底了。依靠山里免费供应的这些柴火，百十年来，山下的人们熬过了北大荒一个个漫长寒冷的冬天。有年秋天，我还很小，父亲领我和大哥到山里拉柴火。生产队派挂车不容易，装得像小山，四头牛拉不动，打误了。山脚下有一台拖拉机，正"嗡嗡"贪黑翻地，灯光像鬼火一样，在漆黑的大地里移动。求拖拉机师傅把柴车拽出来，已经半夜了，黑灯瞎火转悠来，转悠去，转迷路了。我躺在软绵绵的柴车上，望着满天的星星，格外多，格外亮，触手可及似的，肉体和灵魂瞬间融入了山林宇宙之间……待走出大山，天，已经蒙蒙亮了。

我和大哥牵着牛，离村子越来越远，慢慢地走进了山林。我们被高耸的白杨和白桦树淹没其中。春天山风大，吹得树木"嗡嗡"作响，瘆人。偶尔，能看到村民在山坡上搂柴火的身影。大山春来早。脚下的小草绿意盈盈，已有紫色的蝴蝶在草丛上穿梭。转过鹅头山，前面山沟里是一处草甸子形成的开阔地。远远望去，一座人造樟子松林已经泛出了绿意，对面山坡铁红色的柞树林下方，蚕场的土坯房子正冒着青烟。我问大哥几点了，大哥看看表说快十二点了。要是平常，我们早走完十五里山路，赶到了红旗镇。大黄牛患病，走不快，到中午才赶了一半的路程。我和大哥饥肠辘辘，商量到蚕场打尖，病牛也歇歇脚。给公家看蚕场的老梁，前屯一队的户，是已故二叔的老丈人。

没等我们进院儿，木栅门旁紧拴的大黄狗一顿狂叫。老梁驼着背，闻声开门从屋里出来，见是我们哥俩，笑着替我们把牛牵进牛棚，饮水添料，听说牛病了，还特意加了些豆饼，然后招呼我们进屋。一进屋，我和大哥都怔住了：晓峰和秀萍姐躲在屋里！

见进屋的不是外人，二人慌张的神情很快稳了下来。大哥帮老梁去厨房做饭。我不等坐稳，急迫问他俩逃婚的细节。原来，二人出逃后，乘客车跑到红旗镇住了两宿，口袋里的钱花光后，无处可去，就躲到蚕场来了，老梁与德胜叔家也沾亲带故。

"家里找疯了，你们俩以后咋打算呢？"我为他们的前程担忧。

"咋办我也不嫁给老田家！"急性子的秀萍姐态度非常坚决。

"其实家里也不一定就想让你嫁给老田家，上回喝药闹了一次，德胜叔担心你再出事，又没钱退婚，才僵这了。"

德胜叔凡事愿找父亲商量，所以我对他的思想有所了解。我接着说："如果退婚，就得退彩礼，要不经官我们也得输，人家可以告你诈骗。"

我故意说得严重些，以便引起二人的重视。

秀萍姐听了，眼角一下盈上了泪花。善良的秀萍一直为不能使父母省心，难过着。平素有说有笑的贾晓峰，此刻也耷拉着头，一言不发。

几日不见，白皙的脸庞明显憔悴。平时爱干净的他因慌忙出逃，仅随身穿了一件劳动布夹克，被他经常漂洗成的白色，现在也沾上了污迹。

这时，老梁叫我们吃午饭。老梁好客，上山打柴的村民没有几个没麻烦过他的。一个人猫在这里，也没什么好吃的，溜了一锅馒头，炖了半锅土豆白菜，招待了我们。

吃完饭，我和大哥就去了红旗镇。

临别时，晓峰委托我给家里捎口信儿，如果爷爷、老叔同意他跟秀萍的婚事，就张罗彩礼，给秀萍家过过去。并再三嘱咐为他们的藏身之处保密，有信了抓紧上山告诉他。老梁送我们出门，偷偷对我说：

"这事还真得抓紧，过些日子上山搂柴火的人该蚂蚁翻蛋了，不少人到蚕场打尖歇脚，发现一男一女不明不白地猫在这儿，信儿传出去就麻烦了，都是沾亲带故的，到时别弄得我猪八戒照镜子里外不是人！"

我向老梁点点头，表示十分理解这个老实人的难处。

离开了老梁的蚕场，我的心像大黄牛的脚步一样沉重，一件成人之美的使命又压上了心头。

善解人意的大哥接过牛缰绳，牵牛走在崎岖山路的前面，我有些茫然地跟在后头。望着大哥放猪放牛风吹日晒、瘦弱的身影，想起过五月节时，大哥把猪牛主人格外酬谢的几个熟鸡蛋，省下来给我带到课堂上，想起小时一起到山上采高粱果，前面伙伴喊"狼来了，狼来了"，我落在后面吓得直哭，是大哥用一匹高粱果哄好我的场景，我的眼里，不知不觉盈满了泪花。

我一边走，一边思绪满天地想。当联想到家人供自己念书，自己却未能光宗耀祖，又不能尽快解决家庭窘境（今天来给牛看病，借的都是奶奶的私房钱），联想到雪姑和乐天的悲剧，联想到秀萍姐和晓峰的尴尬处境，联想到眼前这头顶一半家产、生死未卜的大黄牛，我感觉自己快要被周围的山林埋没了，胸膛里憋闷得喘不过气来……

第十七章

立夏前后，亚麻播种告一段落，小麦冒绿儿，这预示着大田播种即将全面展开了。

鹅头山脚下的大田作物主要有大豆、玉米，当然还要栽上马铃薯、甜菜。谷子、糜子产量低，很少有人愿种，尤其分家之后。这里天寒地冻，难以生长苹果、桃杏，更甭提香蕉、椰子这些南方水果了，到秋只能依靠西瓜、香瓜解馋、打牙祭，给单调的生活增加一点甜度。

可西瓜香瓜不好伺候，没明白人万万不行。生产队那会儿，种瓜师傅都外请。请来的师傅牛气哄哄的，两手一背，烟卷一叼，呜嗷喊叫，指挥着村民如何育苗，如何定心、掐尖、打杈、压蔓、留瓜。也神了，按师傅的指挥，又收西瓜又收香瓜。每到瓜秋时节，瓜地旁的田野，到处弥漫着一缕缕青涩的香气，尤其一种叫"白糖罐"的香瓜，只馒头大小，可比蜜还甜。一年，"大明白"王大炮勇挑重担，指挥种瓜，结果偌大一片地没做下几个瓜妞儿。目前刚分开，人们的步子还不敢迈得太快，更不敢涉足西瓜、香瓜这些娇气的经济作物，保险起见，基本都选择播种小麦、亚麻一些抗旱、生产期短的品种。到了大田春耕生产，人们相互帮衬着，将留下的少量耕地，用手扶、四轮拖拉机，或牛犁，洒下大豆、玉米种子，豁沟栽上马铃薯，用做秋后的人吃马喂，春耕就算告捷了。

春耕前植树，春耕后修路。这几天，我和大哥天天去拉沙子，修村里分配的路段。跑了一趟红旗镇，大黄牛的病情也没见好转，舍不得使，父亲就硬着头皮与小哥俩商量好，用"大摩托"合伙拉沙子。打虎亲兄弟，上阵父子兵，加之奶奶中间撮合，哥仨因"斗牛事件"出现的裂痕，很快愈合如初了。作为小字辈，我和大哥在一旁看着高兴。三叔和老叔一家出一个劳力，我们家就心知肚明地出两个劳力，多出一个劳力算是顶"大摩托"的烧油钱。

这一天上午，通往向阳乡的沙石路上人嚷马叫，红旗招展，修路的村民聚集一起，你追我赶完成自家分摊的地段。

贾晓峰的老叔贾永祥也来了，开着四轮拖拉机，拉着媳妇。分田到户后，向阳农机站砍了，贾永祥买一台崭新的"潍坊"牌四轮拖拉机，靠给农户拉脚、蹚地挣些外快。拉回一车沙子，我故意留下来，清挖路两侧的壕沟。趁休息的空当儿，我凑到贾永祥身旁，找一块干净的草坪坐下来。

上午春光明媚。远处的麦田，一家一户犹如切割后的豆腐块，绿油油的，生机盎然。公路旁的白杨树也吐青了，几株柳条树上的毛毛狗，一串串的，虫子般随风摇曳。沟渠里的雪水化成了溜，叮叮咚咚流淌着。沟岸上放绿的草丛里，已见蒲公英的身影。这被俗称为"婆婆丁"的苦菜，是苦春头子庄户人家餐桌上的第一道绿叶蔬菜。休息时，已有人在寻挖这难得的野菜了。

我哪有心思浏览美景？这些日子，心里一直牵挂着晓峰与秀萍姐的婚事，连做梦都是二人的身影。他们还在深山老林里等我回信呢！要不是贾永祥外出找晓峰刚回来，我早该去找他商量对策了。

当我说有晓峰消息的时候，贾永祥眼睛顿时瞪大了："他们跑哪去了？"

晓峰老婶正在一旁挖婆婆丁，听了我的话，像被草丛里窜出的什么东西袭击了似的，扔下筐便跑过来，好不容易挖到的几颗野菜洒落在地她也不顾，大叫道："哎呀妈呀，他俩藏哪去了，这家伙把他爷急得要死要活！"

她这一声喊不要紧，周围修路的村民听到了，全都停下手里的锹镐，齐刷刷扭头朝我和贾永祥这边看。

贾永祥狠狠瞪了媳妇一眼，回头眼睛贼溜溜地小声问："晓峰还说啥了？"

"晓峰让我捎信儿给家里，他非秀萍不娶，如果家里不同意，他就领秀萍远走高飞！"

"这……"面对侄子的威胁，贾永祥立刻面起难色。

"贾叔，你不同意？"

"前几天晓峰他大他娘从山东老家来信了，说种完地让他回关里，家里给他盖了砖房，说好了一门亲事，让他马上回去完婚。"

"这……"现在轮到我身子战栗了一下，"贾叔，你知道我和他俩关系好，我最了解他俩的心情了，怎么能拆散呢！"

听了我的话，刚刚沉静些的贾永祥，脸上又挂满了焦虑的神色。

这时，大哥和老叔又拉一车沙子"突突突"回来了。道路两侧的村民停止挖沟，都手握铁锹，齐刷刷向"大摩托"行注目礼。分家后，靠山村大大小小十个生产队，手扶拖拉机倒是增添了几台，贾永祥甚至买了一台四轮子，可这草绿色的据说是兵工厂生产"军转民"的家伙，谁也没见过，俨然一头闯进村子的"怪物"。

我用哀求的目光看着贾永祥。贾永祥起身扑棱扑棱屁股上的尘土，戴上沾满油污的白手套，一张白皙的脸阴郁着说："好吧，等我回去和我大商量商量再说！"说完操起车摇把子，憋住一口气，使劲将车摇着，然后喊上一旁再无心挖野菜的媳妇，"突突突"甩出一杆黑烟，继续开车拉沙子去了。

不几天，贾家商量的结果出来了：孩子婚姻大事，当爷爷、叔叔的不好做主，要给关里家写信征求晓峰父母的意见。

听到这个消息，我天旋地转，眼前一阵儿发黑。往返山东的信件要个把月，再说晓峰父母还不知同不同意。父母之命，媒妁之约。既然父母在山东给晓峰订了亲，我知道要退掉谈何容易？

趁我和大哥上山打柴的机会，我把这个不幸的消息带到了山上。

秀萍顿时哭了，哭声撕心裂肺，响彻山林。她做梦都想和心爱的人光明正大地厮守一起，盼着我能给她带来"出山"的好消息。可事与愿违，秀萍姐多日来紧绷的神经，一下子断了。

一向沉稳的晓峰，此刻也紧乱了方寸。只见他撇下哭哭啼啼的秀萍，自顾自疯狂地向后山坡上跑去。我回头跟老梁说一句"照顾好秀萍"，就尾随着他追上了山坡。

山坡上的柞树桩子已经转绿，小草大面积返青，毛茸茸的，踩上去直打滑。向上奔跑的晓峰摔了一跤又一跤，但脚步一直没停，就是跑，跟跟跄跄跑累了，也跑到山顶了。站在山巅，只见他扯开嗓子高喊："老天爷呀，你开开眼吧！"然后一下子摔倒在地，一动不动了。

我追上高岗，气喘吁吁的，半天才把他从昏迷中叫醒。

山顶的风好大。头顶的云朵触手可及。一只山鹰从空中鸣叫着飞过。

我们并排坐在毛茸茸的草坪上，望天，望云，望着远去的山鹰，沉默不语。是啊，说什么呢？我们这些刚刚涉世的年轻人，平素不管有多么高的凌云壮志，如果失去家里的支持，那凌云壮志都是镜中花，水中月。再说，秀萍家还欠着田家彩礼，被日夜逼着呢！

沉默了许久，晓峰终于开口说："峰脉，咱们好友一场，你最知道我和秀萍的感情。今天我掏心窝子告诉你，不论家里同不同意，我都要娶秀萍！"

望着晓峰坚定的目光，我配合着，也有力地点了点头。

"不过，看这架势家里是指望不上了，既然到了这一步，就没有回头路。秀萍喝药死一回了，我不能让她再有个三长两短。不就差钱吗，我们现在就开始挣，改革开放了，不兴过去到处逮投机倒把那一套，大小生意都让干，活人不能让尿憋死！"

我被晓峰的一番话感染了，心里瞬间敞亮了许多。要知道，多日来我也正因为一直无法为家里分忧而苦恼。

"好，我们一起干，我们要把握自己的命运！"

第十八章

我冥冥中担心的事情还是发生了。

雪姑的病复发，孟久公见势不妙，急忙拉去复查。东安农场精神病院的黄大夫说，患者病情加重，须马上住院治疗。

孟久公慌乱了。上次，他顾脸面回家忙种责任田，留两个孩子照看雪姑，没看住不说，回家还糊涂地给她跳了一次大神儿！现在看，病明显给耽误了。老天保佑的是，住院治疗了半个月，雪姑病情好转，不再大喊大叫，但整天怔怔的、呆呆的，默不作声。黄大夫说这病难去根儿，刚发病如果及时治疗，效果会好些。听了大夫的说辞，孟久公心里头像被扎上了一把软刀子，从里往外疼！

趁上厕所没人，这个往日威震靠山村的"老虎"，虎毒不食子，居然偷偷挤出了几滴泪水。堂堂的孟书记何时落过泪？当年他亲自提出的响彻靠山村多少年的口号是：说了算，定了干，流血流汗不流泪！可现在，灾祸临头，不比从前，他感到胸口莫名地压抑。精神病可不是闹着玩的。前屯二队有个女疯子，夏天穿棉，冬天穿单，手里拎个打狗棍，一年四季蓬头垢面，成天价哼哼呀呀地唱，不人不鬼。女疯子总是从大队门前的树带里过，疯疯癫癫的埋汰样儿，给他留下了很深的印象。

二丫头要变成这样一个不被人理睬、嗤之以鼻的疯子，这辈子毁了不说，家里也将背上沉重的负担……像头顶猛浇一盆凉水，孟久公突然清醒了，并意识到了问题的严重性。

这个靠山村几十年来炙手可热、尊严有加的大人物，分田到户后，大队书记的乌纱帽虽然摘掉了，但到乡林业站上班，仍然是公家人。他整天骑着铮亮的新"孔雀"，穿一身只有重要场合才舍得穿一次的灰咔叽布中山装，头戴一顶前进帽，脸上卡个大墨镜，手腕上戴块金光闪闪的手表，上衣口袋别管"英雄"牌钢笔，每日出进乡政府大院，很是风光。可现在，像断了线的珠子，局面糟糕透顶，尊严没了，面子丢了，钱财也快散尽了……孟久公越想心里越窝囊，越没缝，眼前一晕，差点摔倒。他一把扶住厕所的石墙，泪水再也止不住，呼呼涌了出来。

此时此刻，他一定会想到那个中秋节给他带来厄运的不速之客高乐天。报应啊，当时与高家斗，把高家整出了靠山村，自个儿的丫头跟谁不好，却偏偏跟仇家的小子谈对象，高乐天被治了死罪，女儿受打击弄成了精神病，难道是老天在惩罚自己吗？他开始恨老高家这个败家的小子，他要是不恋着雪姑，乖乖跟父母回山东，不仅不会把自己的命搭进去，也不会把自个儿闺女连累成这样。可转念一想，年轻人追求自己的真情实感，也是人之常情啊……他又开始恨自个儿的闺女不争气，可转念又一想，雪姑重情重义，也没什么错啊！年轻人都没错，那一定是自个儿错了，错就错在，女儿得病，没有认真对待，还去跳什么大神儿……

孟久公陷入了深深的自责之中。

出院回家，雪姑整天一言不发，吃喝拉撒都要靠人照顾，俨然成了半个废人。雪姑回家的第二天，我按捺不住对雪姑的惦记，又怕孟久公对我发无名的怒气，只好偷偷藏在孟家的院墙外，向院内窥视雪姑的情况。这时，雪姑正巧被妹妹雪花扶出来，在院里梳洗，眼前的一幕使我惊呆了：往日有说有笑的雪姑，此刻病歪歪，面色苍白，目光呆滞，洗脸梳头都要别人来帮助。看到这一幕，我的泪水一下涌了出来。

我能想象出孟久公在医院时的心情。无论是处于一个父亲对女儿的亲情，还是一个暗恋者的纯真感情，面对此情此景都会去检索自己的种种不足。如果自己送信谨慎一些，不送出风波，如果阻止她去刑场送乐天，是不是就不会发生这样的悲剧……

生活是没有如果的，后悔药无处买。悲喜缘由，往往距离现实越近，就越使人无法辨清。何况，我也没资格怨天尤人。充其量，我也只是一个暗恋者。一个暗恋者能做的，除了暗自忧伤，自我痛苦，还能做什么？

为给女儿看病，孟久公花去了当大队支书这些年的积蓄，几乎到了拉饥荒的地步。更可怕的是，经这么一折腾，他就连看好女儿病的信心都快消失了。

人生在世，还有什么比丧失信心更可怕的呢？我要挣钱，我要领雪姑去大地方看病，治不好我也要照顾她一辈子！

我也快疯了。

当我将自己朴素、单纯，甚至幼稚的想法，倾吐给躲在蚕场的晓峰和秀萍时，二人目瞪口呆。也许，他们本不该惊诧。我对雪姑的感情他们心知肚明，只是一层窗户纸没捅破罢了。问题是雪姑目前的状况是如此的糟糕，问题是晓峰和秀萍姐的问题也悬而未决！

世间的事情，一旦融入了一个集体里，看上去毫不相干，冥冥中却互为因果。

晓峰和秀萍姐当然不赞同我的意气用事。

晓峰说："峰脉你别急，咱们还是先赚钱吧……"

赚钱谈何容易。解放思想、改革开放，一切刚刚开始。人们虽然逐渐走出了"割资本主义尾巴"的心里阴影，但偏僻的鹅头山下，山民落后的观念，被生活磨没的勇气，还远没有力量去敲开商品经济的大门。

某种程度上，那扇通往致富路的大门，还狭窄得仅仅有一丝光亮透进来。周围十里八村，偶尔听到村民跑到外面去做所谓"大生意"，简直是奇闻轶事。比如，谁在路上赶着成群的牛马，去惠民牛马市倒卖；谁雇一辆大汽车，挨家挨户收粮食，转手卖给国有粮库；谁坐飞机到南方沿海城市，倒腾走私品，被海关缉拿了……向阳乡直那个村子就有一个脑子灵光、原来体面的放电影的人，听说分田到户后，电影也不放了，与县城上的"大老板"做上了粮食生意，开始挣大发了，后来听说又赔进去上万元，老守田园的父亲甚至戏称他为"万元户"了。

"领头羊"们的失败，难免遭受"保守派"们的攻击和幸灾乐祸。其实，所谓的"保守派"难道就不想发家致富？天王老子也不信！他们只是一朝被蛇咬，十年怕井绳罢啦。

从那个房前屋后种点卖钱的蔬菜，养几只抠蛋鸡，都要遭受打击的年代走过来的人们，心有余悸再正常不过了。

王大炮是雄赳赳、气昂昂参加过抗美援朝的志愿兵，老家辽宁昌图。一年听说家乡缺黄烟叶，趁回老家为母亲奔丧的机会，他包裹里藏几把黄烟回去卖，想挣点盘缠。谁知，被人举报到大队，要不是他有孟书记的一层亲属关系罩着，象征性交点罚款了事，肯定与他人一样，被押到公社圈起来接受批评教育，再派去干几天脱坯、扛麻袋等一些出苦大力的重活儿，也是在所难免。

我家就没那么幸运了。有一年家里穷得没钱花，我和大哥抢一条裤子穿，母亲背着当队长的父亲，谎称去润津河南岸看望有病的二舅，在二舅家偷偷孵出三百只鸡雏，卖掉挣了八十块钱，并带回来五只偷偷养起来。孟久公闻到了气味，心想小队长老婆带头搞资本主义，这还了得！正与父亲闹别扭，日夜琢磨抓一个反面典型敲山震虎的他，气急败坏地带人上门搜查。去供销社打酱油的表叔李德胜得到消息，急忙躲过孟久公，穿胡同跑到家报信儿。父亲清楚带头养鸡搞资本主义的严重性，急中生智，把五个鸡雏藏进厨房地窖里。孟久公带人一脸杀气地推门进来，大眼珠子一瞪，指挥刘三等跟随的喽啰们，角角落落搜个遍，半天没搜着，气得烟也不抽、水也不喝，摔门而去。临走，他还一脚门里一脚门外，回头瞪着父亲说道："老祖我告诉你，私养鸡鸭是什么性质的问题，不用我说你自己心里知道！"

待一伙凶煞恶神走远了，母亲急忙跳进地窖，把小鸡儿掏出来，可小鸡儿冻得直哆嗦，几天都打蔫陆续死掉了。

母亲为此大哭一场。

硬要社会主义的草，也不要资本主义的苗，越穷越光荣的年代刚刚过去，被禁锢多年的乡亲们的思想几近麻木，几乎失去了与命运抗争的勇气。此刻"咣"的一声，城乡之门渐开，尚未完全醒来的农民难免惊慌失措，大都心里打着鼓，半信半疑：哪一天疯狗一样到处抓投机倒把的那伙人，如果再回来怎么办？

彻底的改革开放还远远没有到来。乡亲们心中致富的梦想，犹如天边的云朵，还是那么的有些游移不定，那么的遥不可及……

第十九章

与田家约定退彩礼的时限到了。

媒婆老左太太又来催促。德胜叔一脸的尴尬和茫然。找不到女儿的踪影，想再拖拖，可老左太太全权代表田家，哪肯答应。被逼墙角的德胜叔只好"赌"上一把，居然答应种完地成亲！

我理解德胜叔。他是一个要面子、讲信用的庄户人，他断然干不出只收彩礼不嫁姑娘，又缺德又做损的事。他要想方设法找到秀萍。他甚至怀着侥幸在心里盘算，说不定这几日秀萍这丫头就回来了，因为家里五个闺女里，要数秀萍最懂事了……

按习俗，办喜事之前，男方要请阴阳先生卜算良辰吉日，然后差媒人与女方商定。一般来说，女方都尊重男方的意见。正日子前一天，女方先摆婚宴，招待老亲少友喝喜酒。到了正日子，则是男方家的主场。德胜叔尚不知女儿下落，没心思也没法置办酒席，只能等。可田家想法大不一样，为娶秀萍，费了不少周折，自然要好好操办，既图个吉利，又赚回面子。

田家新郎叫田守仁，小名二柱子。父亲田宝贤，老家河北乐亭县人，因此村民当面叫他"田站长"，背后却戏称他"二百二"（经过二百二十次试验成功的一种药水）。依靠这些年看山护林，田家又威风，又活泛，是村里的大户。田站长家办喜事，不用打招呼，一些会来事的瞎参谋、烂干事，早就撇下锄头，挤破门跑去田家帮忙。

靠山村穷得出名，儿子娶媳妇，不拉饥荒的没几份，多数求爷爷、告奶奶，跑断腿，磨破嘴，为了儿女婚姻大事，点头哈腰，好话说了三千六，提个老脸东借西挪。实在没辙的，就去抬款，三分利，十个月后，千块多还二百。人缘好、活泛一些的普通人家，靠办喜事挣了礼份子，能及时把抬款圆回去。没多少礼份子的，就只能等到老秋卖粮还债。届时再还不上的，就计复利，一年一年利滚利，越滚越大，山一样背在身上，压得透不过气来。"儿媳妇到家，饥荒上房巴"，并不鲜见。

可不管怎么说，办喜事讲究的是顺溜，如果办当腰东家掏不出钱来，洋相可就出大了。因为囊中羞涩，投鼠忌器，不管闺女小伙如何的干柴烈火，迟迟不敢给孩子完婚，推个三年两载的也不是新鲜事。当然因为过不起彩礼，最终将婚事拖黄的悲剧，也时常发生。分家后，农民手里刚刚宽绰些，有了余钱，或者说串换钱的余地宽泛些，也许压抑太久，也许攀比心理使然，结婚彩礼越来越高、并且明码标价的陋习有愈演愈烈的趋势。

"一分钱憋倒英雄汉！"这是母亲常挂在嘴边教育我们哥仨的名言。"你们三个小蛋子，肩挨肩，哪个少给一分钱能把大闺女娶回来？"

"人家老田家办喜事，钱串子倒过来花！"村民议论说。

"傻狗闻不出来香臭。要是嫁给老田家，那是攀高枝、掉福堆！"孟大下巴早看出了门道。

现在，田宝贤请来做菜的陈师傅，陈师傅生得白胖，嘴里叼着烟卷说："这咱摆席分三档，六对六，八对八，十对十，高档的一般人家用不起，普遍是用中低档。"陈师傅介绍完，吐一口烟雾问："田站长家摆哪个档？"

"你埋汰谁呢！田站长家办喜事必须十对十，这还用问！"一旁参谋的刘老五，手里掐着烟卷，眼睛瞄着田宝贤，嘴上奚落陈师傅道。

田宝贤乜斜一眼刘老五，回头不显山不露水地说："按说摆个八对八的席也就足够用了，咱也不是啥大人家，可自打大围女出了门子，家里有几年没办喜事，我看，不行就按高档的预备吧！"

陈师傅咧嘴一笑，露出一口金牙急忙回道："好好，那我就按十对十下材料。"

田宝贤老伴儿找来纸和笔，陈师傅写上热菜：

小笨鸡炖蘑菇、猪肉炖粉条、牛肉炖萝卜、红焖鲤鱼、青椒肉段、四喜丸子、扒肘子、酥白肉、炒鱿鱼、黑白菜。

接着写上凉菜：

猪头焖子、卷抨子、江米条、炸虾片、炸丸子、猪皮冻、花生米、萝卜丝、桃罐头、家常凉。

拉好了菜单，还和田宝贤一起预计了赴席的人数，算出了共计要放多少张桌。

办喜事之前要派人送信儿。田宝贤一再叮嘱送信儿的人：

"亲戚朋友都要送到，像姑家、姨家的'坐堂客'，都要提前请来，咱们不怕吃，热热闹闹地吃上个三天五天的，图个喜庆，图个人气！"

他特意还强调说："鹅头山周围十里八村的人，我的意见，都邀请来，最好一个不能少，免得过三过五人家挑理！"

乖巧的刘老五一下听明白了田站长的意思，便详细吩咐主动上门帮忙的几个半大小子，走村串户，分头吆喝着送信儿去了。

田宝贤早早差人到山北红旗镇的烧锅，拉回来赠他的一百斤粮食酒（这家烧锅刚建时，上山偷木头被他放行了）。临近正日子前两天，又一改村民逢喜事到向阳买菜的习惯，而雇一台四轮子，"突突突"跑到惠民城大肆选购。晚上回来，炒几个菜招待进城买菜的人，席间免不了又查遗补漏，算计到深夜。从老田家气派的三间红砖房氤氲出的灯光里，一群玩耍的孩子，似乎闻到煎炒烹炸的味道了。

办喜事头一天，用苫布在院里搭好凉棚，田宝贤又请来包括陈师傅在内的，名扬靠山村的四个大师傅，把过油的一些提前能做的菜预备好。放席用的桌椅板凳，也都租回来摆进院子里，并亲力亲为，礼貌地与住一趟房的左右邻居，挨家挨户打好招呼，一律"征用"作为摆放酒席的场所。

四月十六这天一大早，捞头忙的支客人（司仪）刘老五耳朵上夹颗烟卷，里里外外张罗着，方盘手棚里棚外、屋里屋外穿梭，烧火的、焖饭的、烫酒的，都吵吵忙活起来。做菜的大师傅们，扎上围裙，你说我笑，也不乏揶揄地开始在临时搭起的四个大锅灶上煎炒烹炸炖。账房设二人，一人执笔，一人数钱物。中途饿了，刘老五一声"账房先生打尖喽！"便有方盘手端着二凉、二热，嘴里喊着："借光了，油着！"旋即将四个硬菜端上桌来。一旁随了份子，坐等下一悠流水席的客人，嘴里吐着烟雾，眯缝的双眼则一直盯着礼桌上账房打尖，什么猪头焖子之类的硬菜看，馋得直吧嗒嘴。期间又来了随礼的，"账房先生"即刻放下碗筷，"现金员"一声"某某某随礼五元！"，或"某某某随礼枕巾一套！"，或"某某某随礼被面一条！"执笔的即刻放箸，甩开毛笔，在大红纸裁成的礼册上依次写下姓名、金额或礼品名称。

田家喜事办得极其热闹，来者无不赞叹，手头紧的村民，瘦驴拉硬屎，就是债（借）钱也要来随礼，在酒席上露面，唯恐失去与田站长也有一层交情的面子。就连念喜嗑的，也一伙伙闻风而至，人还没进院儿，"嗒嗒"的竹板声已传响进来，一曲《道喜歌》，唱得响快，引来众人围观：

马踏玄阳地，来到万宝庄，

忽听鞭炮响，新郎新娘拜花堂。

良辰吉日挂金钩，千金小姐抛彩球，

彩球抛到你老府，祖祖辈辈做王侯。

往前走往前观，一座彩棚在眼前，

彩棚上面一副对，笔走龙蛇写得全。

上一联天官单赐福，下一联国泰民得安。

横批写着四个字，一座彩棚在中间。

五彩缎子大花系，两个灯笼衬两边。

天地桌，下边摆，红粮米斗摆上边。

男女嘉宾两边站，新郎新娘走向前，

新郎上前忙施礼，新娘上前去请安，

二人就把天地拜，拜完天地转回还。

拜完天地往回走，五彩粮食往下传，

五彩粮食为何事？打打红煞闪两边。

二人就把洞房入，结发夫妻过百年。

忽听空中云磨响，八仙贺喜到门前，

东方来了南极子，北方来了老陈禅。

王禅王熬跨虎豹，孙膑骑牛就把双拐端，

白猿偷桃孝他母，金眼毛遂盗仙丹，

仙丹盗到你老府，富贵荣华万万年。

　　道喜的都来了，新娘却未到，刘老五问田宝贤怎么办？田宝贤二话没说："赏！"给了赏钱，唱喜嗑的前脚刚走，后脚又来一伙，直接进了

152

厨房，哪管热气腾腾，站到乒乒乓乓炒菜的陈师傅面前就唱：

> 叫声师傅别挑理，拜完东家拜望你，
>
> 你的祖父魏亚仙，我的师傅叫范丹，
>
> 一来贺喜二赶串，厨房本是金銮殿，
>
> 文武官员站两边，大师傅炒二师傅颠，
>
> 大师傅炒得多么好，二师傅颠得味道鲜。
>
> 方盘手，忙得欢，各样饭菜往上端。
>
> 厨房师傅笑得欢，小菜板，溜溜圆，
>
> 大刀切的色子块，小刀片的柳叶尖。
>
> 厨房东西有的是，叫声师傅随便添。
>
> 方盘手，走得欢，各样小菜添得全。
>
> 年年都有三月三，王母娘娘渡法船，
>
> 头船渡的康百万，二船渡的沈万山，
>
> 三船不把别人渡，渡的刘海撒金钱，
>
> 金钱撒在厨房内，千万客人用不干，
>
> 富贵荣华万万年。

　　一段唱喜欢得田宝贤小眼睛笑没了，心花怒放，又说一声："赏！"刘老五急忙又付了两块赏钱，念喜磕的双手作揖，连声道谢离去。一个上午，唱喜嗑的先后来了五伙。时值中午，刘老五带接鞭的车老板到村口迎了几次，送亲车却没影儿。田宝贤心里产生一种不祥之感。他让人骑摩托车驮着媒婆老左太太跑一趟，到女方家问个究竟。田宝贤的家住靠山北面的十队，距离南面的七队也就二里多地，摩托车一溜烟儿就跑到了。

"李德胜，你损不损！"媒婆老左太太一进院，张嘴开骂。"三皇五帝到如今，男男女女成姻亲，谁像你们老李家这么损，人家老田家大操大办，好酒好菜预备着，你们可倒好，新娘不给送到，你们安的啥心，一家遭雷劈的……"

怕多事的邻居王大炮听着，德胜婶急忙迎出门，连推带让，把左媒婆弄进屋，倒水、点烟，左媒婆不抽不喝，站在屋地里直蹿高，指着德胜叔继续骂："我告诉你李德胜，你今天就是现揍，也要给我揍出一个新娘来，不然我咋回去见一院子的客！"

拿了田宝贤的赏钱，骑虎难下的左媒婆，骂完"扑通"一声，坐在地上号起来："我的老天爷啊，坑死人了……"

德胜叔自知理亏，任媒婆如何损他、骂他，他也不吭声，一副死猪不怕开水烫的样子。是啊，他能说什么？闺女没回来，晒了田家的台，恨不得撞墙死了。

预备了酒席，没接娶到新娘，别说响当当的田站长，就是一般的老百姓也丢不起这个人！

田宝贤灵机一动，跟大家解释说：送亲车走到坡下那块草甸子时，遇见了一只红眼狼，毛发如雪，眼里冒着红光，立在路中间挡道，惊了送亲的四挂马车。民间有一个传说，送亲路上遇到狐狸吉利，遇到狼不吉利，要另择良辰。前来捧场的村民多半喝得酩酊大醉，虽对此说疑惑，但已随了份子，喝了喜酒，礼数到了，真假由他去吧，便摇摆着纷纷散了。

送走了客人，火冒三丈的田宝贤关上门，把老左太太一顿损，扬言日后要与李家好好算算这笔账。

田宝贤一儿一女，姑娘几年前嫁到了山北，春节才能回来聚一次。儿子二柱子憨厚，平时话语不多，倒是勤勉能干。田宝贤靠关系在本村设了一个林业检查点，实际就在家里，隶属向阳林业站，谋了一份林业检查员的差事，常年在村西头那条上山的必经之路上查车，一面看山护林，一面吃着薪水，捞着外快。每遇上山拉柴火回来的农民，他都一一拦下，用三米长的铁探子，向山高的柴车里"呼哧呼哧"地猛扎几下，偶尔扎不动，他就一面熟练地再"当当"搪几下，一面虎着脸问拉柴火的农民：

"这是什么？"

拉柴火的农民多半是老实人，见露了马脚，急忙哆哆嗦嗦递小话：

"几根破木头，田站长高抬贵手！"

"破木头？偷一根儿木头就是犯罪！你知道不？"

田站长三角眼一立，犯事的人顿时筛糠了。

抓了现行，遇见会来事的，上了说情的，再稍微打点一下就过去了，因此他捞了不少的油水。遇见不会来事、横的、硬的，他就脸一沉，顶格处理，往死里罚。拧着不交或交不起罚款的，他就猪肚子脸一拉拉，当即没收柴火车，赶回家卸了外卖。有一年秋天，父亲领我和大哥到山上搂柴火，喝凉水、吃干粮，连续几天早出晚归，等搂够车，生产队批了一辆牛车去拉的时候，趁父亲不注意，我和大哥把一棵枯死的白桦木塞进了满满登登一车柞树叶子中间。

出山时，被路口晃悠的田宝贤堵住了。

田宝贤头戴前进帽，手戴白手套，三角眼乜斜了一下我们父子三人，抄起铁探子就朝柴车扎，没几下，就扎到了白桦木。

"这啥？"田宝贤一边用诡谲的眼神看着我们，一边晃悠探子把柴车里的桦木搪得"当当"响。一阵秋风从鹅头山方向吹来，将车上的树叶刮得漫天飞舞。不容我们辩解，田宝贤没有二话，没收柴火，还要罚款。进山搂柴时，父亲不慎右脚被榛子棵扎伤化脓，为赶在落雪前把柴火搂回来，父亲忍痛上山，家里仅有的几个零花钱，母亲都给父亲买了外敷内服的消炎药，哪里还有钱交罚款？后来，父亲求孟久公帮助说句话，钱是一分没罚，但一车柴火没收了。

那年冬天，家里冻得像冰山。

靠山吃山的村民，上山遇见田宝贤，就像遇见了山鬼，个个惧怕得魂飞三分。

看山压榨了油水，家里条件好，田宝贤哪舍得儿子累着。别人家的孩子常年在地里干活，风吹日晒，累得精瘦，二柱子却养得白白胖胖。按说，秀萍姐嫁给这样上等的人家，如大下巴所言，真是攀了高枝，掉进了福堆。可秀萍心上人是晓峰，死活不从。

世上最难琢磨的事情，第一要数女人的感情了。见异思迁、攀高附贵的是女人，忠贞不二、宁死不屈的也是女人。

在两个男人为一个女人的博弈中，二柱子的优势显而易见，但他最不能理解的也就是这一点。他咋也想不明白秀萍的心思，他自认为与秀萍一见钟情。几年前他到路上替父亲查车，有一天正好德胜叔领着秀萍上山打柴，一件红袄，一条粉围脖，一张俊俏的脸庞，不高不矮，不胖不瘦的身材，给二柱子留下了深刻的印象。后来就逼着父亲托媒人，并立下非秀萍不娶的誓言。过完彩礼后，他对自己和秀萍的美满婚姻进行了无限的遐想：啥脏活也不让秀萍干，想吃啥做啥，想穿啥买啥，像含在嘴里怕化、捧在手里怕摔的宝贝一样，供起来。每次这样想，他都感到自己下身一阵阵的燥热，那种在别的女人面前很少有过的燥热。他恨不得一下将秀萍娶回来，洞房花烛夜，男女鱼水情。可事情办得不顺当，三番五次，五次三番，甚至秀萍还喝了一次药，以死相威胁。这次，说送亲车遇到了一只红眼狼，那是为糊弄客人父亲编的鬼话，他心里明镜似的，他只是憨，但不傻。他只能打碎牙齿往肚子里咽，怎么能说穿？

郁闷的二柱子陪客人喝了一拨又一拨，五十二度的小烧足足喝有一斤多。最后他酩酊大醉，人事不省。田宝贤知道孩子心里委屈，也没过多责怪，待老伴儿好歹把儿子哄睡，打出闷雷一般的鼾声，他烦乱的心才稍稍平静一些……

田宝贤冲左媒婆发了一通火，油嘴滑舌的左媒婆一再表示，一定再去女方家，把姑娘找回来，给田站长一个交代，把面子给赚回来，不然自个儿就跳润津河。远来的坐堂客，见势不妙，也都溜了。田宝贤心里堵得不行，竟一夜没合眼。

第二天早晨，醒酒的二柱子说啥要上山打柴。田宝贤的老伴拦不住，也没叫醒天亮才睡去的丈夫，眼看二柱子拿着耙子和镰刀走了。田家年年没收的柴火都烧不了，根本用不着自己动手。田宝贤的老伴知道儿子心里憋屈，就随他去散散心。二柱子边走边想，都是报应啊，这些年父亲截了多少柴火车，罚了多少老实巴交的人，他上路帮助父亲查车，就是扎出木头来，如果不太过分，他都假装没看见，抬抬手，放行了。村民上山拉柴，都愿赶他值班。靠山吃山，农家过日子，谁还不用几棵木头？干吗那么认真，那么大的原始林子，松树、杨树、柞树、桦树，应有尽有，数不胜数，枯死的树漫山遍野，拉几棵就拉几棵呗，干吗那么不近人情！这不是报应是什么？谁家娶媳妇这么费劲！二柱子越想越憋屈，走到一块地头，见没有人，索性坐在地上号啕大哭起来。惊得几只黑喜鹊在白桦树梢上喳喳飞跑了。

哭够了，二柱子又起身往山的深处走。

这时，路旁的蒲公英，黄花初开，鹅头山的阳坡上，已是青草覆盖，人工松林，原始白桦林和杨树林，山风一吹，相邀起舞，酣唱春天的歌谣。养蚕的柞树桩子，取代铁红色的，是一团一团萌生的绿意，用不了几天，就会覆盖远处的山坡……见这风景，二柱子憋闷的胸膛敞亮了许多。他找一块柞树地，拼命搂起柴火来。由于绿草已经缠绕耙齿，到了中午，他才搂了几堆。这时肚子在叫，他才意识到自己早饭还没吃。从家出来带着情绪，什么干粮也没有带，怎么办？他抬头向山坡下望了一下，见老梁看蚕的三间泥草房正冒着炊烟，他抬起软绵绵的腿，摇摇晃晃地向蚕场走去，心想中午就在老梁那里打尖吧。老梁他熟悉，巡山时，他经常到那里歇脚。

第二十章

大黄牛死了。全家人悲痛不已，我的眼里也盈满了泪花。

大黄牛死在了去向阳乡看病的路上。前些天牵到红旗镇医治，灌几服汤药，也没见好转。大黄牛的病越来越重，已水米不打牙，父亲不死心，这天上午又牵到向阳乡兽医站去找赵兽医。赵兽医给牛打了一针强心剂，回来路上，路过西沟子那座简易木桥，大黄牛踉跄几步没上去，前蹄突然跪下来，一侧歪身子，就咽了气。咽气的黄牛眼珠子瞪得圆圆的，眼角挂着泪珠。父亲截了贾永祥去乡里加油回来的拖拉机，又吆喝几个路人，费劲巴力把死牛撂上车运回来。到家卸到院里，神情恍惚的父亲强忍悲痛，又让大哥招呼来孟大下巴和德胜叔，扒牛皮，卸牛肉，查看是否能吃，要是能吃卖了牛肉，还能弥补一部分损失。大黄牛开膛后，场面使人心惊肉跳：肚子里的牛犊子已长到比山羊还大，胎死腹中！牛肠子里还取出一颗半尺长的洋丁，原来是这个家伙要了大黄牛的命！

在场的人无不咂舌，一颗洋丁吞了半个家产。

大家七嘴八舌说牛肉没毒，能吃。我说以防万一，还是问问赵兽医。我骑车子跑去乡里问赵兽医，赵兽医双手带着塑料手套，正忙着引一匹大洋马往母马身上骑，费了好大劲，才帮两只马交媾上。成功的赵兽医这才洋洋自得地回过头来，眍瞜着一双眼睛对我说：

"割块肉给狗吃试试，这么简单的道理也来问我！"

我心想大洋马完犊子你跟我发什么火，开得起店就配得起种！心里为大黄牛的死窝着火的我想骂赵兽医是白痴，治死了牛还没找你算账呢，你倒鸡粪味啦！可一想小时候掉进水坑也是一个兽医救了自己的小命，就鼓囊鼓囊嘴，把话憋了回去。回到家割块肉给狗吃了，安然无恙，一家人悲痛的心情总算得到一丝安慰。连夜把牛肉收拾妥当，第二天起早，我和大哥两个人，一人驾辕，一人推着单牛车——过去牛拉我们，现在我们拉着大卸八块的牛，心情沉重地走村串户卖牛肉。

"卖牛肉嘞！谁买牛肉嘞！"

苦春头子，家家见不到几个肉星，听见有卖牛肉的，围观的人倒是不少，可舍得掏钱买的却寥寥无几。生产队刚分开，家家倾其所有，把东拼西凑的有限资金都用在了农业生产上，哪还有闲钱买肉？有也舍不得。趁雨季来临之前，几户修缮破旧草房的，听到叫卖声，帮工的人都蹲在房梁上远远地扭脸望过来，这使东家很为难，有的薄脸汉只好硬着头皮秤几斤回去下酒。有的一时拿不出现钱来，要赊账，我当即同意。可大哥说早晨出门时爸没让赊账，我说牛肉不好卖，赊出去是钱，不赊放两天就臭了，将在外军令有所不受！

连吃喝，带赊账，我和大哥呼哧带喘地，从太阳东头出来，到日落西山，足足绕完靠山村五个自然屯，好歹把牛肉折腾得差不多，换回来的则是我口袋里油渍渍的现金和账本。

卖肉让家里死牛的不幸消息传遍了全村。当我和大哥推拉着单牛车，悻悻回到村口，大下巴手里拎着赊下的仅剩的一条牛尾，兔死狐悲地说："黄牛死了你娘哭坏了吧？"我斜愣了他一眼，没好气地答道："我娘很坚强！"

其实我说的是真话。牛死之后我也很纳闷，灾难面前，节俭的母亲却表现得异常冷静和坚强。偷偷流过一阵眼泪之后，母亲没再抱怨，而是一如既往地伺候她的小菜园，挨家挨户换鸡蛋，摸鸡雏。我冥冥中觉得，母亲是在用实际行动，感染和带动一家人，化悲痛为力量，日子还要向前奔。

这一天，父亲带大哥去后院帮花先生修房子，母亲在家张罗着做午饭。这时，贾晓峰突然跑到家里，气喘吁吁说：

"峰脉，出事了，"

"出什么事了？"

"田家二柱子找到了蚕场！"

后来听看蚕场的老梁说，那天中午二柱子到了蚕场，没等进院，就发现了菜园里的秀萍和晓峰。二柱子顿时来了精神，自知人单力薄，顾不上肚子咕咕叫，没敢出声一路小跑回家送信儿。田宝贤马上差媒婆通知了德胜叔。私奔的闺女从天而降，德胜叔、德胜婶二话没说，雇台三轮子就去了蚕场，连哭带闹，生拉硬拽，把秀萍带回了家。

我能想象得到，那棒打鸳鸯的场面，是何等的激烈。

母亲看晓峰的神色不对，也猜出了个大概。这些日子，贾晓峰和李秀萍私奔的事儿，在村里传得是沸沸扬扬。要不是事情紧急，或已"败露"，满天下都找不到的贾晓峰，怎么能明目张胆跑到家里来。

母亲留晓峰在家吃了午饭。饭后，我陪晓峰到东房山的阴凉处，找个小凳坐下来。初夏的中午，屋里有些闷热了，再说有些话不好当母亲的面谈论。

我和晓峰相对而坐，低头不语。

事情明摆着，面对逼婚和无钱退婚，秀萍一个弱女子还能有什么更好的选择？秀萍不可能为了自己，不管不顾地再给家人带来痛苦和伤害。她不是一个自私自利的人。她从心底里爱着晓峰，这不假，为此她寻死、私奔，为爱情已经奋力一搏了。可现在你还能让她怎么做？她又能怎么做！也许，嫁给老田家是秀萍最好的选择。

我和晓峰默不作声，心里却各自翻江倒海。

时间过得很快，已经下午两点多了。东方的天空长出了一片黑云，我们没有在意，继续沉默着，搜肠刮肚地想着一切能想出来的办法。

平静的天空突然起风了，从东面呼啸着向西面吹来，乌云也快速地向西压上来。转眼工夫，东方半边天就黑成一片了。东风西吹，东云西进，房后的白杨树像接到了上苍的命令似的，不断发出"唰唰唰"的声响，被压得一次次鞠躬。村里开始传来慌乱的声响，人喧，狗吠，鸡鸣，交织入耳。我起身透过篱笆墙向北望去，有的人家正慌乱着抱柴火，有的正盖酱缸，收拾怕雨淋的东西，后院给花先生修缮房子的人已闹成了一团，大工手里的工具上下飞舞，与大雨抢着时间……乌云压过了大半个天空，太阳终于支撑不住，被乌云吞了下去，东方天际已经模糊不清，大雨分明落下来了。

帮母亲收拾完柴火垛，盖好了酱缸，我和晓峰没进屋，又回到东山墙下，继续坐下来，一副与风雨抗争的架势。

来吧！大自然中的暴风雨，来吧！生活中的暴风雨，我们要用坚强的火热的年轻的躯体来接受你的洗礼和考验！

这时，一只老鼠显然被雷鸣闪电吓着了，居然明目张胆地窜到脚下，我上去一脚，想踩死这个到处打粮的害人精。不料，惊魂未定的老鼠"嗖"的一下钻进了墙角的洞里。我的心里不觉轻蔑地一笑，老鼠，我们一定不会像你一样在暴风雨面前抱头鼠窜！

该来的总会要来。豆粒大的雨点噼里啪啦地砸下来了。我和晓峰谁也没动，就让它砸吧！谁知雨点稀稀拉拉掉了几滴，并没有想象的那样无情凶猛，一会儿，便雨过天晴了。南方润津河的上空，形成了一条半圆的彩虹，粉红的一边，天蓝色的另一边，中间的绿，有序地镶嵌在一起，构成了一幅美丽的图景。又过一会儿，彩虹直插东南方向三四队的村庄，村庄和天边之间的绿色麦田，被彩虹衬托得格外鲜艳……

我和晓峰一时被感染了。也许是雷声大雨点小貌似凶猛的天气，也许是风雨过后的彩虹，总之，好像有一种看不见摸不着的东西，瞬间牵着我们走出了心中那片幽暗的山谷，并且朦胧望见了，远方呈现着的那一丝光亮。

是的，很多时候，金钱还是打开生活死结的万能钥匙。该死的金钱！可爱的金钱！我们要马上行动，立即挣钱去换回秀萍和雪姑的幸福……

第二十一章

我已是十八岁的青年，但口袋里仍然空空如也。

其实，不仅是我们这些大人眼中的"孩子"，即使支撑门户的家长，囊中羞涩，口袋里翻不出个块八毛的也是常有的事。如此紧巴的日子我们早已经习惯了，就像刮风下雨一样。因为与城里上班族不同，除了秋天卖粮，农民平素哪有进项？

大黄牛因一颗洋丁毙命，却意外赐给我一个良机。我怀着一颗不安分的心，卖肉时瞒过大哥（天知道善良的大哥是不是睁只眼闭只眼），不道德地偷偷藏起来十二块，第一次拥有了"私房钱"。到家后，急等消息的父亲，对我赊账的做法不但没批评，还给予了赞赏，并强调说："赊出去对，肉臭了一个子儿也换不回来！"

听了父亲的表扬，大哥俊俏瘦削的脸庞，瞬间变成了一张红纸。果断决定赊账，使我初显做生意的才能，家庭地位也悄然提升了。

更使我沾沾自喜的是，口袋里藏起来的那十二块，油腻腻的像小蛇爬一样，不停地抓挠着我焦灼的心。

"卖冰棍儿嘞！卖冰棍儿嘞！"

钱真是好东西。用那偷偷藏起来的十二块钱做底子，我实现着走村串户卖冰棍儿致富的梦想。

初临盛夏，乡亲们开始顶着烈日，展开了大田铲耥生产。我骑上自行车，有时去向阳乡，有时为额外多得几根厂家搭配的冰棍儿，便舍近求远，跑到惠民冰棍儿厂去上货。回来，我驮着冰棍儿箱子进到田间地头，为受太阳毒烤的乡亲们送去一丝凉爽……

我这名乡亲们眼里的"秀才"，大胆摘下了"自尊"给自己生活戴上的"面具"，扯开嗓了，放声世界了。

是的，勇敢地面对生活很难，勇敢地面对"自尊"更难。小小的冰棍儿，标志着我终于勇敢地、实际地面对自己的生活了。

"卖冰棍儿嘞！卖冰棍儿嘞！"

这是我人生的第一笔生意。我像扎上了翅膀，可上九天揽月一般，心底里被一股股兴奋的、腾飞的向上感占据着。那种失去很久的曾经在课堂上拥有的美妙感觉，甚至使我狂妄地想到，迈出这威武的第一步，未来路上即使出现再大的风雨，也不在话下了。起码，不容分辩的是，人来到这个世上活，还有什么能比自食其力更重要、更值得尊敬的呢？

"小打小闹的，能挣几个子儿！"

一天卖冰棍儿回来，在村头碰到了闲逛的孟久林。我笑而不答，心想眼下正是大田铲耥的关键时期，家家户户忙冒烟了，你却有工夫说风凉话！

"别走啊，拿几根冰棍儿给孟叔凉快凉快！"

我礼貌地停下来，但并不打算开箱盖。

"咋的，怕我不给钱？"

"啥钱不钱的，过来吃吧！"

说大话的瞬间，其实我脑海里掠过的是大下巴是雪姑老叔的念头，说不定一根冰棍儿，就能换来有关雪姑的消息。

孟久林大嘴一咧，一边吃冰棍儿一边叫着我的小名，毫不保留地和我唠起了雪姑的近况。

"别提了大侄子，可把我大哥愁坏了，这一天天人不人鬼不鬼的，再有挺头的人家也受不了！"

"不见好？"

"不见好！我看是好不了，整天咿咿呀呀的，没一句正经嗑！"

"怎么不去大地方看看！"

"大侄子，那不是快当嘴，那需要人民币！"大下巴边说，"给雪姑看病花空了家底，我大哥这咱掉蛋了也不像过去呼风唤雨，罗锅上山钱紧喽！"

孟大下巴边说边吃，我手把箱子一根一根慢悠悠掏给他，为的是换来心爱人的消息。最后，大下巴居然吃掉箱里剩的二十根冰棍儿！

这时，太阳下山去了。村子里饭早的人家，烟囱上已升起了袅袅的炊烟。

大下巴污迹斑斑的白衬衣没系扣子，风一吹，露出了白花花的肚皮。这个吃得透心凉的混子，手捂着肚皮，突然蹲在地上，半天不起来，嘴里还哼哼唧唧的。

"没事吧，孟叔？"

"吃急了，哎哟……"

这时，西面路上传来了牛哞、驴叫的声音。大哥赶着一群牛马，夹杂几头叫驴，正从西沟子放牧回来了。青草长起来后，父亲帮助揽下几十家的牲口统一放牧，为大哥找到了一条力所能及的挣钱路。

半天，见我不走，孟大下巴慢悠悠地站起来，用手指着村口一群正走过来像潮水一样涌动的牲口说："大侄子，你听见过驴叫没看见过驴跑吧？"

我一头雾水。只见孟久林话音刚落，撒腿就跑，一会便绕到供销社后面，无影无踪了。

我心里牵挂雪姑，半天才醒过神来，“扑哧”一下自笑了，心说：“这个大下巴，吃冰棍儿想赖账，居然还装驴跑！”

这时，大哥背着旧书包，肩上扛着长鞭，“喔喔喔”地赶着一群牲口过来了，一股热浪夹杂牲口身上臭烘烘的气味扑面而来。

“咋了峰啊？”看见刚才发生的一幕，大哥疑惑地问。

我学了经过，大哥气愤地说：“大下巴他妈还够人字两撇！”说完，脸庞被野外放牛晒得非洲人似的大哥，脚底下穿着水靴，口里不停“喔喔”着，一家一户送牲口去了。

卖一月冰棍儿，赚了几十块，我用实实在在的效果，将家人反对的声音压了下去，并自作主张，增加了卖麻花的项目。口袋里的“流动资金”渐长，验证我“买卖脑袋瓜是活的”，自然也增强了自信心。每次贩卖回来，从母亲端上来热乎乎的饭菜我能感觉到，因我的小小成功，急需走出窘境的一家人，无不在欣喜着。

可我心里清楚，想靠卖冰棍儿、麻花小打小闹地发家致富，周济雪姑治病，简直是异想天开。我心里琢磨着，晓峰回关里老家找出路了，我也要尽快大干一场……

这年的小麦获得了意想不到的大丰收。同样琢磨挣钱门路的王大炮，洞察了小麦收割机能发财的天机，率先勇敢地买回来一台。这个草绿色的家伙，有两丈多高，浑身带着香喷喷的柴油味，当王大炮稳稳地驾驶着他的“新大炮”，哼哼着进了村子，吸引了几乎一村人的围观。大家七嘴八舌议论开的话题是：乌泱泱的小麦怎么就能让它制服，齐刷刷、一片片地割倒在地？

王大炮恢复了部队炮兵手的威风，手握扳手，这扭扭，那敲敲，嘴角一挑说：“这算啥？还有麦子从前脑袋塞进去，就从后屁股吐粒的呢！”

大炮一番描绘，弄得大伙云山雾罩，像听神话故事似的。

没出几日，蹲在家里合计明白的村民，争先恐后跑去排号，王大炮家的破门要挤破了。大炮活了四十多年，从来没这么火过，一步登天的感觉，说话底气十足，走路腰板溜直儿，瞧那架势，不排他收割机的号，小麦烂地里似的！

有不听邪的，为少花几个子儿，继续发扬"一把镰刀闹革命"的传统精神，集中亲戚朋友，一刀一刀将小麦放倒，像一座一座小山峰似的捆码在大地上。当然，"小山峰"码不好会漏雨、烂垛，一年的收成就"瞎子点灯白费蜡"了。这还不说，几天晒干了还要及时运回家门口的"场院"，用三股叉一捆一捆抛向空中，垛起三层楼高的圆锥形麦垛，这才算喘口气儿，有空了再雇来脱谷机，"嗡嗡"卷着呛人的灰尘，一捆一捆塞进去，脱出麦粒，再运到供销社房后的大晾晒台上晾晒。足球场大的晾晒台上，一家一户摊成的或长或方的麦趟子，秋阳之下，黄灿灿一片汪洋，令人陶醉。

人工收割小麦显然落后了。可为省下机耕费，加之手痒痒，单干最初的几年，继续保持人工收割习惯的农户大有人在。

我观察到，到了脱谷（脱麦子）旺季，不管人割机收，都要请帮工的，请帮工的就要好酒好菜地"预备"，摆上个七碟八碗的，甚至花去与一两麻袋小麦价钱相齐的开销，也不在话下，否则哪有名声？哪有面子？

在北大荒淳朴的民风里，我洞察到了一个商机。

靠山村离向阳乡政府驻地有五里路，麦秋时，农民忙得"两头看不见日头爷"，又跑那么远买菜，极不方便。况且，东、南、北毗邻的三个村子，村民去乡里办置伙食也要路过靠山。

明摆着，靠山是咽喉之地。

洞察到了靠山的地理优势，我心里琢磨着在村口摆个菜摊子。

"能行吗？"母亲手里攥一把新摘的豆角，听了我的建议，立在菜园门口不错眼珠地盯着我。

"能行！现在正是脱谷的旺季，家家都得预备饭！"

"也是，你大哥出去帮工连轴转，回来说一家比一家菜硬！"

"试几天看看吧。"父亲放下烟袋锅，拿起柴火兜子，准备去抱柴火。三弟峰良在村学校读小学，快到吃午饭的时间了。

村西头路北第一座房子，是用石头砌的供销合作社，长长的一溜，足有十几间。几十年来，靠山村民进进出出的，在这里购买生产生活用品。屋里飘出的糖果味，诱惑着口袋里空空如也的孩子。

每次提到供销社，母亲就冷着面孔说：

"小时候数你馋，怀你时你就闹人，那家伙把我馋的，做梦都想吃肉，你说怪不怪，自打生下你我就不馋了。"

说到这，母亲剜了我一眼，接着说："那咱和你奶一起过，你三叔出民工修坝，特意给我省回来一饭盒肉！人家你大哥和小三儿就不像你，见着好吃的就迈不动步，掐多少回都没脸！"

说到激动处，母亲丝毫不顾及我的面子，继续说："后来我都不敢领你去供销社了，去了你抱我大腿就哭，不给买糖吃不行啊，那咱刚跟你奶分家另过，多困难呢，连买盒洋火的钱都没有，哪还有钱买糖啊！"

心里翻腾着母亲这些揪心话，我在供销社院子临街一端，借几棵柳树的阴凉，铺上一层塑料布，摆上各种从向阳乡贩来的蔬菜，旁边放一个杆秤，大模大样地做起了"菜贩子"。

卖几天我发现，有菜没肉，乡亲们还是拼命到乡里去买。

我决定买一头猪来杀。

杀猪卖肉，可是一笔不小的生意。我一个回乡务农的初中生，卖几根麻花、冰棍儿还凑合，摆个菜摊子，在世俗眼里已经有"作妖"的嫌疑了，居然还要扮演屠夫的角色，杀猪，别说家人和乡亲们听了发怵，就连我自己也认为自个儿疯了。

我热血沸腾，忐忑不安，犹犹豫豫下不了决心。买猪、验痘、杀猪、卖肉，还有不菲的本钱，哪去借？再说万一看走了眼，某一环节出了问题，为此家里就会背上沉重的负担。

每次否定这个不切合实际的想法，我的心脏都怦怦猛跳一阵子，因为每次我都会想到需要医治的雪姑。

我浑身的血液往上涌。

这一天，太阳西斜，田野里待割的小麦流淌着麦香，我口袋里揣着卖麻花、冰棍儿挣来的八十块，一个人悄悄离开了村子，抄麦田里的小路，奔东南方向下去了。

我瞒着家人，手里攥着小麻绳，真的去买肥猪了。

我边走边思量，父亲要知道我去买猪，一定雷霆大发，母亲也会痛哭不止。难怪啊，老守田园、卑微得不敢轻易越雷池一步的普通农家，哪个当父母的愿让儿子去冒这个险？一旦赔进去，就不是一头黄牛的问题了。

我心里的小鼓咚咚响，脚步也有些轻飘，但没有停下来，更没有回头……

穿过两片麦田、一片苞米地、一片黄豆地，走了三里多路，进了东岗村。

奶奶的大姐，我称呼"大姨奶"的孙子——我的表哥正在菜园铲白菜，听说我要买猪杀，表哥眼里露出一丝疑光，问你爸你妈知道吗？我说知道。表哥迟疑半天，说正是麦秋，肉快，村里肥猪都杀光了。不过他提供一个信息说山北红旗镇的繁荣村，他一个战友家养了两头肥猪，前段时间张罗卖，不知道出手没有。我说表哥你拉我去一趟。表哥又迟疑着看了看夕阳，转头看了看我坚定的目光，半天，把手里的锄头立在门旁，跟在园子里猫腰摘菜的表嫂打了招呼，起着崭新的四轮子，一路卷着灰尘，"突突突"就拉我奔向了繁荣村。十几分钟的工夫，四轮路过靠山村供销社门前时，我扒进车厢里不敢露头。透过车厢板的缝隙，我向立在村西前排的泥草房望去，只见家里的烟囱冒烟了，那一定是母亲开始做晚饭了。想到自己不能像往日一样，太阳落山收摊回家，母亲等得会着急，我的鼻子一阵酸楚。

　　四轮蹦跶了十几里山路，穿过鹅头山，到山北的繁荣村时，夜色已经降临。

　　车停进泥泞的院子里，我跳下来一看，院墙南是一座石头砌的猪舍，两头白色儿克朗肥猪正在粪尿混合的湿地上乱拱。见来了生人，好像知道要被抓似的，"嗷嗷"叫个不停。

　　主人是一个五十多岁的汉子，与表哥寒暄几句，领我们看完猪，谈了价钱，说："我得问问家里的！"

　　话音刚落，从房后菜园里推门走出来一个穿蓝布衫的妇女，手里掐着一把生菜，还没认出表哥，就远远地喊道："干啥的？买猪的？"

　　"对！"爷们儿答道。

　　"给到价卖，给不到价不卖，叽里咕噜养了二年，这两头猪赔死了！"

　　家里的边说边关好园门，回头一看认出表哥，惊讶道："哟，是大兄弟啊，你买猪？"

　　"我哪有这魄，是我表弟摆个菜摊，要杀猪卖肉，上次我来换麦种，就听嫂子磨叨这猪太能造，要甩一头，两好嘎一好，就领来了！"

　　说到这，表哥回头看了我一眼，接着又说："里手赶车没外人，都沾亲带故的，拉个拉个，合得上两头就一起出手吧！"

　　"哈哈哈，好说，好说，还没吃晚饭吧，我进屋炒俩菜，你们哥几个

171

边喝边合计！"

家里的很麻利，乒乒乓乓不一会儿就把饭菜端上了桌。吃饭的工夫，我看出来表哥与战友复员后走得很近，二人热乎地喝酒，我一旁闷头吃饭，心里嘀咕：看样子，这笔买卖有希望。

果然，借着战友情谊，猪价让到了最低。

一看到了火候，我急忙咽下最后一口饭，放下瓷碗说："谢谢大哥大嫂的支持！我还有一事，"说到这，我脸上露出了难以启齿的神色。

"你说，兄弟！有你表哥这层关系，你就别见外！"家里的边吃饭边抢答道。

"不瞒你们说，我走得急，兜里只揣了八十块钱，也就够个零头，剩下的先赊欠几天，等卖了猪肉，我立即送来！"

话一出口，盘腿坐炕里的爷们儿眼珠子立刻瞪起来，刚刚还有说有笑的方脸盘一片阴云。爷们儿把酒杯往桌上一墩说："你这不是空手套白狼吗！"

与爷们儿对坐的表哥也放下酒杯，难为情地望着我，好像责怪说："兜里没子儿你张罗买啥猪，这不丢人现眼吗！"

表哥这番话没说出口，而是瞄了一眼正往嘴里扒拉苞米碴子水饭的战友家里的。

只见战友家里的一仰脖，将水饭一下喝光，吃口大葱蘸酱，用手左右抿两下嘴巴，抬屁股下了地，又麻利地扑棱扑棱围裙上遗落的饭粒，高声道："行了，看着他爸战友的面子上，我们信着你了兄弟，猪你拉走，卖完肉给钱，我看你文文静静的，也不是个不三不四的人！"

我急忙下地，笑嘻嘻地说："谢谢大哥大嫂，卖完肉我就来送钱，差了事，我自个儿把脑袋剁下来！"

见我起誓，表哥又看了一眼战友，帮腔道："既然嫂子答应了，那我也给做个保人，差事了先剁我脑袋！"

这话把表哥战友家里的一下逗乐了，爷们却一句话没再说，而是面无表情地把杯里剩的酒一仰脖干了，一出溜下了地，哈腰登上旧军用胶鞋，出门进仓房找绳子，喊邻居抓猪去了……

等把两头各三百多斤的肥猪运回来，三星顶头了。

路上我心里一直打鼓，来时的激情早消失殆尽。脑子里反复浮现的是见我抓回来两头肥猪，父亲惊恐万状、大发雷霆的面孔！要知道，两头肥猪，抵得上半个家底啊！

我做了最坏的打算。

四轮"突突突"划破了宁静的夜空，闪着灯光开进院子，惊醒了梦乡中沉睡的家人。

后来母亲说，我晚饭未归，父亲就猜中我十有八九去买猪了——这几天收菜摊回家，我几次叨咕菜摊缺肉。

卸猪的时候，我感觉父亲手在颤抖。两头猪捆抬进圈里，不再嗷嗷叫，村子才静下来。一家人千恩万谢地送走表哥，母亲大哥又睡下了，我进屋洗洗手，转身又来到院子，准备接受父亲的严厉批评。

父亲没有责怪我，只是倚着墙头唉声叹气地抽着旱烟袋。夜色里，烟袋锅里的火星忽明忽暗。

显然，一向做事沉稳的父亲，被眼前的阵势吓住了。如果两头肥猪验出痘来，六七百块转眼就赔进去了。这对我们这个家庭而言，无疑雪上加霜——大黄牛的意外死亡，全家人到现在都没缓过劲来！

我嗫嚅半天，说："爸，没事，我跟卖家定好了，如果猪验出痘来，就送回去！"

"真这么讲下的？"夜很黑，但我能感觉到父亲的眼睛突然瞪大了。

"嗯，是这么讲的，东岗村我表哥在场可以作证。"

我这么一说，父亲转身朝墙头磕打几下烟袋锅，随着火星儿四处飞舞说："回屋睡觉！"

第二天一大早，父亲将表叔李德胜请来，他是杀猪验痘的行家。

两头克朗猪捆绑了一夜，消停了许多。当其中一头身量大些的猪嘴被铁棍撬开的时候，一旁打下手的我，心已提到了嗓子眼儿。心想这要验出痘来，我将成为这个家的罪人……

德胜叔跪在地上，双手抱住"嗷嗷"拱叫的猪头，像花先生给人看病一样，眼睛几乎贴到了猪嘴上，仔细向里观察舌苔，又把手指伸进猪的口腔搁楞几下，然后说："没痘！"

表叔说完，我的身子哆嗦一下。

验完第二头，表叔又说："没痘！"

我终于抑制不住，激动喊了一句："谢天谢地！"

父亲回头狠狠瞪我一眼，然后进院儿召唤屋里的母亲，张罗烧水杀猪去了。

杀猪整整忙活了一天。当一家人给德胜叔打着下手，把两头活生生的肥猪变成案板上鲜红的猪肉的时候，院里院外一直洋溢着过年一样的喜庆气氛。是啊，我们这个穷家，何时杀过年猪？

眼前的情景使我意识到，我一个人胆大包天的行为，给一家人带来了致富的希望。我甚至暗中想：这样的气氛要是一直能延续下去，生活该多么美好啊……

第二天一早，外面突然下起了大雨。民谚说：关门雨，下一天。雨天小麦无法收割，菜摊也不能出，只好将猪肉放进厨房的地窖冷藏起来。

安排完肉，我披上雨衣，搭乘老叔去买件的"大摩托"，冒雨进城，将猪头、猪蹄、猪下水送到二舅那里。润津河南岸居住的二舅，城里上班的连襟开了一家熟食店，不久前他去帮助烀熟食，猪身上杂七杂八的东西，到那儿都成了宝贝。

雨连续下了三天。太阳出来后，我焦急地打开窖门，准备把肉搬出来，运到村口卖。我掀开覆盖猪肉桩子上面的塑料布，抖落浮土，一股腥臭的气味扑鼻而来。

一种不祥之兆忽地涌上我的脑海。

开窖门通通风，又仔细闻闻，臭味减轻了不少，我急忙上来把这一意外情况报给母亲。母亲听了，惊愕地喊来大哥，让我们把肉从窖里拽上来，查看后，母亲沮丧说："不严重也不能卖了，肉有一丁点味人家也会骂我们！"

吃完早饭，在屋里抽烟的父亲早就听到了厨房的议论声。但父亲一直没出来，父亲是不敢面对可怕的结果。

听了母亲的话，父亲再也坐不住凳子，撞开屋门出来，看一眼案板上的臭肉，又气冲冲扭头看了我一眼，二话没说，对准肉桩子飞起就是一脚，肉桩子太沉，没踢动。没解气的父亲上去"咔咔"又是几脚乱踹。我和大哥不敢出声，母亲上前阻拦，父亲火气更大了，差点将母亲推了一个趔趄，接着操起案板上的菜刀，疯了似的朝已被踹得黑不溜秋的猪肉桩子，一刀一刀地砍下去……

在我的记忆里，父亲遇到不顺心的事也发过脾气，但从来没这么严重过。我躲在角落里，不敢上前劝阻失去理智的父亲，大哥去拽堆在角落里哭泣的母亲。

吵闹声惊动了东院的奶奶。奶奶赶来见此情景，用手里的拐杖向父亲一指，厉声道："德贤！你都多大了还像个孩子，把刀放下！"

听见奶奶的呵斥，父亲像被针扎了一下，浑身一哆嗦，立刻放下了手里的菜刀，满脸杀气地回屋抽烟袋去了。

"行了，行了，别哭了，把肉收拾干净，肥膘靠油，瘦肉腌起来，瞎不了多少！"奶奶一边下达命令，一边回头用拐杖指指我的脑门儿，以嗔怪的口吻道："小瘪犊子，就你能作妖！"

第二十二章

立秋之后，勤快人家先收割的小麦田，已被拖拉机翻起了油汪汪的黑土。原来麦田里的蝈蝈仍在鸣叫——这些机灵鬼在歌唱的舞台被捣毁之前，听到王守礼驾驶收割机"轰隆隆"横冲直撞的声响，连蹦带跳，早逃到附近杏黄的亚麻田里，继续鸣唱。鸣唱裹挟着一阵阵初秋的风，搅得坦荡如砥的亚麻田翻了一浪又一浪。

杀猪赔了钱，我没脸再提做生意的事。再说麦秋一结束，麻秋就在眼前了。令乡亲们恐惧的是，熟透的亚麻千万不能遭雨，遭大雨就会倒伏，倒伏了就卖不上等级。

分家每人分了六亩三分，我家仨小子五口人分两垧多地。三叔家一个小子两个闺女也分了两垧多地，老叔家一个小子一个姑娘还有供养的奶奶也是五口人，与俩哥哥分了一样多的地。另外，新当上村委会主任的贾会计，念及父亲给他落户的旧情，有意将祖家哥仨的地分到了一起，其中一半还分到了家门前这块肥地，另一半分在了离家三里多地的东沟子，虽不是缓坡上的"腰窝地"，但也不是坡底的涝洼塘，而是坡顶的岗地。

分地前，敦实的贾会计满面春风，手里掐着烟卷上门对父亲说：

"祖队长，"贾会计亲切地称呼父亲，"你们哥仨的地我做主分到一块了，方便伺候，不过三串五串的，一半儿串到了门前这块离家近的肥地，另一半儿串在东大片（东沟子的别称），离家远点也没办法，都分家门前别人会炸锅！"

"咱们尽量不搞特殊化！搞好群众关系靠的就是一碗水端平，这也是当好咱们农村干部的本钱！"父亲不失尊严地表态。

哥仨分的地虽然一样，可父亲担心种亚麻有风险，就与很多村民同样选择了种小麦。三叔和老叔则各种了一垧地的亚麻。眼下，亚麻这种经济作物也全部丰收了。

立秋刚过，早晨浓重的露水覆盖在田野上。

俗话说，打虎亲兄弟，上阵父子兵。节骨眼儿，当兄的怎么也不能看弟弟们的笑话。父亲派我和大哥去帮两个叔叔家薅亚麻。交代完支援任务，要面子的父亲还不忘补上一句：

"水稻瘟，高粱瞎，橡皮苞米，烂亚麻！小哥俩胆太大，种了那么两大片亚麻，碰上连雨天，就是扔的货！"

办事灵活的老叔接受了父亲支援的好意。三叔则一晃脑袋说："我不用！"

三叔人送外号"三倔子"。当年爷爷临终前，最放不下的就是三叔对三婶使用家庭暴力。父亲说，那天爷爷奄奄一息，把三叔三婶叫到床前，断断续续嘱咐："老……老三，以后……别……别再打你媳妇，好……好好过……"

三叔对三婶动手动脚臭名昭著。三婶天生老实，凡事不说好也不说坏。用三叔的话说就是"那败家娘们，一杠子压不出个屁来！"

三叔生来要强，凡事不落人后，三婶性子慢，与三叔水火不容，天生的一对冤家。要不是家庭困难，三叔不会委曲求全把三婶娶回家。婚后三叔对三婶轻则痛骂，重则拳脚相加，他们家的日子，被泪水浸泡着，堂弟堂妹是在三婶的抽泣声中长大的。

爷爷尸骨未寒，三叔就把爷爷的叮嘱忘得一干二净。一天，队上出工的钟声敲响了好几遍。三叔到厨房一看，三婶的早饭还没做好，火腾地一下涌上了脑门，二话没说，上去就是一记耳光，把三婶扇个趔趄，然后带着一肚子气，上工去了。奶奶知道了，心想这样下去，三婶就完了。当天晚上，奶奶就去了三叔家，厉声道："老三，明天把房子卖喽，搬回去住！"

爷爷奶奶儿孙满堂，功劳尽人皆知。昔日的小马架，早换成了三间土坯房。父亲和两个弟弟的婚事，都办在土坯房西屋，结婚一个出去一个。老叔小，婚后与老婶留下来伺候老人。三叔不敢违背奶奶的意愿，搬回来住东屋，老叔一家住西屋。小哥俩又靠北墙，给奶奶搭了一铺腰炕。住处虽然紧张些，但这样奶奶可以在眼皮子底下，保护三婶免受皮肉之苦。

意外的是，三叔的脾气并没因奶奶的干预有所收敛。有一天老叔老婶去给黄豆田拿大草，赶上一只老母鸡丢蛋，奶奶急得挨家去翻柴火垛，三叔家的事没人管，一言不合，三叔居然肆无忌惮地把三婶的腿打成了骨折，卧床不起。更可恨的是，打坏了老婆还不去买药看大夫，奶奶只好打发老叔去跑，三叔像什么事没发生，只知道起早贪黑侍弄那三十四亩责任田，他的全部快乐俨然长在希望的田野上。春天播种，给小麦和亚麻轧青苗，夏天三产三蹚，三叔把庄稼伺候得欢畅、水水灵灵。奶奶骂他没长心，就是种地的货，他也不吭声，常常窝一肚子火出门，但到了田里，望几眼活蹦乱跳的庄稼，火气就全消了。

老叔和三叔两家地挨地。一道界线的犁沟被青纱帐掩盖着，风一吹，像完整的布匹被割开一道长长的口子。

约我和大哥薅亚麻这一天，老叔让老婶蒸了一锅糖三角，到园子里摘了一兜黄瓜，把暖瓶开水倒掉，到院子里绞一壶清凉的井水，然后叫上我和大哥，拎的拎，背的背，踏着秋晨浓重的露水，去了薅麻的目的地——东沟子。

庄户人家的秋天，没有回家吃午饭的工夫。

老叔和三叔一样能干，体性还好。老婶憨厚，比三婶干活利索。老叔说"薅"，老婶就跟着老叔屁股后，一家抱一块地，使劲地薅。除了蝈蝈鸣唱，以及亚麻根儿撕裂土壤的声响，没人说话。老叔说"歇"，老婶就一屁股坐在放倒的亚麻上，静静地看着老叔点着一颗雪茄烟，慢慢地过瘾。中午歇晌了，老叔回头欣赏放倒的亚麻趟子像火车道一样，满是汗水的脸溢满了微笑。

火盆一样的太阳挂在中天。正是"秋老虎"毒烤的时候。蝈蝈的鸣唱愈来愈疯狂，搅闹得田野一片喧嚣。该歇晌吃午饭了，我们爷仨捆几个大亚麻个子，东西搭起一道遮阳墙，遮阳。老叔喊来老婶，一起坐在荫凉里，打开小帆布兜，拿出糖三角和黄瓜，分给大哥和我，又递给老婶一份，然后，自个儿也脆生生嚼起来，一缕黄瓜香味顿时四溢开来……

我们被秋天的收获和昆虫的嬉戏声包围着。偶尔，一股凉爽的风也钻进来调皮一下，浑身清爽、惬意。

这时，"墙"那面有人打开录音机，《天仙配》的曲调飘过来，疲倦的筋骨一下舒展了——

　　（女）树上的鸟儿成双对
　　（男）绿水青山带笑颜

老叔爱听东北二人转，对黄梅戏也入迷，听听就忘记嚼嘴里的干粮了。老婶用手指碰了一下他的额头："唉，听傻了，你看，三哥一个人薅

179

亚麻呢。"

老叔探出头，瞧瞧烈日底下薅亚麻的三叔，缩回头思考了片刻，对老婶说："咱们快点薅，干完了帮帮三哥。"

三叔干起活来收不住，一垧地亚麻都熟透了，他的心里又激动又焦急：要尽快把亚麻放倒搭露水，过劲了"站干"不说，再倒霉赶上"落套雨"，致富的梦想就会竹篮子打水一场空！

中午的太阳刺得人心忙。三叔脱下白的确良布衫，露出坚实的臂膀，背心湿透了，紧紧贴在前胸上。一个上午，他没歇一歇。腰酸得厉害，他直起身向前瞅瞅，见老叔家的亚麻趟子放出了老远，脸上掠过一丝阴影。他沮丧地干咳两声，远处传来的歌声令他心头一动——

（女）你耕田来我织布

（男）我挑水来你浇园

……

老叔家的亚麻薅完了。我们爷仨和老婶相互看了一眼，默契地没说什么，就一起去后面接应三叔。打量三叔明显消瘦的脸庞，我的鼻子有些酸。心里琢磨要是三婶不卧床，三叔也不能熬成这样。三叔这也是自作自受！

薅完亚麻，老叔对三叔说："三哥，今晚咱们一起贪黑拉麻。"

三叔面无表情地答道："行。"

立秋后的夜晚，凉爽宜人，渐渐盈满的月亮已跳上树梢。田野被葱茏的雾气笼罩着，极力远眺，一片片苞米地、高粱田朦朦胧胧变成了黑黝黝的山包。"大摩托"闪耀着车灯，熄灭了前方的月光，牵引着车斗徐徐前移。老叔悠闲地握着方向盘，脚底下给着小小的油门，寂静的田野被吵得喧喧嚣嚣，仿佛这个平凡的世界上，此外的一切都不复存在了。

装车是个技术活儿。三叔车装得好，既大又结实，从不淌包，上山拉柴火的村民都愿求他装车。三叔先摞好跨杠，然后用亚麻捆整整齐齐地打好底，码好边，纵身一跳，上了车，一会码起一人高。

我和大哥负责前面捆麻，老叔开车，老婶吐口唾沫，握紧四股叉，扎实亚麻捆，使劲一挑，然后一抡，随着她那婀娜的身影，一捆捆亚麻被甩上了车顶。三叔好像想起来什么，站车上一愣神，"噗嚓！"亚麻捆砸在了脸上，火烧火燎的，他挣扎着不敢怠慢，不一会儿，亚麻车装得像小山。

亚麻车中心勾好、压实，不用拢，很快就摇摇晃晃开上了田间小路。

深夜的东沟子，光华如洗，周遭的田野苍茫一片。

老婶把四股叉扔给三叔，一蹴坐在了大摩托的翅膀上，双手抓紧车座后背，偎在老叔的身旁……这一场景我和大哥看见了，也跌进了三叔的眼里，我们一起趴在亚麻车上，能感觉到三叔的压抑。听老婶说，昨天奶奶说等亚麻收完了，让他带三婶去城里找大夫看看，这样下去，病会大发的。三叔没说行，也没说不行……三叔索性翻了一下身，望着满天的繁星，顺手抓起一根水稗草，把芯抽掉，放在嘴上，猛一吸气，一声悦耳的音符被裹了出来。那声音老叔和老婶没有注意，却在我和大哥的耳旁回荡，仿佛在唱着丰收的歌谣，唱着缠缠绵绵、忧忧伤伤的日子……

我有些激动。望着满天飘闪的繁星，我心里琢磨着，有奶奶张罗着，三叔早晚会治好三婶的病，并会和好如初。只是雪姑的病，不知何时能治愈。晚上拉麻出村口时，碰上了闲逛的孟久林，他说雪姑的病情这几天又加重了。

第二十三章

随着麦麻秋高潮的来临，以及收尾，我杀猪赔钱的"光荣"事，渐渐被往前赶的日子淹没了。

我心中那条不安分的"小蛇"又苏醒过来，隐隐搅闹我了。

鬼节过后，天气渐凉，大豆和玉米不再疯长，埋在土里的马铃薯已长到馒头大小，田头地脑种的窝瓜也生面了，菜园子里的李子、沙果开始上色儿，大田里纹络舒展的西瓜，翻白肚的香瓜，多半瓜熟蒂落，清香味儿飘到田野旁的村路上，勾引着孩子去偷。就连洞里的田鼠，树上的喜鹊，也垂涎三尺，钻出洞、飞下树，争相去瓜地里啃叨。

一切预示着，鹅头山脚下，分田到户后的第一个金秋来临了。

山北红旗镇致富村老姨奶家的大姑父，成为村里第一个吃螃蟹的人。父亲几次说："致富你大姑父胆忒大，也不知种那一垧地西瓜咋样了，那么娇气的东西他也敢种，走生产队时种那玩意儿没几年收的。"

父亲为大姑父担心，我却打起了那一垧西瓜的主意。

这天下午，我雇了贾永祥的四轮子，绕过金色渐染的山峦，去了山凹里的致富村。致富村与买肥猪的繁荣村同属红旗镇，但各在鹅头山北侧的东西两个方向，致富村在鹅头山东北角。

左拐右拐，小四轮颠簸着开到山坡下的一片西瓜地旁，熄火，跳下车，望着大地里繁星一样裸露着的西瓜，我眼前一亮，心里说这下来着了！

听到马达声，地头"A"形瓜棚里走出一位五十上下岁的农民，上等身材，草帽下露出一张晒黑的刀条脸，一双有神的眼睛。一打照面，我俩同时笑了，我说："大姑父好！"他急忙说："是小军大侄啊，是啥风把你给吹来了？"

大姑父姓解，名解双，是奶奶的五妹妹，我称呼"老姨奶"的大姑爷，早年当兵，回来任生产队长多年，讲话满嘴飞吐沫星子，办事能力极强，父亲常夸大姑父开通，是当干部的好材料。我与大姑父在亲属婚礼上见过几次，也算熟悉，但没办过事。说明来意，大姑父说你爸知道吗？我说知道。与到东岗村买猪时跟表哥撒谎一样，我故伎重演。但大姑父可不像表哥那么痛快，而是先把我和贾永祥叫到瓜棚，摔开一个西瓜，说："你看这瓜，熟到劲了，一碰就开！"

接下来，我们俩吃瓜，大姑父抽旱烟卷，一边抽，一边刨根问底，打听这打听那，了解我和家里的一些情况。

我心里明白，到底大姑父当过小队干部，城府很深。

好事不出门，坏事传千里。我心里犯起了嘀咕，莫非我大胆杀猪赔钱的事，飞越鹅头山，传到了大姑父耳朵里？

做生意哪有不交学费的？失败是成功之母嘛！

我在心里暗暗给自己鼓劲。

问了个底儿朝天，大姑父起身，把脖子伸出窝棚外，望望山坳里的夕阳，又扭头看了一眼坐在木板床上吃瓜的贾永祥，回头"啪"的一声，伸手打死嗡嗡叮脖颈上吸血的蚊子，接着使劲抽了最后一口旱烟卷，扔地上碾死，用手边扇着烟雾，边对瓜棚外站着的我说：

"天不早了，你们还要走山路，赶回去，这咱西瓜大面积熟了，忙一春到八夏就指这几天出俩钱，一家人起早爬半夜的，也没空招待你们，不留吃饭你们别挑理，咱们赶快下瓜装车！"

我"嗯"了一下，心想吃啥饭呢，西瓜都吃撑了，赶快装车走人。

我用感激的目光望一眼大姑父，回头对贾永祥说一声"老叔，开车进地！"便一起下地摘西瓜去了。

赊回来一四轮大西瓜，下到厨房地窖里储藏起来，我心里盘算着到八月节卖缺。

什么事也瞒不过消息灵通的大下巴孟久林。

第二天一大早，孟大下巴就逛游到家门口，站在刚下过雨，泥水吧唧的院子里问：

"听说大侄儿进来一车西瓜，影呢？"

"怕孟叔吃藏起来了，哈哈哈！"

"等卖啥缺啊，拿出来卖吧，卖完再拉呗！"大下巴一大早就喝得浑身带着酒气，讲话调门也很高。

下了一夜雨，天还阴着。这时，陆续来了几位闲着没事，手痒痒的耍钱鬼。绰号叫"康局长"的小个子也来了。他们跨过泥泞的院子，踩出一串干爽的脚印儿，站在门前嚷嚷要打扑克，赢西瓜。我迟疑一下，见父母去前屯老姑父家喝闺女订婚的喜酒，大哥去西沟子放牛，三弟海良去上学，索性就领一伙人进了西屋，放上炕桌，呜嗷喊叫地打起扑克来。

傍晚，大哥放牛回来，见耍钱鬼在家里打扑克，红头涨脸瞪我几眼，我也假装没看见，"三缺一"时，我也上场"参战"。靠赌博赊账，西瓜一天卖几十个。我上场有时手气差，把输的打进成本，也能算个平账。

天三日没晴，我们一连玩了三天。这天下午，我和赌徒们圈在家里打"五十开"，战斗正酣，喝喜酒的父母回来了。父亲拽不开上拴的门，到西屋趴窗户往里瞧，见家里设了赌局，我也参与其中，火腾地蹿上来了，急得手把窗户敲得"啪啪"响。

"不能开，不能开！"

精明的"康局长"压低声音说。"康局长"人小主意正，在家设赌多年，派出所也拿他没办法，为此得了一个"公安局长"的外号。

父亲又"啪啪"敲几下，喊声震天，见半天不开门，急了，上去一拳，把门旁那扇马窗户砸出一个洞，玻璃碎片"哗"的一声散落在地，父亲伸手拽开门闩，气冲冲闯进屋来，二话没说，"咣当"一声掀翻牌桌，嘴上大喊大叫："叫你们耍！叫你们耍！都给我滚出去！"

惊慌中，我发现父亲左手鲜血淋漓，才意识到父亲被玻璃扎伤了，赶忙驱散大家，回头央求父亲，去村卫生所包扎了伤口。

至此，依靠打牌卖西瓜的"歪门邪道"结束了。

到了八月节，困好的西瓜，地窖里举上来轻轻一放，"唰"的一声，裂开了。大地西瓜早罢园了，我趁机涨价出售，大赚了一笔。骑自行车去山北，及时还了大姑父的西瓜账，兜里还剩得鼓鼓囊囊的。见我挣钱，手伤愈合的父亲，气消大半。

事后想想，我从内心感谢父亲关键时刻出手的那一拳，那一拳不仅叫停了赌博卖西瓜，更使我明白一个道理：做生意和做人一样，走正路，才长远。

重新找回了做生意的信心，我又开始琢磨下一个挣钱的项目了。

我冥冥中感到，只要时刻准备着，努力着，希望——这个鬼魅一样的东西，随时会意外地微笑着出现在你面前。

一九八四年十月一日，首都北京举行了国庆三十五周年阅兵式。

这天，距大田收割还有几日，与别人家一样，父亲领我和大哥，和泥、扒炕、抹墙，给泥草房穿过冬的"衣裳"。

扒炕、抹墙既是体力活，又是技术活。搞不好炕不好烧，房子不保温，蜷缩一冬当"团长"。

庄户人日子过得紧巴，能买得起煤过冬的，也就是村干部了，供销社经理、店员了，小学校长、老师了，这些挣工薪的"贵族们"。而平头百姓，顶星冒月把庄稼收拾进场院，来不及修整，就得上山搂柴火了。在仓房里翻出耙子、镰刀，四面八方组成搂柴火的队伍，三三两两地涌入鹅头山，各找一块"领地"，"哗哗"的把树叶子搂成堆，再赶在大雪封山前，拉回来垛在房前屋后，小山似的。勤快的人家，搂一次够烧个三年两载，冬天火炕烧得烫屁股。像孟大下巴这样的懒人家，磨蹭磨蹭，落雪前没进去山，就只好等到开春，阳坡雪融了，孤吊吊地进山去搂，而老婆孩子，则冻得跟着遭了一冬的活洋罪。

现在，院墙上的收音机里正转播国庆大阅兵的实况。播音员激情饱满的播发，军委主席邓小平"同志们好，同志们辛苦啦！"的问候，受阅官兵"为人民服务！"的口号声，响彻蓝天，催人奋进。受感染的我们精神饱满，浑身是劲。大哥念书不行，干技术活格外的灵巧。谁家烟囱堵、炕不好烧之类，求他去捅咕几下，就不管东西南北风，好烧了。人人为大哥伸大拇指。母亲骄傲地说："我大儿子有能耐，娶媳妇不愁！"

没抹过墙的我，天经地义当力工，负责伺候父兄两个"师傅"。两个师傅一人一把泥抹子，脚下放一个胶皮"喂得罗"泥桶，我先将泥从院外的泥堆，用板锹戳到桶里，二人再将桶里的泥，在泥抹子上倒来倒去抹到斑驳的墙体上，泥抹子上下左右翻飞，像画画一样，不一会儿，光光亮亮的新墙体就呈现眼前了。我手痒，感觉当运泥工没成就感，就建议各自为战。可左一下，右一下，泥抹子在一个地方抿了半天，也找不平。

大哥脸上溅得全是泥点子，瘦削俊俏的脸庞露出一口白牙，笑我说："照你这么干，天黑也抹不完！"

"慢工出细活，别急嘛！"我嘴上不服气。

"别磨洋工，快点干！"父亲插上一句。

"你看，我说你们还不信，香港都要回归了，慢慢来！"

听我说邓小平已经与英国首相撒切尔夫人签订了香港回归协议，一九九七年七月一日香港将回到祖国怀抱，父兄格外惊喜，很快，三间草房一上午就抹透亮了。

在父兄的冲天干劲里，我感觉到"爱国"一词已不是崇高的口号，而是变得更加实际了，那就是：乘着改革的春风，自力更生，艰苦奋斗！我也意识到，改革伊始，很多老百姓心里还打不稳"定盘星"，思想上依然扛着旧观念的包袱。父亲在供我读书的问题上，思想进步，有目共睹。可眼下在致富这个问题上，他却成了典型的保守派。分家后他致富的态度是：要像下棋一样，走一步，看一步，不见兔子不撒鹰。连孟大下巴都奚落父亲说："祖大消停这个外号送给别人瞎啦！"

大黄牛死了，大田快要收割，拉地的任务横在眼面，逼得父亲趁去前屯老姑父家喝喜酒的机会，经老姑父引荐，赊回来一头一岁半的黑母牛。父亲自然把压上半个家财力的黑母牛当成宝，别人不放心，喂草喂料全是一个人忙活，有空就牵到草甸子放，吃嫩草。黑母牛开始显得认生，不几天就与新主人形影不离了。不管啥时候，只要看到父亲的身影，牛棚里的它就朝父亲"哞哞"叫两声，别人可没这待遇。

这天，父亲到南地头"老等沟"草甸子放牛。关于"老等沟"叫法的来历，父亲说是因为百余年前这地方"老等"（一种单腿独立的水鸟）多。深秋时节，"老等沟"草肥水美。牛肚子很快吃鼓溜了，父亲就赶牛到草甸子北端的"泉眼"喝清水，叽叽嘎嘎惊飞了坡上松树林里的一群野鸟。牛"吱吱"喝水，父亲也蹲下来，双手撩几口泉水送过喉咙，然后洗把脸，就赶牛上路，朝家走。牛吃饱了，喝足了，顽皮，偏跑到路旁的大豆田玩耍。谁的地被牲口祸害谁不心疼？父亲边往出赶牛边想，走生产队时要都这样有责任心就好了。有一年孟大下巴给生产队放牛，在树带里睡大觉，一群牛跑到苞米地里啃青苗，祸害了一大片苞米地，后来只好补种了白菜。罚孟大下巴几个工分管啥用，那个赖皮死猪不怕开水烫，搞得自己这个生产队长搜肠刮肚的，也没能实现带领群众走上致富路的政治抱负……现在，眼前这片泛黄的大豆田马上能收割了，大草也拿得干净，仔细辨认，原来是孟久公包种村上的"机动地"，暗地里老百姓叫它"黑地"、村干部叫"过河地"。这些分家分剩的机动地，象征性给几个钱儿，包给了村里的头头脑脑，承包费也成了村里的"过河钱"，下账时，弥补了不少村上吃喝拉撒方面的亏空。这是全村上下公开的秘密。少数村民心里有气，但光听辘轳把响不知道井在哪儿，也不能咋地。多数人还是认为，自古当干部的占点公家便宜天经地义。贾会计这个人知恩图报，孟久公虽调到了林业站，他也不忘提拔他的知遇之恩，还是将这块上等的机动地廉价包给了老孟家。老孟家的几个孩子又勤快，能干，辛辛苦苦伺候着，眼下快收获了，牛要给祸害喽，昧良心呐！

刚把牛从豆田里轰出来，父亲被三个过路人叫住了。

"大叔，你们屯有卖羊皮的吗？"

三人中间一个身材高大，两个瘦小，高大的收皮人问道。

"没听说啊！"父亲跨过长满蒿草的壕沟，从杨树带穿到沙石路上，见三人推着自行车，车后座绑着旧麻袋，个个疲惫不堪的样子，一看便知不是本地人。"你们哪的人，天这么晚了，还能回去了吗？"

"哎呀大叔，你问到正地方了，我们家离这儿三百多里地，正愁呢！"大个说。

"那可不近呐！"

父亲眺望一眼西北地平线上卷着乌云的晚霞，迟疑片刻说："看样子今晚这场雨小不了，不行跟我走吧！"说完，"喔喔"赶牛带路。

天上掉下来一个救星，三个收皮人推车子从后面紧跟上来。

进院把牛拴进牛棚，父亲进屋先向母亲说明了情况，母亲一脸难为情的样子。父亲明白，三个大活人领家来吃啥呀！这时，三个收皮人放好自行车，一下涌进屋来，嘴上连说大婶好！大婶好！给你添麻烦啦！说得母亲脸色发红，这时我和大哥从西屋下棋出来，把三个人让进了西屋。

晚餐，母亲打了一盔子鸡蛋卤，煮了一大盆手擀面，我去园子摘回来一捧黄瓜，一把嫩葱，一缕香菜，用大酱拌了一盆黄瓜菜，招待了三个收皮人。并安排峰良回东屋跟父母睡，三人与我和大哥在西屋挤了一夜。

第二天，半夜一场电闪雷鸣的大雨，隔住了三人的去路。

白吃白住，三个收皮人心头不安。大个李锦华年长一些，是三人的主心骨，问父亲有啥要紧的活，别客气。父亲开始不同意，三人再三恳求，父亲迟疑着说："房草糟烂了，漏雨，哥几个要是行，就帮助打一天苦房草吧！"

"行！行！"三个人齐声答应了。指挥着五六个壮劳力，父亲"队长"的派头又上来了，吩咐大哥翻出仓房的镰刀，差我去东院三叔、老叔家又借了两把，磨得铮亮，能刮住拇指盖，然后让我和大哥带路，领着三人去"老等沟"打草。父亲负责套车往回拉。

大哥领三人朝南走，我尾随后面想着心事。

俗话说，没有三分利，不起大五更。跑几百里路来收皮子，一定有利可图。我可不可以试试呢？

我心里越想越亮堂，快步撵上了前面说笑的四人。

润津河北岸，滋润着一片郁郁葱葱的草甸子。这里草肥水美，是天上飞、地上跑的动物乐园。到了南地头，进入老等沟，走过坡上的松树林，来到坡下草甸子的北端，那一眼常年汩汩流淌的清泉，依旧明镜一般镶在草丛里。草丛里遍布塔头墩子。心不在焉的我，"扑通"一声，被塔头墩子拌了一个跟头，镰刀滑落，割破了左手无名指，鲜血淋漓。李锦华麻利地掏出手绢帮我缠住。大哥嗔怪我不小心，我龇牙咧嘴、满脸通红地看着三个收皮人。两个瘦小的收皮人相视而笑，李锦华却安慰说："二弟一看就不是干活的命！快回去吧，你那一份草我们替你打啦！"说完，四个人各拣一块齐腰深的水草，"嚓嚓"地打起来。几只鹌鹑，惊得从草丛里"突突"地飞上天空，转眼又落向了前方的草丛里，不见了。

我坐在泉水边，忍着手指钻心的疼痛，看着自己水中的倒影，等待坡上赶车而来的父亲。

歇气的时候，我有意识地与三个收皮子人进行了深入交流后得知，他们村子有很多人在农闲时做皮张生意。村里有一个收皮子的收购点，常年收购，转手卖往城里，收入可观。依靠收皮子挣钱，很多人家盖了房子，给儿子娶了媳妇。三人你一嘴我一嘴，向我透露这一"重大"致富信息的时候，我像被打一针麻药，手指一点不疼了。

我知道，一个新的挣钱计划，又开始在我心里生根发芽了。

上午一车，下午一车，当两牛车苫房草齐整地摆放在西山头，像士兵列队一样接受夕阳检阅的时候，父亲异常地兴奋，晚上陪客人特意喝了一杯苞米酒。吃罢晚饭，大哥和三个收皮人乏累了，很快在西屋发出了雷鸣般的鼾声。我揣着心事，来到院里，父亲正给牛添草料，我拿起铁锹，顺手把圈里黑母牛刚拉的粪便戳出来，积攒到菜园子的一角，留待明年种菜。回来见父亲正坐在菜园门口红砖垒砌的台阶上装烟袋，我凑上去，"刺啦"一声划着火柴，点燃了烟袋，然后挨着父亲坐下来。

"爸，大田再有几天就收完了，我还想趸摸点生意做。"

父亲掏出有些发黏的手绢，在微秃的额头上擦了擦，使劲吸了一口旱烟袋，烟雾缭绕中，望一眼西边的晚霞，略有所思道："地包给个人收入多了，但咱们家三个小子，肩挨肩，光靠这点地娶媳妇，难呢！"

父亲没提"西瓜事件"，我大着胆子接着说："眼下倒有一个好买卖，您看行不行？"

"啥买卖？"

"收皮子。"

"你透露他们了？"

"透露了。"

"他们咋说？"

"他们说只要肯吃苦就行！"

"一张能挣多少钱？"

"能挣十块。"

"不少！可家里就一台旧车子，能跑那么远吗，买台新的得一百多块！"

"可以先赊一半，挣了钱再还上！"

父亲思忖了半天，吧嗒几下烟袋说："这事先有着，我再了解了解。"

第二天，进一步征求了三个收皮人的意见之后，吃早饭时父亲宣布了一项重要决定：同意我和大哥去贩羊皮！这个决定令我十分意外，意外做事一向保守的父亲，受致富大环境的影响驱使，保守思想有了很大的转变！

对于我这个家庭的"不安分子"而言，我感觉好像挡在前面的一座山被渐渐移动了。

父亲让母亲拿出摸鸡雏赚下的零花钱，付一半，赊一半，到供销社花一百六十元买回来一台"大金鹿"牌二八型号自行车，灵巧的大哥给"大金鹿"平好车圈，擦得铮明刷亮，归我骑。他又将归他骑的旧"孔雀"重新修理一番。配好交通工具，路干爽了，我和大哥便随三个收皮人，先是山南山北、分分合合地吆喝着收羊皮，收够载了，这一天深夜两点，母亲做了一锅土豆丝汤，烙了几锅扛饿的油饼，填饱肚子，又用屉布子包十几张，找几个空瓶子灌满凉开水，摘几根黄瓜一同带上。早晚天已经很凉了，我翻出旧造革夹克穿上，和大哥一起跟在三个收皮子人的后面，每人驮着两麻袋皮子，顺着西面的村路，顶着星星，向南进发了。

我和大哥当然是"贩皮子小分队"里的新兵。摸黑儿骑重载车，左摇右摆，掌握不好平衡，一会儿就被远远甩在后面。大个李锦华几次停下来接应我们。过了高低起伏的村路，越过润津河上的那座老桥，天渐渐亮了。上了从向阳乡通往惠民县城的公路，过了老林镇，我们就朝着太阳的方向，一路欢快地奔驰了。

我们的目标是三百里外收皮人的家乡。据收皮人讲，那里的皮张价格翻了番。

一路向南，当毒热的秋阳上头的时候，我们到了三道县的城郊。沙石路上汽车穿梭，尘土飞扬，两侧成片的大豆田有的已经开镰收割。

"站住！"

两个尾随而来的工商人员，拦住了我们的去路。

"麻袋里装的什么？打开检查！"其中一个中等身材，穿制服，戴大盖帽，像头儿的人，把自行车停在路边，大声喝道。

"我们是串门的，亲戚家给几张羊皮！"李锦华不紧不慢，停好自行车，边递上烟卷边说。

两个工商不仅没接烟卷，又像没听见李锦华的话，径直向他的自行车扑过去。

"把麻袋打开！"另一个年轻瘦削，身材高挑的工商人员又喊了一声。

李锦华把香烟塞回上衣兜，笑嘻嘻道："老总，还用打吗，就几张破羊皮！"

"打开！"瘦高挑用手一指麻袋，继续命令道。

李锦华也不坚持，双手往起轻轻一拎，车后座上的两个麻袋在空中一悬，便轻轻放到地上。他慢悠悠地解开绳子，一股腥膻味登时飘了出来，随即，裸露出了白花花的绵羊皮。

两个工商上前翻了翻，回头又瞅瞅我们几个，问："你们麻袋里也都是羊皮吗？"

"是是，老总！都是羊皮！"我们几个紧张地回答。

"亲戚家能杀这么多羊？别瞎编了，你们这是倒买倒卖，倒皮子犯法你们不知道吗？"说完，中等身材的工商又指挥瘦高挑的工商道："给他们开单子，每人罚二十块！"

我心里"咯噔"一下，二十块？出门前，母亲划拉划拉箱底儿，一共才划拉出五块钱给我和大哥压兜。

我们几个脑门上立刻渗出了汗滴。

李锦华不慌不忙，又从口袋里掏出香烟，再次递上。两个工商人员仍然不接，这回他自己倒大模大样地点上吸起来，一缕蓝色的烟雾，随着一股秋风，飘向了田野里。这时一辆大卡车呼啸而过，屁股后面卷起一团沙尘。

"现在哪儿都没有投机倒把这一说了，你们那是老规章了吧？"

李锦华靠在车子上，说话声不紧不慢，高鼻梁上一双大眼睛清澈如水。说完，他又吸一口烟。在外人看来，俨然他是工商。

"什么老规章新规章？到我们这一亩三分地儿就得交罚款，不交罚款货全部没收！"瘦高挑有些气急败坏。

"没收？凭啥？"李锦华突然瞪起眼睛直视二人。

“你还敢对抗执法？”中等身材的工商有些急了。

“谁定的法让你们说罚就罚！”李锦华大声道。

见事情要闹大，我们几个都围拢过来说小话。两个工商却不依不饶。

“没事，罚款没有，要命一条！去哪？我跟你们走！”李锦华烟头向空中一抛，硬气地说道。

“你是不见棺材不掉泪！好，跟我们走！”两个工商说完，骑上车子前面带路去了。

我的脚底下像挂上了一块铅坨子，车子骑得格外沉。我心里边嘀咕着：“这个李大个胆也太大了，跟工商的还敢顶，没打着黄皮子惹一腔骚，看这回咋收场吧！”

骑了一段，两个工商向右一拐下了公路，在一棵独柳树的阴凉下停下来。

“你们都过来商量商量！”中等身材的工商喊道。

我们支好车子，他继续说：“看你们远道来，也不容易，我们俩商量，一共罚你们二十块算啦！”

我们几个抹抹额头上的汗珠子，脸上堆着笑，心想这还差不多。

李锦华不紧不慢，又掏出香烟，给两个人点上，这回他们接了。他又掏出一张皱巴巴的“小绵羊”说：“两位老总，我口袋里就这十块吃饭钱，多一分没有，你们拿去买两盒烟抽，他们都是我领出来的兄弟，你们高抬贵手，就不罚啦！”边说，他边将“小绵羊”塞进往中等身材工商的口袋里，中等身材工商半推半就接下了。李锦华抓住机会，果断地回头一甩胳膊对大家说：“我们走！”说话间，他先蹬上车子，带我们快速离开了。

后来歇气时，我好奇地问大个：“你怎么有把握给十块钱他们就能放我们？”

李锦华一笑说："经验！"

接下来他告诉我："这些人雁过拔毛惯了，还拿投机倒把的老黄历说事。如今改革开放政策好了，什么不让卖？这些人是软的欺负硬的怕，我见多啦！"

我又问他："这几天我没见你抽烟，那盒洋烟从哪儿弄来的？"

李锦华一笑，露出两颗大门牙，然后又掏出那包烟卷，在我眼前晃了晃说："你说这盒红梅吧？我哪舍得抽这个！它可是宝贝，跟我几个月了，一直揣在兜里。出门在外，见人说人话，见鬼说鬼话，说不定啥时候碰上这些人，就派上用场啦！"

听了这番话，我对大个李锦华佩服得五体投地。心想，出门在外，没李锦华这两下子，还真不行。

绕过三道县城，傍晚，我们来到了一个大草甸子。李锦华说越过这个草甸子，就快到家了。

天越发黑了。空中已星光闪闪。大家找一块空地，吃了点母亲给带的烙饼，喝了口凉开水，"贩皮小分队"继续前进。

前面一条河流拦住了我们的去路。"哗哗"的流水声，如天籁之音，朦朦胧胧飘过来。跟在大家身后，碾着几棵杨木搭建的临时浮桥，我推车子小心翼翼过了河。连累带吓，过河我浑身瞬间散架子了，天旋地转，双耳嗡鸣。索性，我"啪嚓"一声，连车带皮子扔在地上，身子一下瘫在草地上。休息一会儿缓过劲来，望着漫天的星斗，我心里暗暗发着毒誓："这买卖真不是人做的，下次就是挣八万账，我也不来啦！"想到这，来不及扑棱身上沾的草沫子，扶起车子小跑几步，骑跨上去，急忙去追赶前面的人了……

深夜十一点多，从早晨起身算起，我们连续骑了二十多个小时的自行车之后，终于踉踉跄跄进入了收皮人的家乡——一个与靠山村并无二致的村庄。当在大个李锦华的家里一觉醒来，将十张羊皮卖给村里收购点，李锦华笑眯眯将一沓十元共一百元的新票塞进我手里时，我瞬间忘记了头夜在荒郊野外发的毒誓，急迫地在心里对自己说：下次，还来！

第二十四章

转眼霜降了。第一场雪过后，晚上温度已降至零下十几摄氏度。

收皮子挣了钱，我的手痒痒的。可天气越来越冷，再骑几百里自行车去送羊皮，想想就浑身发抖。

不过问题是，其他能干什么呢？眼前只有做皮张生意还有利可图。大哥说啥也不干了。我骑上"大金鹿"，继续走村串户，南过润津河，北越鹅头山，吆喝着收羊皮。令人兴奋的是，第一场雪落后，大地无秋茬可遛，肉也能冻住了，杀羊户越来越多。

分田第一年收成好，大多数农民手里有了余钱，羊肉卖得比往年快，几天我就收够了十张绵羊皮，天寒地冻的，我没再骑车子送到三百里外的村庄，而是鼓鼓囊囊塞满两麻袋，搭车捎到惠民客运站，起一张车票，又塞给售票员两块钱，将两麻袋羊皮扔到大客车棚顶网兜里，两小时就运到了三道县城。

大客车跑起来很快就暖和了。我与其他旅客一同享受着现代交通工具带来的便利，或悠闲地望着车窗外的雪景，或打着瞌睡。我暗中窃喜，仅仅几周前，自己还和大哥、三个收皮人，像逃犯一样驮羊皮在这条路上疲于奔命。现在自己却押送皮张，主宰世界一样向目的地进发了……

看来，只要开动脑筋，生活中的一切都是可以扭转的。

打辆三轮车，将皮子从客运站折腾到三道县牧工商商店后院，已是掌灯时分。商店紧挨着一家小旅馆，很便宜，住满了来自四面八方贩皮子的人，进进出出的，吵闹声不绝于耳。

我意识到，自己懵懵懂懂闯进了一个别样的商旅世界。

收皮子的下班了。寄存了皮子，到门口挂嘎斯灯的路摊买了两根麻花儿，回来去旅馆墙角的茶炉打一壶开水，解决了晚餐，然后躺床上休息。新洗的白色床单飘出了洗衣粉的味道，临床两个收皮人喋喋不休讲着收皮途中遇到的奇闻逸事，不一会儿，我美美睡着了。第二天一大早，推开旅馆的后门，嗬！商店的后院已挤满了卖皮子的人。铺在院子里的皮张一堆一块的，无不血迹斑斑，深秋凉飕飕的晨风吹过来，都夹带着一股血腥味。

"小伙子，该你啦！"

一个身穿皮夹克的大汉突然叫我道。我急忙从麻袋里把羊皮一张一张拽出来，让收皮人查验。

"好啦！"大汉用脚踹了一下皮张，喊道："抱进库里！"

随后，我拿着大汉开的票，进屋找一个胖女人算完账，发现自己挣了七十块！付了住店钱，我心满意足春风得意地走出三道县牧工商商店，当天便倒客车回到了靠山村。见"英雄"得胜归来，母亲乐不可支："我二儿子脑瓜儿就是灵，不用遭罪钱就挣到手啦！"

父亲坐在一旁抽烟袋，脸上挂着美滋滋的笑容说："饿了吧，快去吃饭吧！"

受到表扬和鼓励，我又信心满满地出去收了几天羊皮，可一张也没收到。原来，风闻贩皮子挣钱，收皮人越来越多，旮旯胡同的羊皮几天就扫荡光了。我不死心，又深入鹅头山腹地的几个猎户家中，试着收兔皮、狗皮、狼皮，甚至稀有的狐狸皮，但在猎户狡黠的目光里，已经积攒了一定经验的我洞察到了连本都可能赔进去的风险，不敢造次，只好悻悻作罢了。

……

一九八四年秋收结束的时候，三叔、老叔交足公粮，仓子里、囤子里还存满了黄澄澄的小麦、大豆。而思想保守没上化肥的农户，粮食却减产了两到三成。

父亲为此颜面尽失。

当寒冷的北风夹杂着飞舞的雪花，掩盖了山川、河流和肥沃的黑土地，意味着北大荒长达半年之久的猫冬生活开始了。寒冷掩盖不住农民沸腾的心情，姑娘出门子，小伙娶媳妇，喜事一桩接着一桩，把整个靠山村搅得热热闹闹。

大哥也订婚了。

一个寒冷的早晨，大地覆着霜雪，当我坐了一夜的火车，从三百里外收皮子人的村庄回到靠山村的时候，家人还在睡梦中。我开门进屋，"准大嫂"听见"小叔子"回来，急忙起床，穿好衣服下了地。我这才知道，我到三个收皮人的村庄去给惠民白酒厂联系收玉米的这几天，大哥上了媒人，姑娘是靠山五队的，已相了门户，并且按习俗商定，相处到来年上秋，没什么问题就结婚。

第一次见到身材高挑纤细，面容姣好，天仙一样突然降临到我们这个穷家的"准大嫂"，我瞬间鲜血涌动，浑身灼热，甚至产生了"非分"之想——朦胧地认为眼前如花似玉的女子，是自己的美丽新娘！难怪，"准大嫂"将来娶进门要在一个屋檐下生活，那会给我们这个干巴巴、清一色儿小蛋子的家庭带来多大的色彩啊。

依靠对男婚女嫁、烟火繁衍的无限遐想，百十年来，维系着鹅头山脚下庄户人家一个又一个普通而单调的日子。

"准大嫂"给我搬来凳子，我坐下稳稳神儿，才猛然意识到，大哥谈婚论嫁，下一个不就轮到自己了吗？在农村，除了儿女的婚姻，在父母心里，还会有什么第一等的大事呢？

　　可接下来怎么办？雪姑一病不起，外人看来与我没有一点关系，我却自感千丝万缕。秀萍姐和晓峰的婚事也不知走到哪一步了，别人家忙着办喜事，自恃高人一等的田家自然会旧事重提，一定要把二柱子的婚事闹出个结果来。

　　准儿媳妇进门，母亲这个"准婆婆"更美坏了，起大早给包了酸菜馅饺子。

　　吃完饭，简要向父母汇报了给惠民白酒厂联系收玉米的情况——到三个收皮人家乡送皮子时，我又发现一个商机，那里遍种大苞米，质高、价低，于是回来就去惠民白酒厂联系，一门远房姑父在那当厂长。

　　来不及补上一觉，我急匆匆去了晓峰家。

　　还没推开木栅门，院里就传来"咩咩"的绵羊叫声。晓峰爷正在圈里喂羊。落雪后第一批成羊已杀了卖肉，雪地上还遗留着斑斑血迹。圈里的一只公羊带五只母羊，是留下来开春繁殖用的。眼下大雪覆盖，羊在大地里跑来跑去，遛不着啥食儿，每天要正经喂一遍。

　　晓峰爷原来是生产队的老羊倌，夏放冬养，十分精心。有一年，一只狼半夜钻进了羊圈，连大带小祸害了十几只绵羊，队上派人拽回死羊扒皮，我和一帮孩子去队部看热闹，生产队的豆腐房里挂满了扒完的"羊棵了"，我回家闹着要吃肉，父亲虽是小队长，也只弄回来一副羊蝎子，剔得没啥肉星儿。母亲把羊蝎子扔锅里煮，直煮得厨房热气腾腾，肉香弥漫，再扔锅里几颗大白菜、粉条和红辣椒，一起熬出的羊汤鲜美无比。

　　与晓峰爷打了招呼，开门进屋，晓峰的老婶正坐炕上哭泣，老叔贾永祥坐地中央娴熟地编着柳条筐。分家后，乡农机站解散了，从拖拉机手的位置上下来，贾永祥成了普通的农民，虽然家中日子殷实，但继承了山东人勤俭持家传统的贾永祥，猫冬时，不赶上谁家娶媳妇、嫁姑娘，新买的四轮子就闲在库房里，他和勤快的村民三五搭伴，踩着没膝盖的雪壳子进山，割柳条，回来编成各式各样的柳条筐出卖。他这手艺，还是跟我大哥峰顶学的，我大哥峰顶是村里的柳编能手。

"老叔，出啥事了？"见晓峰老婶哭泣，我急忙问。

"晓峰让公安抓走啦！"

"公安抓走了！因为啥？"

"上山偷木头啦！"贾永祥放下手里编了一半的柳筐，目光沉重地望着我。

"偷多少木头？"

"一车啊。"

天哪，一车木头！现在是什么时候，晓峰还敢到田家管辖的地界动土，而且偷了一车木头！

知道我和晓峰关系密切，贾永祥对我毫不隐瞒地学了事情的经过。

原来，晓峰着急帮秀萍退还田家的彩礼，远在山东的父母又不同意这门婚事，不给寄钱，逼得晓峰成天琢磨挣钱道儿，可东颠西跑了半年一分钱也没挣回来。绝望的晓峰居然铤而走险，背着家里，前几天上山偷伐了一车木材，打算卖给惠民木器厂，赚一笔。可一车木材还没来得及拉下山，就被田二柱子抓了现行。

我脑海里"嗡"的一下，马上意识到了问题的严重性。

"老叔，没托托人吗？"

"托了孟支书，他不是调到林业站了嘛。"

"那老田家的态度呢？没托人去说说情吗？"

"说了管啥用，老田家恨不得马上把晓峰送进监狱！"

……

从晓峰家回来，我真为晓峰捏把汗。据父亲带回来的消息，怕晓峰蹲监狱，秀萍姐整天以泪洗面，与大多数村民一样，本分半辈子的德胜叔、德胜婶，最大的官也就认识村干部，再就是乡派出所的所长顾秀山，可没啥交情巴结不上。再说了，偷木头犯官司是他们老贾家的事，跟老李家有啥关系？要不是晓峰总缠着秀萍，秀萍早顺顺当当嫁给了田二柱子，也不至于酿成姑娘喝药的丑事。父亲说，德胜叔话里话外甚至有幸灾乐祸的成分，巴不得早日判了贾晓峰，闺女也好嫁到田家去，洗清自己背下的吃人家彩礼不嫁姑娘的坏名声。对于德胜叔的心思，父亲看出了一二，但不好戳破。德胜叔说："实在不行，不管秀萍愿不愿意，也只好硬嫁给田家了，啥情啊，爱啊，没钱的日子难过啊！"父亲只好无奈地附和："也是，说一千道一万，钱还是硬头货啊！"

晓峰爷急得整日唉声叹气，几天的工夫就消瘦了一圈。贾永祥担心八旬老父再出什么意外，就又上门找孟久公商量。孟久公自从到向阳乡林业站上班，买了一辆崭新的"孔雀"牌自行车，每天手腕上戴块金光闪闪的手表，上衣口袋别管钢笔，风风光光来回跑，本来五里路十几分钟就骑到了，可他偏要骑半个小时以上，有时路上遇见他往日的"下级"，还主动下车攀谈几句。他喜欢村民称谓自己"孟书记"的感觉，也弥补一下因闺女得了精神病，给自己名誉上造成的损失。

在孟久公的心里，对晓峰还是有好感的。不管怎么说，晓峰对雪姑有关照的一面。自从雪姑这丫头摊上事，晓峰没少往家跑。般对般的青年，也难为他了。再说贾永祥毕竟在向阳农机站上过班，也算公家人，与他一个阶层。根据他在林业站掌握的情况，像晓峰这样的盗木案，如果下面林业点不追究，再打点打点，上面就会睁只眼闭只眼。于是他为贾永祥出主意道："解铃还须系铃人，人心都是肉长的，你主动去给老田家服个软，说服老田家撤诉，我也好去乡里周旋。"

见贾永祥面带难色，放不下面子，孟久公说："面子，面子，就是臭鞋垫子，火都上房了，你还顾及这个！你以为你还是公社拖拉机手啊，牛气哄哄的，那是早翻篇的老皇历啦！"

贾永祥是个万事不求人的主，全村、全乡尽人皆知。他在向阳公社开拖拉机那阵子，神气得只有村村求他的份儿，往哪开，怎么开，哪个村的地先翻，哪个村的地先种，哪个多翻点、少算点，"东方红"前推后拉的方向杆操在他手里，在农机站的大院里站长说了算，等加满油"嗡嗡"开出院，这些就是他一个人说的算啦！因为贾永祥家住靠山村，靠山村十个队翻地、播种，都没少沾他的光。而现在，时过境迁，只好自己买台四轮子拉脚了……哪头炕凉，哪头炕热，贾永祥心里其实比谁都清楚。看来，不讨这个二皮脸，侄子就得蹲监狱！

他只好硬着头皮去了田家。

小四轮"突突突"一进院，田宝贤就明白了：无事不登三宝殿，牛气哄哄的贾师傅给他侄子求情来了。

递烟、倒茶，一番客气之后，贾永祥开口说："田大哥，你也知道，晓峰是在我家长大的，他很小时我哥我嫂子就回了关里，因为家里孩子多，没条件，把他过继给了我，后来大哥家条件好了想接回去，他爷爷又离不开了。我和他老婶供他吃，供他喝，供他念书，拉扯大不容易。年轻人之间的事，咱先不说，就从这一条，田大哥也得给弟弟一个面子，晓峰真要有个三长两短，别说我大哥大嫂，我大这一关就过不去，万一老人有个好歹，我可就作孽不孝了。所以还请田大哥法外开恩，融通融通，给晓峰指一条明路。至于晓峰和秀萍的事情，这不是问题，"说到这，贾永祥瞄了一眼和他并排坐在炕檐上的田宝贤和炕里的老伴儿，又瞄了一眼坐凳子上竖起耳朵听的二柱子，表态说："这个问题我们可以商量。"

他对年轻人之间的三角关系无法挑明了说，只能意会。

而田宝贤心思很明了：于公于私，站在哪一个角度，他都不应该答应贾永祥。他认为只要贾晓峰判了刑，秀萍就没有勾头了，退不起彩礼，老李家就得乖乖地嫁姑娘！这个贾晓峰，恨得他牙根儿都疼，喜酒都喝了，媳妇却没娶到家，让他这个说一不二的"山大王"在山民跟前尽失颜面，这次一定要置他于死地而后快！另外，作为林业点的负责人，对明目张胆上山砍伐一车木头的大要案，他要是徇私枉法，弄不好自己吃不了兜着走。于是他直截了当地说：

"贾师傅，"他是林业检查员，时刻不忘这个给自己带来荣耀的充其量也就是半个公家人的身份，他也愿意称呼已经不是公社拖拉机手的贾永祥为"师傅"，这更能显示他们曾经是"同僚"，高人一等。"按说，原来咱俩一个锅里吃饭，不看僧面看佛面，晓峰这孩子出了这档子事，我理当抬抬手过去，可不行啊兄弟，晓峰偷伐了一车木头，一根儿木头就够拘留，一车木头那是多大的罪，这还用我说吗？"

田站长的单眼皮桀骜不驯地挑到上面，盯着贾永祥继续说："就是我这能答应，可法也不能答应，法不留情啊！"

"是是，这小子闯下了这么大的祸，给田大哥添了这么大的麻烦！"贾永祥脸部肌肉抽搐一下，挤出一丝笑意道。

"我不怕麻烦，林业站和派出所咋处理，由它们，我说了不算，我就一个看山的，抓住偷木头的，按规矩上交，职责所在。"

田宝贤显得十分决绝。

贾永祥知道田宝贤的意思，为儿子的婚事排除障碍。

"田大哥，你说得都对，但你一定有办法，有啥要求你也尽管提，我尽量满足。"

贾永祥给出了底线。

田宝贤怕露出公报私仇的马脚，佯装不明，反问道："我能有啥要求？我是按规矩办事！"

见田宝贤不肯挑明了说，贾永祥直言道："晓峰这小子在我这儿养了二十来年，这咱长大了，也该回关里父母身边成家尽孝了。如果大哥能放他一马，我立马把他送回去！"

"真的？"

"真的。"

田宝贤见目的快达到了，心里高兴，脸上却假装越来越稳当。在一旁一直认真听的二柱子却等不及了，二柱子是厚道人，他认为只要贾晓峰把秀萍让给他，可以对他偷木材的事不予追究。抓贾晓峰那会儿，他就想放，要不是父亲出主意说这是挽回婚姻的绝好机会，即使是"情敌"，他也会放他一马。这些年替父亲看山，他也记不清背着父亲私下放走了多少偷山的村民。因此他急忙说："爸，你就帮贾叔这个忙吧，我贾叔说话一向是算数的！"

说完，二柱子满面笑容地又给贾永祥倒上水，点上烟，并说："贾叔您喝水，喝水，别客气，别客气！"

田宝贤心有余悸，拿起烟卷再给贾永祥点上，自己也点上一根，刚吸一口就咳嗽不断，炕里的老伴儿急忙喊他掐喽。开春以来，天气原因，加之儿子婚事不顺利，他肺气肿的老毛病又加重了。他佯装缓口气儿，半天还是不表态。

贾永祥进一步说："我哥和我嫂子在关里已经给晓峰订了一门亲事，如果晓峰能放出来，我马上撵他回山东完婚。"

听了这话，田宝贤一下从炕沿上蹦到地上，涨红着脸对贾永祥大声道："你说你个贾师傅，你早说他订婚不就完了呗！"

田宝贤答应去找派出所所长顾秀山，把晓峰保出来。贾永祥回来将一个冬天编的柳条筐走村串户卖了，置办了丰厚的礼品，托孟久公到乡派出所所长顾秀山那里又打点了一下，加之田家翻供，说这是一场误会，那一车木材是有正式批条的间山木。果然，晓峰不几日就被放回来，把事情压下了。贾永祥怕晓峰不死心，再次惹恼田家翻案，就按照与田宝贤口头立下的"君子协定"，在家里安排着，准备尽快把晓峰送回关里家。这边，又与德胜叔商量好，谎说晓峰已答应回关里结婚，让秀萍死了心。

到现在，因为侄子偷木材的事情，已经把贾永祥拖累得筋疲力尽。这个有点傲慢耿直的中年汉子，在农机站开了十几年拖拉机，最看不惯的就是大队干部站老百姓脖梗上拉屎。当初，晓峰父母把晓峰过继给他，不仅仅是因为他不生育，膝下没儿没女，更看重了他和媳妇的人品。目前，贾永祥还面临着一件更大的难题：如果晓峰不同意回关里，怎么办？侄子已经二十岁了，有了自己的主意。晓峰回到家第二天，贾永祥就给他交了底，说已答应田家，出来后马上回关里，与秀萍一刀两断。

听了贾永祥的话，晓峰脑袋"嗡"的一下，简直五雷轰顶。他瘫坐在炕檐上，眼睛直勾勾盯着贾永祥，好像说你还是我老叔吗，怎么能做出这样的决定？怔怔看了老叔半天，晓峰一句话没说出口，取而代之的是震破屋顶的哭声……

离开秀萍，这跟杀他有什么区别？为了心爱的人，他什么都豁出去了，上山偷木材就是例证，他冒着蹲监狱的危险，还不是想给老田家退彩礼，抢回秀萍。何况秀萍为他也吃尽了苦头，喝药差点把命搭上，如果就这么撇下她独自走了，怎么对得住心上人呢！

贾永祥怎么劝，晓峰死活不同意走，甚至不吃不喝，用绝食来对抗。

被爱情迷住心口的年轻人，心里还存有一丝侥幸，他认为疼爱自己的老叔老婶早晚回心转意，一定会想办法挽救他和秀萍的婚姻……

可是他打错了算盘。一个落魄的拖拉机手，没啥背景的普通农民，仅一个乡派出所所长就能掌握他的命运！"顾秀山，顾秀山，人影儿进村魂上天！"村里哪家小孩不听话，只要家长喊上几声"顾秀山来了"，小孩就像见了凶神恶煞一般，立马不哭不闹了。

何况老田家也会不依不饶，随时会翻脸翻案。

不同意，不同意，不同意又能怎么办？

晓峰一连三天水米没打牙，晓峰的爷爷受不住了，趁贾永祥夫妇去村里参加婚礼——这些日子，村里常常鞭炮齐鸣，卖粮有了余钱，抢在年底前办喜事的人家特别多。老泪纵横的爷爷偷偷擦干眼泪，见瘦一圈的孙子躺在炕上眯愣着，就叫他。按照东大西小的风水习惯，三间"一面青"房子，儿子和儿媳妇住西屋一间，他和孙子住东屋一间。

扒拉一下，晓峰没动弹。爷爷知道孙子是在装睡。他就自言自语道：

"孩子，你还小，不知道世事的艰辛呢！我娶你奶奶那时候，就是包办婚姻。此前关里家也有一个放羊的丫头看中了我，可咱们家困难，成分又高，眼看着她被一个干部子弟娶去了。我和你奶结婚前一面都没见过，也过了一辈子。你奶六十岁就去世了，你是爷的精神支柱啊。你要是有个三长两短，爷还咋活？孩子，别拧了，叶落归根，咱们早晚是要回关里家的！

"你老叔能想的招都想了，连卖筐带卖羊，家底都折腾光了，把你捞出来不易，没能力再帮老李家退彩礼不说，就是有能力，也不能那么办呢，你老叔都答应老田家了。"

晓峰爷自顾自地絮叨，晓峰耳里听得真真的。开始闷着不吱声，后来憋不住就小声抽泣，再后来哭声越来越大，无助地简直像个孩子。哭着哭着，他猛地骨碌起来，一头扎进爷爷怀里，爷俩抱头痛哭，惊得炕角睡懒觉的白猫"嗖"的一下跳到地上，拱开门跑了。

贾永祥起了两张火车票，"押送"晓峰回了山东老家。

快过年了，绿皮车厢里人满为患，各种气味交织一起，熏得敏感人直捂鼻子。很多说话"嘟噜嘟噜"的移民到东北的山东籍人，挤在车厢里，像约好了一样，一起回老家过年。

贾永祥十几年没回老家了，早已心驰神往。母亲去世早，父亲养在他这里，大哥大嫂隔几年才来东北看望他们一次。这也使他没了回老家的理由。这次，趁送晓峰的机会，他也能回去看看。据回去的人讲，山东老家这几年日新月异，发展很快，大哥大嫂更换了新房不说，又给晓峰建了一处。他甚至想，靠山村能快点赶上山东的日子就好了。

火车晃晃荡荡，不分昼夜地"呜呜"前行。晓峰被贾永祥挤在硬座的里面，一点东西不吃，整日浑浑噩噩，唉声叹气。

看侄子世界末日来临一般的可怜相，贾永祥心如刀绞。

娃的命咋这么苦啊！小时候，大哥与地头蛇孟久公斗，混不下去了跑回关里，把晓峰过继给他抚养。转眼快二十年了，晓峰现在长大成人，相中个姑娘又不能在一起。还有那个秀萍，要是知道晓峰撇下她，走了，不知道还会做出什么傻事来，已寻死喝药一回啦！晓峰和乐天俩孩子身上发生的事多相似，都是被迫离开了靠山村，离开了自己心爱的人，老家又都是山东。"山东和东北由于闯关东、移民，两地间发生了太多无法说清楚的纠葛。老辈人讲究叶落归根，陆续回老家去，可在北大荒上土生土长的，像晓峰和乐天这一辈人，对老家根本没啥感情，却要生生地拽回去……

瞄了一眼侄子，贾永祥眯缝着眼睛继续沉思。当初乐天随父母回关里，要是大人看紧点，也不至于把儿子扔在北大荒，成为孤魂野鬼。不管咋说，乐天的悲剧不能在侄子身上重演！自己要盯紧侄子，把他交到大哥大嫂手上。

晓峰看上去昏昏沉沉的，实际上没一点儿睡意。一路上他都在琢磨逃跑，可老叔死看死守，没给他一点儿机会。包括每次倒车，老叔都形影不离。

一路上，悲恸的晓峰心事浮沉，思绪茫然，他说什么也不敢相信与秀萍突然生离死别的事实。喝药、私奔，他原以为只要两颗心在一起，这个世界就无可奈何，不论怎样，他都能与秀萍厮守一生。可结果使他愕然，为了挣钱退彩礼，自己铤而走险，差点酿成大祸！不走咋办？能束手就擒吗？"生命诚可贵，爱情价更高。若为自由故，二者皆可抛"。自由都没了，还谈得上爱情？如果自己被判个十年八年的，就秀萍对自己的那股劲，一定会傻等下去，那把秀萍也害了，她为自己付出得已经太多了……

不甘心，又无力回天，晓峰痛苦至极。要不是老叔守在身旁，他一定会逃回去，躲起来伺机而动，与秀萍再一起去想办法，他们一起共度了很多难关。可现在，已没有了这种可能。一时失足成千古恨，自己是个戴罪之身！

思来想去，晓峰最后想，也许与秀萍分手，秀萍嫁给老田家，可能是最好的归宿。他刀割一样的心里，有一千句、一万句话想对秀萍说。利用在向阳客运站等客车去惠民乘火车的空当儿，他到乡邮局买了一本信纸、一沓信封和十张邮票。路上每走一段，他在车上不停地写信，倒车时就寄给秀萍，等上了火车他又写，再倒车时再寄回去……

"秀萍，让我再称呼你一次亲爱的，原谅我，是我一时冲动，做了对不起你的事，虽然那是为了我们，但我知道我是不可饶恕，断送了我们的未来，你责怪我吧，都是我的错！"

"秀萍……"

就这样一封接一封，他一直在忏悔，在检讨，在乞求心爱人的原谅。回到关里两天三夜，倒了八次车，这个可怜的青年足足给心爱的姑娘寄回去八封信！

痛也好，恨也罢，连续乘车、倒车，深深体谅侄子心情的贾永祥，倒车时，看侄子去寄信，也没有去制止，而是默默地陪着侄子。快到家的时候，贾永祥说："晓峰，老叔说话你别不愿听，既然回来了，就别想那么多了，你大你娘已经给你订了亲，秀萍这边你也别太恋着了，她嫁给老田家，也算享福了。"

开始，老叔的话晓峰一句也听不进去。现在，晓峰冷静下来，醒悟了：自己冲动着，给秀萍写那么多胡言乱语的信，还不是让秀萍跟自己一起痛苦？老叔说得对，我要让她幸福，不要为我牵肠挂肚，长痛不如短痛……快到家之前，可怜的晓峰给秀萍写了最后一封信，这封信与前八封信的内容大相径庭，虽然只有草草的几行字：

　　秀萍：
　　我会永远记住你对我的好，相信缘分吧。父母给我说了一门亲事，我这次回老家就要完婚，愿你能有更好的归宿和生活。

对不起你的晓峰
一九八四年十二月二日

　　……

听到晓峰回关里结婚的消息，秀萍姐哭了三天三夜。德胜叔、德胜婶成天守在她身边，恐怕她再有个三长两短。但这次与上次不同，上次是秀萍姐知道晓峰在等着她，恋着她，她的感情还有寄托，还有希望，

210

她认为自己就是喝药死了，也值；可这次，秀萍认为晓峰回关里结婚，是背叛了她，并在最后一封信里说得清清楚楚……她哭得很伤心，很绝望。哭够了，闹够了，她就慢慢理性起来，人家不恋着自己了，自己一厢情愿，还闹个什么劲儿，加之家人不停地劝说，左媒婆也几次上门不厌其烦地说和，秀萍最终同意嫁给田家了。

田家得到消息，喜出望外。尤其二柱子，当时就蹦了起来，田宝悸说："先胖不算胖，后胖压塌炕！上次没娶成，这回，喜酒接着喝！"

娶一房媳妇喝两次喜酒，鹅头山周围十里八村，老田家是百十年来头一份。

第二十五章

　　大哥订了亲，家人欢喜，我却像被什么东西压在了胸脯上，有一种透不过来气的感觉。

　　单干第一年，村里出现了"万元户"。父亲不愿接受新事物，小麦减了产，家里收入大打折扣。其实在小麦长到一尺高的时候，就有了结果，上化肥的小麦长得明显猛，抽穗时，比没上的足足高出半截。

　　"真是神了，这东西这么厉害！"

　　父亲一个人偷偷在麦田边遛过了多次，每次遛完心里都越发感到不可思议。在父亲凝重的表情里，我窥见了"种田能手"的一丝不安。那忧郁不安的表情，随着麦田的疯长，与日凸显，并代表了全村所有没上化肥农户糟糕的心情！只是父亲，刚刚还是一队之长，是社员们信任的"领头羊"，对这显而易见的失败和打击更敏感，更没面子，这也意味着他一直引以为自豪的"种田能手"的美誉遭受了严重的挑战。见两个兄弟小麦获得大丰收，亩产达到六百斤，交完公粮，还富余很多，场院里、粮仓里，到处是金黄饱满的小麦。东西院住着，小哥俩起早贪黑吆喝着干劲十足的情形，更使他这个曾经说一不二的大哥陷入了深深的自责和不安之中。奶奶看出来了，其实家里人都看出来了。刚强、理性的奶奶，麦秋时到家里来的次数明显增多了，她老人家其实是在关注着她最器重的大儿子是否会被失败打倒！每次来到家里，奶奶都盘腿端坐在炕头上，嘴上叼着尺八长的烟袋锅，一口一口地吞云吐雾，却半天不讲一句话。尼古丁搅动奶奶的思绪愈加地翻腾，她在整理自己更加智慧的话语，尽量使每句话一出口，话里话外，多多少少，都能含蓄地流露出一粒粒可贵的"宽心丸"和一位伟大的母亲对器重的儿子金子般的宽慰之言。奶奶从不谈论小麦减产歉收的话题，这使父亲更加难受，更加无地自容，更加感到自己被保守和固执所害。

被残酷的现实当头一击，父亲这个秋天苍老了许多。

新时代的潮流浩浩荡荡，顺之者昌，逆之者亡，谁能阻挡得住呢？在我们这一代更愿接受新生事物的年轻农民的血液里，已经深切地感受到了这一点。但问题是，以为一切会马上好起来的想法显然过于乐观，过于稚嫩。传统观念不会轻易就犯，贫穷的帽子更不会一天、两天被摘掉。

父亲当然是家里的一座山。他的对错家里无人敢给予一丝的品头论足。但现实是，紧紧巴巴地给大哥订了婚，母亲的钱柜里，已经所剩无几。况且自己想帮助家里致富的希望还是那样的渺茫。同时，晓峰和秀萍姐分道扬镳的结局，着实令人迷茫和彷徨……为什么有情人不能终成眷属，过上相亲相爱的生活呢？可想而知，秀萍姐和晓峰，一定都在互相牵挂，各自陷入了长久的痛苦和煎熬之中！这个结局，实际上对田家二柱子和晓峰的新娘也是不公平不道德的。

还有暗恋的雪姑，精神时好时坏，将来怎样神人也一无所知……原本以为随着高乐天的离去，会掉头刮向自己的爱情之风，现在却风势不再，连一厢情愿都不敢奢望，她的病治不好，谁能同意自己与之谈婚论嫁呢……总之，一切都没有想象的那么简单、那么好，那么尽如人意！自己的胸口像压上了一块大石头，整日里沉沉闷闷的，总有一种不吐不快的感觉，但到底想说什么，通过什么渠道倾诉，却盲目得无一丝踪影。浑浊和沉闷过后，心底里最终发出了一个理性的声响：钱，钱还是解开一切困顿的金钥匙！家里的窘境，雪姑的病，自己的未来……等等一切，都需要这把金钥匙来打开。

我为自己在困惑之时还能找到"成熟"的思想和行动脉络而沾沾自喜。

猫冬季节，没什么营生，手头有了余钱的耍钱鬼就三五成群地凑到一起看纸牌、"三打一"、推"牌九"。小打小闹的，大小带几个输赢，不影响过日子，也弥补了农闲时节农民贫乏的精神生活。但推"牌九"这种意气用事，上不封顶的赌法，使个别赌徒输成了"万元户"，年三十债主堵门，赌徒像幽灵一样东躲西藏，一家老小过年吃不上饺子，开春种不上地的也不鲜见。加之孟大下巴一样奸懒馋滑者扯着后腿，和个别人疑神疑鬼认为"命运不济"的消极因素，都影响了"共同富裕"目标的实现。这使靠山村在分家第一年，就拉开了贫富档次，"大锅饭"打破了，毋庸置疑也打破了集体经济时期农户之间的经济条件长期不相上下的局面。

不安分者的人生就是赌博的人生。对于一个不安分的人而言，"赌博"的意识永远存在，深埋骨髓。我呢，从小就显露了敢"赌"、敢"闯"的意识。上小学时放寒假，除了扭秧歌、看秧歌，整整一个冬天，农民几乎就没有什么其他娱乐了。两顿饭早早地吃完，大哥被叫去练秧歌，大队抽调各小队的青年，组成百十人的秧歌队伍，孟久公亲自抓，配齐敲锣打鼓的，选好拉衫（领头）的，花重金请来喇叭匠子，一入冬就开始叮叮当当地练，为的不仅是走村串户地拜年，挣一些烟卷和赏钱，关键是为公社汇演争名次做准备。孟久公抓农业生产不突出，可是抓群众文化、搞宣传，那可是敏感着哩，有一套招法，全向阳公社十二个大队，靠山村年年获得秧歌汇演第一名，金光闪闪的奖状挂满了大队部的一面白墙。

赌徒们不练秧歌，也不看秧歌，用母亲的话说就是"起早爬半夜上梁山！"说来也怪，西头七队的社员好像不食人间烟火，很少有赌博的；村东头八队却嗜赌成风，几乎家家养着耍钱鬼，随便凑合一起，管什么扑克、牌九，大小定个筹码，就成一局，看对和、三打一、推牌九，热火朝天，面红耳赤。到了年关"旺季"，从白天耍到半夜，到鸡鸣，整日整夜不拉桌。大人们手头紧，一场输赢几块，至多也就十几块、几十块钱；像我们这些半大孩子，一场输赢几分、几毛的都有。赌疯时就逃课，钻进村东头谁家的小马架，火炉里填满木柈子，炕桌放在地上，没开封的扑克牌挑剩三十六张，呼哈叫嚷着推起"牌九"来。由于西头去东头"梁山"耍钱的人稀少，就做"庄主"，为推方；东头人多，就为押方，押方分扛门、天门、过门，一致对付西头做庄的推方。看似孩子间的耍钱，其实是东西两队之间的斗智斗勇，紧张的气氛不亚于杨子荣闯进"座山雕"的巢穴。西头去的孩子不拿出点赌博的真本事，输光压兜钱沮丧而归是常有的事。一个时期我嗜赌成瘾。有一次竟赌到润津河南岸的二舅家——草房里的席炕上，点亮柴油灯，我这个十四五岁外来的少年"擂主"，面对黑压压挑战的成人，还真有那么几分英雄气。派出所所长顾秀山时常选择寒风呼号的夜晚，警车停在村头，悄悄钻进村里抓赌，小打小闹的玩耍警察不屑一顾，警察专抓"大耍"，每年村里都有几伙"犯赌"的。当然收了赌资，罚了款，批评教育一下，也就结案了。但赌徒们回来消停不了几天，赌博之风，又起。

年年如此。这足以使孩子们耽误学业、大人们倾家荡产的赌博游戏，倒也陪着北大荒的农民度过了一个又一个文化生活贫乏、寒冷而漫长的冬天。

想到这些，我为自己曾经的浪荡脸上发烧。从小自己就像一个野孩子，凡事敢想敢试，骨子里有种不服输的男子汉气概。还好，自从念初中，痛改前非，浪子回头，一心扑到读书上，要不是遇到高乐天，陷入他与雪姑的爱情危机，多半已考到县城读高中，前程令人期待。如今学业半途而废，回乡务农赶上分田到户，本想一展宏图，可保守固执的父亲一个错误的决策，分开第一年家里未能实现"开门红"……

十八岁的我一面为年华虚度焦急着，一面为雪姑的危险处境揪心。

现在我口袋里揣着做生意赚下的几十块钱，孑然一人漫无目的地向村东八队方向走去，那里像有一块磁铁吸引着我，使我既兴奋，又恐惧。

我清楚那意味着什么。可我的脚步停不下来。

冬至时节，刚刚吃过两顿饭，下午三点左右，靠山村的傍晚就早早降临了。向街东头一眼望过去，耍钱鬼身影朦胧，三三两两陆续进了路北"康局长"的院子。可以想象，那个低矮的草房、灯火通明的"赌窝"家，又一个酣战的不眠夜即将开幕了。

我有一种跟上去的冲动。

白雪覆盖的黄昏，村子显得更加静谧。路北一排民房的窗口，陆续亮起了橘黄色的灯光。走过晓峰家的"一面青"，烟囱还微微飘着炉火的余烟，晓峰爷正在喂羊，羊圈里传出窸窸窣窣的声响。我心震颤了一下，急走几步躲过去，心想见到晓峰爷唠什么呢？据说晓峰已在关里成亲了……

脚步踯躅地来到村中央那口老井旁，白花花的冰块堆在井台周围，几个玩耍的孩子正吵嚷着滚冰。井沿儿北侧的德胜叔家，也已灯火通明，人影绰绰。秀萍姐出嫁了，好客的德胜叔、德胜婶，又开始热情洋溢地招待村民到家里打扑克、下象棋，一切如初。此情此景我心如洞穴，空荡荡的。周身的血液像岩石里的溪水，突遇寒流瞬间凝固，不再流淌一般……我脚步越来越快，想去那个逍遥谷——"康局长"家豪赌一场，庸庸碌碌地度过一个夜晚，度过一个冬天，甚至如此度过一生……

"你干啥去！"一个熟悉的声音突然从背后叫住了我。

我回头一看，父亲正在几步远的地方，用一双狐疑的目光盯着我。

父亲跟在我身后有一会儿了。

"爸有事？"

"街里你大姑父捎信儿来了，答应你去收苞米！"

这从天而降的消息使我浑身震颤了一下，接着用一双惊诧的目光望着父亲。大姑父真的答应了？我真的不敢相信。因为我清楚，那意味着什么。

回头，我又向村东那个有磁性的"梁山好汉"聚集之乡留恋地望去了一眼，转身，跟父亲回家了。

跟在父亲后面，双脚"嚓嚓"踩在雪地上，我的心怦怦跳得越来越厉害，心想刚刚还鬼使神差想去"梁山"放纵自己，转眼被父亲截了回来，莫非老天爷也在阻止一个农村青年兀自沉沦吗？

瞬间，我这个无神论者，对生活，对人生，似乎打心底里也滋生出那么一点点禅意了。

第二十六章

十二月下旬，一个寒冷的早晨，当处在丘陵谷底的惠民县城还笼罩在一片煤雾之中的时候，我坐客车到了县里，又换乘一辆"解放"牌汽车，与白酒厂姓曲的采买和汽车公司雇来的姓魏的司机一起，向收玉米的目的地——三个收皮人的村庄进发了。

我为自己的好运气沾沾自喜。再过半个月，就是一九八五年元旦了。到那时，村里的第一号"富翁"不敢说，第一号"能人"是一定的了，因为我把生意做到惠民县城去了。

带着对美好生活的无限憧憬，我坐在驾驶室，心里美滋滋的。仅仅几个月前，我还在这条路上骑自行车送皮子，那不仅是辛苦，更是卑微，一个前途光明的学生转眼沦落成了贩卖羊皮的人。还好，后来灵巧地利用客车拉皮子，送到更近些的三道县城，又挣钱，又少费了力气……现在，更加地值得炫耀啦！在城乡分明的世界里，一个乡下的穷小子用了不到一个冬天的工夫，就撇下父辈们甚至一生都走不出去的乡村，闯进了相隔仅仅几十里，却有着天壤之别的县城——农民心中那个深不可测的"大地方"，如同手腕上戴着金光闪闪的手表，口里镶着金牙，身上西装革履的大老板一样，带着大汽车，为全县最大的白酒厂做起了收玉米的大生意！别说没见过世面的乡下人，就是偌大的县城又几人有这样的

218

本事？生意做得真是一次比一次爽，一次比一次光明……

几天前还垂头丧气的我，这会儿心花怒放，一片灿烂。形势如果这样发展下去，生活将发生怎样的变化啊，我不敢往下多想了。

太阳升得越来越高了。透过霜花已经融化的汽车风挡玻璃，能看见公路上覆盖的一层雪在消失，黑色油漆路面逐渐裸露。伴随汽车平稳的行驶和马达声，我在暖融融的驾驶室里进入了梦乡。宰犬，一个急刹车，把我从美梦中惊醒，没等缓过神儿来，见一台绿色儿北京吉普横在"解放"前面，挡住了去路，一名年轻的司机开门下来，走到"解放"跟前，拽开车门，上去就给双手握方向盘的魏师傅一个嘴巴，然后开口大骂：

"你是怎么开车的，我都跟你半个多点了，你就是不给我让道儿！"

我们恍然大悟，原来挡了人家的路。

魏师父是个矮个子，大眼睛双眼皮，一看就是讲究人的那种，他可能确实没注意到后面的吉普车，自知理亏，挨打也没还手，挨骂也没还口，急忙道歉说"对不起对不起"。年轻的吉普车司机出了恶气，上车一溜烟开跑了。吉普车走远，魏师傅有些不好意思，对我和曲采买解释说，刚才你们俩睡着路过一个镇子，正是赶集日，人多路窄，我还真没注意到后面跟一台吉普车。我说那也不该打人骂人呢，太过分啦！他说出门在外，多一事不如少一事，能开上吉普的都是地头蛇，惹不起，要是在家门口，你说我还能让着他！

原来开车也有贵贱之分。

美梦被搅和了。我又开始瞭望窗外的雪景。北大荒一望无际的黑土地被白雪覆盖着。一条一块的杨树林披着灰白的树挂，朦朦胧胧地看不清个数，偶尔有几只喜鹊在树带里悠闲地飞翔。这时，"解放"驶到上次送皮子走过的那片草甸子，在曲曲折折连草带雪的路上穿过。我远远看到了当时累得不行，把自行车一扔，躺下来休息的那条河流和一旁的泉眼，在阳光的照射下热气蒸腾、弥漫，仙气一般灵灵动动的，像在昭示着它的存在，它所目睹的青年创业故事。中午，汽车到达了目的地，李锦华等三个"患难之交"已通知了老乡，备好了午饭。饭前先将装玉米的麻袋分发给等候的老乡，然后美美吃上一炖小鸡炖蘑菇，喝上一杯小烧，浑身热乎了，老乡们也陆续把装得满满登登的玉米袋子，用大小车辆送到了李锦华宽敞的院子，吵闹着过秤装车。临到天黑，"解放"载着整整一车五吨玉米，披着星斗，碾着白雪，上路返回了。

连夜，我们要把一车玉米运回去。这是我对白酒厂大姑父的承诺。

也许是因为来的时候是白天，也许来的时候我忘乎所以，晚上拉着一车的重载，才发现这条路是如此难走。在车灯的照射下，杨树林掩映下的雪路只有一对车辙，生怕走错了掉不回来车头。

面对"解放"随时抛锚的危险，我一扫来时的轻松，心紧揪着。

在天地相连、一片空寂灰蒙的世界里，"解放"像一只笨重的蜗牛，"呜呜"地缓慢爬行。爬过一村又一村，直到穿过那片记忆深刻的草甸子，最终驶上平坦的油漆路，我的心才放松下来。

一阵撒欢儿畅跑，夜里十点钟，汽车进了三道县城。魏师傅是回民，找一家挂"幌子"的南来顺清真饭店，吃完饭，我喝着开水、剔着牙，一身轻松地对魏师傅说：

"走了三分之二，剩下一百多里都是公路，好跑，半夜就能到家了！"

魏师傅、曲采买谁也没吭声。上了车，出了三道县城北门，车灯照亮了茫茫的公路，双手紧握方向盘的魏师父才说："出城不远就是瘆人沟了，三个大高岗、大下坡，重载车只有过了这三道关，才算快到家啦！"

魏师傅说的"瘆人沟"我知道，上次驮羊皮路过，费好大力气才爬过去，在一个半坡上还差点摔倒滚落。三道县因三个"瘆人沟"的险要而得名。

"解放"肯定没问题，我心里盘算着。轻松过了第一道沟，又过了第二道，当"解放"拖着沉重的身子爬上足有四十五度的第三道高坡时，在半坡处，汽车"呜呜"的马达声戛然而止。

"快掩车！"

在魏师傅急促的叫声里，靠车门坐的我瞬间意识到了车灭火的严重性。我打开车门一跃跳下，接过曲采买从驾驶室里递给我的一个小枕头一样的掩车木，借着白雪的光亮，冒着车碾的危险，猛地把掩车木塞进右前轱辘底下。"嘭"的一声，缓缓倒退的轱辘把"小枕头"挤弹出来，车没停住。我慌乱了，手开始发抖，不容多想，心一横，又把"小枕头"塞进后退速度越来越快的轱辘下面，并用双手死死地推住。这一次，谢天谢地，"小枕头"死死卡住了车轱辘，"解放"稳稳地停在了半坡上。

我浑身湿透，一身冷汗。魏师傅下车检查一下说水箱打了。我不懂水箱"打了"是什么意思，只知是坏了。原来崇拜的"解放"也会坏，我很意外。后来听魏师傅和曲采买商量，要连夜返回惠民县城取件，我才意识到问题的严重性——大半夜的我们要被撂在荒郊野外。

魏师傅站在路边拦车，十几分钟工夫，拦下一辆去三道县送货返回的同一公司的"解放"，车上师傅摇开车窗，问明事故缘由，说他车上也没带水箱配件，魏师傅扭头看了我和曲采买一眼，沮丧说"我只好回去取件"，就一跃钻进驾驶楼，独自回惠民了。

已是第二天的深夜。周围乌茫茫的，只有微弱的雪光。汽车熄火三个多小时了，驾驶室的温度降到与室外接近。腊月的深夜，外面已是零下三十度的严寒。又冷又困的我，哆哆嗦嗦的，想到驾驶室睡一会儿。曲采买虽然四十出头，但常年跑外，经验丰富，他劝我说：

"不能睡，睡着了会冻死！"

我听了心里更加恐惧，死神降临一般。我只好跟他屁股后，一圈一圈围着汽车小跑，累得冻得受不了了，曲采买就一个人跑，让我钻进驾驶室猫一会儿，并负责叫醒我。

有一会儿我在驾驶楼里睡着了，做了一个梦，梦见在白酒厂的财务室里，漂亮的女现金员把一沓闪光的钞票塞进我的手里，女现金员转身的工夫，突然变成了雪姑的身影，我喊她，她也不回头……

"醒醒！醒醒！"

我激灵一下醒了，才知道是个梦。曲采买几次叫醒我，几次逼我下车跑，不知跑了多少圈，而他只进驾驶室休息了一次。熬到凌晨四点钟，还不见魏师傅返回的身影，我有些绝望，就用哀求的声调与曲采买商量：

"曲叔，这么大的车丢不了，我们还是回三道县城客运站暖和一下吧！"

"那怎么行！"曲采买态度依然坚定，"一车玉米要是出了问题，得给厂子造成多大损失！"

"没事，出了问题我跟我大姑父解释！"

"话是这么说，到时候你拍拍屁股走人了，我怎么向你大姑父交代？"

我无语。心想这样下去，说不准哪一会儿睡着了就冻死在驾驶室里！

怎么办？

危险在一点点逼近，赚钱的美梦在一点点破碎。我在心底里甚至抱怨这个世界对自己不公平了……

东方露出了微光。我开始乞求曲采买："曲叔，这样下去真的会冻死的！"

曲采买沉思了一下，说："这样吧，你自个儿先回客运站，我守在这儿。"

我身子抖得更厉害了，从心里往外冷，直打牙巴骨。

"你……你一个人多危险哪！"

"没事儿，你走吧。"身子微微颤抖的曲采买语气坚定。

我对曲采买的固执无法理解。我选择了一个人离开。

四野茫茫，万籁空寂。我一个人走在黑暗笼罩的公路上，能听见的，只是自己余温尚存的生命机器发出的"嚓嚓"的脚步声。我并不害怕。急于脱离险境、逃命的心理，压制住了黎明前"鬼龇牙"时刻阴森森的恐怖气氛。

半小时后，当我这个倒霉蛋回到三道县城的时候，天大亮了，客运站聚集着赶早车的旅客。三道县不通火车，要出远门，人们要坐两个小时客车去惠民倒。

喝杯开水，吃根麻花，身子慢慢缓过来了。临近七时，最早一班开往惠民的客车检票了，我蹭了上去。

自从钻进客运站，隐进乌泱泱的人群，我像做了贼一样，一直慌慌的，心里面反复回说一句话：曲采买怎么样了，他会不会冻死？

也就十几分钟，大客车驶到了"解放"跟前。

见路边有重载车抛锚，靠右侧车窗的旅客有人立即发出唏嘘声，并用手擦、用哈气哈带霜的玻璃。只听一个喊："这辆大解放拉了一车苞米，坏啦！"另一个应："可不是，看样子坏的时间不短，车身上挂满了霜！"又一个配合着说："咋没人影儿，八成冻死了吧！"

我的心在大家的议论中绷得更紧了。错车的工夫，一车人的脑袋都倒向"解放"，像看怪物似的。隐藏期间的逃离者，此刻我比谁都更想知道曲采买是死是活。我站起身，把脸贴在车窗上使劲向外张望，可半天也找不到曲采买的身影。

一股不祥之感掠过我的脑海。

不容求证，客车"哼哼"着，无情地驶离，不一会儿就把"解放"甩在坡下。

像旅途中随便浏览的风景，旅客很快沉静了。而我，车跑出很远了，还在偷偷一眼一眼的回头张望，心里充满了不安和难受。

回到惠民白酒厂，急忙跑到厂长办公室，向大姑父报告了这一不幸消息。大姑父正坐在办公桌前喝茶，他不慌不忙地说听魏师傅讲了，已经派车去接应。

"解放"接回来，已下午一点多。得知曲采买安全归来，我悬着的心放下了。可随之而来的羞愧感，愈加地强烈了。

后来大姑父说，曲采买干原料采购这个活十几年，从未出过差错，深得全厂上下的认可和信赖，年年评为劳模。

我听了内心五味杂陈。我这个自命不凡的家伙，心里清楚，在与城里人的第一次博弈中，输了，并且输得很惨。

第二十七章

一切都无法按想象发展。我逐渐认识到一个农村青年的力量是多么的单薄、无助。是啊，一个人自我燃烧的时候，一个人就是一个世界；可是一个人在世界里燃烧的时候，一个人就卑微得像一棵小草一样，不堪一击。在这片土地上生活的祖祖辈辈们，谁曾完全主宰过自己的命运？父辈们踉踉跄跄，跌跌撞撞，在时代的洪流中谨小慎微地前行，有多少梦想都胎死腹中，因为他们心里面清楚，他们是庄稼的主宰，辛辛苦苦供养着这个世界，却不是这个世界的主宰，有一点儿闪失就可能掉进命运的深渊。

说到底，在傲慢与偏见无处不在的世俗里，农民目前还是一群卑微的人。

我这个农民子弟显然高估计了自己。我所期盼的改变只不过是一个梦，一个连昙花一现都够不上的梦。

可生活的悲喜剧并不会因此而片刻的停息。

秀萍姐结婚这天，孟大下巴和王大炮去送亲，雪姑的一个老叔，一个姑父，致富路上天壤之别的两个人，酒后却都关心起雪姑的前途来。

"你这个老叔是咋当的，雪姑疯疯癫癫的你也不想个法子！"

购买收割机大赚一把的王大炮，底气十足地质问孟大下巴。

生成的骨头长成的肉。好吃懒做的大下巴，分家后日子也不见起色。与王大炮虽然是姐夫与小舅子的关系，"里手赶车没外人"，可姐夫发了家，他依然心生嫉妒，自觉矮姐夫一等，满肚子的醋性味。这会儿，半斤"小烧"下肚，酒壮英雄胆，他高声回敬王大炮道：

"你少跟我扯，雪姑是我侄女不假，可你这个当姑父的也不咋的啊！"

"爹亲叔大，娘亲舅大。还轮不到我这个当姑父的！"

"她舅死了，不轮到你这个当姑父的轮到谁？"

众人面前大下巴敢顶撞自己，王大炮脸上发烧自不相让："你别喝两杯尿水子就瞎掰扯，老孟家咋出你这么个玩意儿！"

大下巴一边酒杯嗑得当当响，一边大声说："王大炮，别看你整台破收割机挣几个臭钱，我不眼热，我穷我光荣，可我不干缺德事，生产队那阵子你拉的什么屎谁不知道，别在这儿给我猪鼻子插葱装大象！"

送亲的娘家人都知道孟大下巴说的话指什么，生产队那会儿，家里孩子多吃不饱，王大炮半夜偷生产队的马料，被当牛更倌的大下巴抓个现行。要说这王大炮真够贼的，三更半夜的，他硬是将生产队的仓库从牛棚一侧掏出一个洞，爬进去将马料运出一麻袋，扛回家给孩子添补肚子。按说偷得神不知鬼不觉，可还是留下了蛛丝马迹。大下巴半夜起来喂牲口，发现马料被盗，借着月光，顺着王大炮仓促中洒落豆饼的痕迹，一路码脚印码到了王大炮家。老话讲是亲三分向，见是妹夫干的，大下巴止住了脚步，当时把这事压了下来。可大下巴狗肚子装不了二两香油，过后还是用话"点"了王大炮："你别拿谁不识数，要想人不知，除非己莫为！"因为队里搞派性斗争，二人各自站队关系搞僵了。为了取得同党的信任，大下巴常把一句话挂在嘴边："在公私这个问题上，先公后私，这一条我还是能分开里外拐的！""马料事件"之后，即使对外泄露了王大炮的偷盗行为，大下巴还是认为自己给足了姐夫面子，下半辈子姐夫都该对自己客气些，可分家后这小子赶在别人前面，多挣几个臭钱，起刺儿了，有点嘚瑟，因此一着急大下巴当众揭了王大炮的老底儿。

俗话说，打人不打脸，说话不揭短。被人戳了软肋，王大炮的气焰一下被压下去了。田宝贤怕节外生枝，急忙差捞头忙的司仪刘老五上桌说几句好话，把娘家客打发走了。谁知，喝醉的大下巴要了一道酒疯，把王大炮骂个狗血喷头，王大炮眯儿眯儿的，全装没听见。

第二天，酒醒了，大下巴被人懒心眼尖的老婆臭骂一顿："喝点尿水子你上人家田站长家要什么狗坨子？大炮是你们老孟家的姑爷子，臭死一窝烂死一块，好歹都是直近亲属，你喝点尿水子骂骂人家也就算了，你咋能揭人家老底呢？再说了，姐夫这咱发财了，低头不见抬头见，哪天又求到人家咋开口，今年的机耕费还欠着呢！"

大下巴虽然懒惰，可从不咬死理，靠这长处，半辈子占生产队不少便宜。这会儿酒醒了，认为老婆批评得对，一骨碌下地，趿拉上鞋，一路小跑到大炮家赔礼道歉。大炮知道他那臭德行，当姐夫的也拿他没办法。这会儿，大下巴记起了王大炮头天酒桌上说的话，顺着说：

"大姐夫你昨个说得在理儿，是该合计合计雪姑的事了，现在看治好不容易，这两年大哥给她治病钱也糟践光了，找个人家嫁过去冲冲喜，没准儿能管用！"

听大下巴这么一唠嗑，王大炮眼前一亮，对他的气一下全消了，便问："有合适的？"

趁大姐翠芝去厨房捅炉子的机会，大下巴贴近大炮耳朵说："东头张二锁离婚一年多了，我看二锁除了心眼差点，可人长得结实，老实能干，挺合适！"

王大炮听完，吓一跳，心想这个大下巴，怎么要给侄女找个二婚的，还是个傻子，这不是把侄女往火坑里推吗！他脑袋晃得跟拨浪鼓。可转念一想，雪姑也不是原来的雪姑了，要长相有长相，要伶俐有伶俐，这咱时好时坏的，就是半个废人，要是能嫁给张二锁，还不得当个宝儿给供起来。再说总这么在家耗着，也不是事，磨得大舅哥一家人不消停，俗话说久病床前无孝子，何况是个疯丫头！

王大炮拿出烟卷，两个人换上。抽一口吐出烟雾，大炮迟疑了半天，才叹口气说："哎！人世间的事，都是逼的，没准儿冲冲喜这丫头病就好了。"

昨天还在吵架的两个冤家，为了傻侄女的终身大事，现在进行了认真商量。

是啊，一个亲弟弟，一个亲妹夫，双双受孟久公恩惠多年，现在遮风挡雨的大树摇摇欲坠，自身有困难，他们打心眼里想帮他渡过难关。可两个没念过几天书的地老八，一个是穿不上裤子的穷光蛋，一个是刚刚见着点致富曙光，再想不出啥好办法，共同认为这虽然是一步臭棋，但也是不得已而为之。二人最后商定，先请左媒婆去张二锁家说媒，孟久公这边，他俩一个吹风，一个敲边鼓。

事情办得格外顺利。能说会道的左媒婆一下说通了张家，张二锁顿时乐得屁颠屁颠的。要知道，这个被村民背后叫成张二傻的人，时间仅仅往前推半年，就半年，要想娶孟雪姑，那是癞蛤蟆想吃天鹅肉。可现在的情形是，有人把雪姑主动送上门来了，还不要彩礼，天底下哪有这样的好事、美事！虽说雪姑有些疯癫，说不定冲冲喜就能缓过来，白捡个媳妇不说，捡的又是个仙女！

张家是八队有名的破落户。家里小子多，老大费劲巴力娶的媳妇是个臭名昭著的母夜叉，与公婆打得水火不容，分家另过了。拉一屁股饥荒给二锁娶的丑媳妇，没过几天又嫌二锁傻透了气，离了。要知道，二锁身后还有四个弟弟，一个挨着一个，土话叫：挨肩。搞不好都有打光棍的危险。二锁的父亲张国有是生产队里的老劳模，拣粪、淘厕所，什么脏活都能干。基因的原因，与老伴儿生了六个儿子，看上去个个虎头虎脑，然个个发苶，念书一堆废材，可老天爷是公平的，这群小蛋子干农活、挣工分却一个赛一个。更加棘手的问题是，心眼不全的老伴儿有米一锅，有柴火一灶坑，不会过日子。俗话说，搂钱的耙子，装钱的匣子。张家有搂钱的耙子，偏偏没有装钱的匣子！年底分红，张家是为数不多的剩钱户，可存不下，几天就造光了。现在天上掉馅饼一样，送上这么一门亲事，站在张国有的角度上看，也是没办法的办法，便勉强应下了。

孟久公当然想不通。"我就是把她养在家里烂粪，也不会嫁给傻子当二婚！"他气得脸色发紫，当时把提亲的左媒婆轰了出去。

大下巴和王大炮轮番做工作，劝说道："这样下去，疯疯癫癫的雪姑别交代喽，如果嫁给张二锁，转移下注意力，冲冲喜，没准儿就能好。这不是闹着玩的，可不能意气用事！"

孟久公大眼珠子不瞪了，喘着粗气，接连接受两个亲人的轮番"教育"，两难的他，最后走投无路，默许了。

说通之后，两边都怕夜长梦多，孟家这边担心雪姑再犯病，张家不娶；张家担心孟家变卦，仙女飞了，于是经左媒婆撮合商定，两家亲属象征性的到一起吃顿饭，做一床新被褥，买几件新衣服，一个月后就在二锁子原来结婚用的新房——张国有三间泥草房的西屋把婚事办喽。

听到这个消息的时候，我两眼直冒火，差点晕过去。

大哥转告我这个消息，完全出于一片兄弟之情。也许同为年轻人的缘故，我对雪姑的暗恋大哥心知肚明，但大哥一直不挑明。大哥分明感觉到了事情对我的重要，偷偷向我透露了这个对于我来说，简直五雷轰顶一般的消息。

"怎么可能！"

"咋不可能，结婚日子都定了。"

"孟久公答应了？"

"不答应咋办，他还以为自己是大队书记呀？再说姑娘得了精神病，有人要就阿弥陀佛啦！"

精神病？我对大哥的结论一时无法接受，激动地说："啥叫精神病，你不懂别瞎说，那叫抑郁症！"

"抑郁症不是精神病是啥？村里人都这么说！"

"那是两码事……"我继续自欺欺人地争辩，大哥抢着说："二弟，大哥理解你对雪姑的感情，可那是不可能的。她疯疯癫癫的你能娶啊？"

大哥揭穿了我深埋的感情，我顿感面部涨红发热，无地自容。

"祖峰脉，别做梦了，咱们家供你读书花多少钱，都是因为这个孟雪姑，看把你搞的！简直神魂颠倒！荒废了学业不说，这咱她都这样了，你还瞎惦记，心思不用到正事上，这样下去你早晚得出事！"

大哥异常严肃地批评道。

"大哥你……"我语塞了。

平素温和的大哥一下说到了我的痛处，我一时还无法接受，一股委屈的泪水夺眶而出。

我趔趄着推开房门，跑出村子，鬼使神差地又来到村西头的小松树林——那个与雪姑、晓峰和秀萍姐经常约会的"青春圣地"。现在，这里空荡荡的，没有人影，没有鸟语花香，只有满树地的皑皑白雪。我浑身颤抖，不因寒冷，是因为刺激、无助和孤独。我双手拥抱一棵松树，仰天叹息，这是怎么了？晓峰和秀萍的爱情苦果已经长满了两性之间的悲凉和不平，为什么雪姑也一直不能从高乐天的阴影里走出来，在改革年代拥有自己的新生活！嫁给一个傻子，无异于把她葬进了坟墓。让一个年轻美貌的女子，为追求自己美好的感情而付出如此惨痛的代价，老天不公啊！可是我算什么，充其量是一个一厢情愿的暗恋者。我能对雪姑做什么，我现在无能为力，又仅仅是一个局外人！大哥说得对，自己一直在梦里憧憬！

此话差矣！我立刻又否定了自己对自己的定位。我是靠山村两场爱情悲剧的见证人，不是旁观者。我的个体情愫和已经参与其中的种种行为证实，我不知不觉卷入了靠山村有史以来最轰轰烈烈的两场爱情之中，并在其间沐浴着阵阵清新、跃动、自由的青春之雨、之阳、之风！如今两场爱情曲终人散，甚至生死两别，可是自由恋爱的过往印证在边陲小山村的角角落落，着实留下了青年人追求美好生活和纯真情感的脚印！

那么是什么打开了黑土地上爱情的桎梏，不再是"被爱情遗忘的角落"？现实逼迫我这个初中生，对改革开放给农村生活带来的强烈震颤这样重大的历史和现实问题进行了认真思考。那么又是什么阻挡了爱情的脚步，是贫穷、落后、愚昧？还是……对于这样一连串的反问我一时还给不出答案。但有一点是肯定的，现在的时代，是改革的时代；现在的中国，是开放的中国。现在的世界，是追求自由的世界。像爱恋的自由一样，一切自由的东西一定会在这个伟大的时代爆发，也注定会被腐朽的、僵化的、遗留的、传统的东西所羁绊。只是无论如何，今天新旧两种思想的碰撞，明天一切会在这样惨烈的、暂时的过渡中，愈加地走向美好，走向光明，走向自由。

我对未来充满信心和激情。

那么我现在该做什么？我几乎未加思索，突然产生了一个连自己都不敢相信的大胆想法，我要做的是：把这一切诉诸笔端，写给世人！

这就是我的结论。我要把两场爱情的苦涩与悲歌写出来，控诉旧思想，弘扬新思潮，使贫穷落后之隅不再发生这样的悲剧。

当这个想法第一次诞生于我这个十八岁农村青年的脑海里的时候，我为自己把自己当成救世主一样的人物激动不已，浑身燥热和紧张，继而感到一副沉甸甸的担子压在了肩头上。这种不由自主迸发的无法控制的责任感和使命感，使我项上这颗比较年轻而纯粹、异常发热的头脑很快冷静下来：我要好好地谋划一下。

那一刻我知道，在我受伤的心灵深处，植入了要干一件"大事情"的种子，这个可以称之为"写作"的念头尽管不切合实际，甚至荒谬，可的的确确萌芽了，诞生了。

回到现实，目前我对雪姑空有一腔爱恋和同情，什么也做不了，也不能做。因为贫困，更因为无名无分。除了自己的内心深处笼罩着没完没了的思想斗争和情感痛苦，甚至没有任何理由向任何人倾诉。一个月后，大哥的话应验了。按照村里习俗，订婚满一个月，腊月二十三小年这天，张国有家草草张罗了几桌酒席，就把孟雪姑娶进了家门。选在灶王爷升天的日子结婚，是找花先生李明世看的。

后来听说，雪姑婚礼上一切正常，还笑逐颜开地给客人点烟倒酒，顺顺当当进了张家的门，成了张二锁的新娘。一切证实，雪姑有了一个幸福的归宿。

第二十八章

一九八四年的冬天，过得尤其漫长。经历两场爱与恨的洗礼，以及暗恋思绪的戛然而止，我仿佛一株经历霜雪的青松，在生活的沃土上生长得更加结实、挺拔了。

父亲在小麦减产事件压力下，对新一年致富的打算明显民主起来，我的作用有机会得以发挥。我建议，新的一年不能只靠种地，要干干副业。经过论证，一个在承包树地里栽西红柿的共识诞生了。

提起南地头的树地，我就像做病一样，会产生别扭之感。分家时承包的这片树地，东西狭长，占地十七亩，是国家"三北"防护林建设工程的一部分。原本计划栽一半松树，一半杨树，可村里不知从哪弄来了免费发给承包户的树苗，雇来"东方红"耙地、起垄，又请来二舅帮忙，挖坑浇水，四五个人忙活一个礼拜，才将几千棵树苗栽下去。谁料成活率不足三分之一。当年没法补栽，只好在断苗处补种了秋白菜。白菜壮心时，有天下午，家里新买的黑母牛挣脱了缰绳，跑地南头连啃白菜，带祸害小树苗，被孟大下巴"捅"到了林业站他大哥那里。孟久公亲自来处理，扣了牛，并扬言罚款，借机重振威风。父亲与孟久公有过节，出面怕事闹大，我便自告奋勇，去村里交涉。

我心里琢磨着，不管咋说，孟久公原是靠山村的大队支书，又是本

233

地户，家住这，再加上自己和雪姑这一层关系，他一定会网开一面，批评批评、教育教育也就算了。谁料孟久公雷霆大发，跟我拍起了桌子。我有些晕。我不知老支书哪来这么大火气。在一张明显苍老而绷紧的脸上，咄咄逼人的牛眼睛里，我隐隐感觉到了一股不祥之兆，老支书莫不是对我产生了怨恨吧？

对，他就是在怨恨我。自雪姑与我和晓峰、秀萍姐一起打恋恋，雪姑就没了好日子，他一定认为雪姑和高乐天的事，我没少跟着瞎掺和，雪姑得病我也难辞其咎！

这是一个可怕的猜测。我对雪姑的情感，以及爱屋及乌对孟久公的殷勤、好感，被眼前的现实彻底粉碎了。

牛对我们家很重要。但是现在显然已经不是牛的问题，看到孟久公不依不饶的态度，我的胸膛里突然一种无法说清的火焰也被点燃了。我来个死不认账，并当众顶撞了这位一直梦想成为岳丈的人：

"孟叔，您先别生气，"我极力压低声调，"我们家的树地我清楚，这几天树苗是被糟蹋了几棵，可怎么能认定是我家牛啃的呢？"

我想蒙混过关。可孟久公不顾周围"观战"的村干部，冲我大喊大叫道："你不用解释，都被抓现行了你还解释啥呀，我说你年纪轻轻的怎么不老实哪！"

我的脸开始发胀发热。心中关于孟久公"怨恨"自己的猜测，使我勇敢地面对原来的"村老虎"：

"孟叔！"我站在地中间喊起来："别说得那么难听，咱们就牛论牛！我再说一遍，我们家的牛没进树地糟蹋树苗，我们自己家承包的地，辛辛苦苦栽树种菜，怎么舍得让牛祸害呢？你非要把屎盆子往我们老祖家脑袋上扣，我也没办法，你有权，你是法，我们只好当着众人，剖腹验牛！"

情急之下，我背水一战，置之死地而后生。

我这话一出口，孟久公气得脸色发紫，刚才还猖狂得"当当"直拍桌子的右手，现在开始在办公桌上抖个不停，"你……你……你年纪轻轻咋横推车、不讲理呢！"

分家后，乡里给靠山村新派来一位党支部书记，姓毛，叫毛兴安，人年轻，但很圆滑，刚才还在做"壁上观"，现在见势不妙，急忙出来打圆场："老书记，有话慢慢说，有话慢慢说！"毛兴安边说边给孟久公端了一杯茶水。

新来的毛书记当然不知道其中的微妙之处。

年轻气盛的我，见机会来了，扔下一句"你们要是不剖腹验牛，我就牵回去啦！"然后三步并做两步，闯出屋门，到院里将拴在电线杆上的黑母牛牵回了家。牛救回来，罚款也没了下文。可"斗牛事件"后我心里一直别别愣愣。我坚定地认为，归根结底，孟叔就是为我乱掺和雪姑的事窝着火，而迁怒于贪吃的牛。

今年的树地不能就这样荒废了。为了实施栽植西红柿致富的计划，我有意识地向母亲学习了西红柿栽植技术，准备大干一场。要知道，在割资本主义尾巴的岁月里，身为生产队长的父亲不敢逾越雷池一步，家里的小菜园从来没种过经济作物。现在，旧的樊篱打破了，农民有了自主权，对于栽西红柿，家人心里皆充满希望。积极进取的母亲更是表现出极大的热情，只要一谈起种植西红柿，她这个闻名乡里的"种菜大王"即刻眉飞色舞，矮个高音地说明就里。

种亚麻挣了钱，还完饥荒，余下的三叔急忙存入了乡信用社。接触新生事物快的老叔，则留够下年种子化肥钱，"突突突"地开着"大摩托"，到惠民城就搬回来一台十二英寸的黑白电视机，荣耀地成为村子里除贾会计之后，第二个拥有电视机的冒尖户。夜色来临，贾会计家一伙，老叔家一伙，看电视的老少爷们、大姑娘小媳妇络绎不绝。开始，为照顾父亲的颜面，我们哥仨避开老叔家，舍近求远去后院儿贾会计家看电视。渐渐，我们也成了东邻仅一墙之隔的老叔家的常客。亲不亲一家人，打折骨头连着筋。何况电视里正播放《射雕英雄传》，这是继《霍元甲》之后，又一部风靡全国的电视连续剧，如醉如痴的我们，哪还顾得上父亲的感受？白天盼晚上，到晚上又恨不得看个通宵，一次全看完才算过瘾。电视剧的出现，像久旱逢甘霖，浇灌着刚刚走上致富路，可文化生活还很贫瘠的村庄，打发着村民一个又一个寂寞的冬夜。

打正月，闹二月，哩哩啦啦到三月。农民们种地尝到了上化肥的甜头，一开春，家家就到供销社一拨一拨抢化肥，大小车辆、人欢马叫的，场面极其热闹。播完小麦、亚麻，种完大田，毛兴安、贾会计就带人下到各屯去，发动村民栽树、修路。

王大炮和大儿子"嗡嗡"开着拖拉机，按排号顺序，起早贪黑给农户播完小麦和亚麻，又增加了不少收入，机器刚停下来，就买红砖、拉沙子，张罗着盖新房。挨到五一，土层依旧没化够深，口袋里的钱就把王大炮烧得急不可耐，组织人成天成宿用柴火熏烤新批的宅基地，他也不顾烟火味飘进村里招致敏感妇女的谩骂，终于抢上了靠山七队第一户盖砖房的光荣位置。到了打地基、上房梁的日子，全队劳力能来的基本都来帮工，男的和泥搬砖，女的炒菜做饭，前后半个月，到头遍地开锄的时候，在河北唐山雇来的一伙瓦匠师傅手里，一栋三间崭新的砖瓦房沐浴着春风，拔地而起。在清一色儿老掉牙的泥草房群中间，兀自拔起一栋身穿红衣、头戴白帽的鱼鳞铁盖砖房，整个村子都沾染上了喜色，也给从穷窝里走出的农户带来了梦想和标杆，并且那梦想和标杆不再是天方夜谭，那么的遥不可及。

俗话说，天有不测风云。到了农历五月十三，民间传说关公磨刀的日子，鹅头山周围几百里仍然没落下一场透雨，大地旱得撒泡尿也会"哧"的冒起一股白烟，小麦亚麻都没抓住春苗，缺苗的地块像人的脑袋头发没生全，长成了"刨花秃"，令人不忍触睹。大豆、玉米也饥渴得无精打采，田野里到处是秧苗束手就擒的蔫样。一村人的梦想在日益炎热的天气里慢慢消尽，变得愈来愈模糊焦躁。靠天吃饭的农民，只能在心中默默地祈祷苍天。

而我们家致富的希望，全都寄托在了种西红柿上。

到了小满，按计划，我去联系西红柿秧子。这天清早，我骑着自行车，穿着新洗过的白衬衫，带着黄色太阳镜，迎着灿烂的阳光，兴致勃勃地奔了惠民。到了城北菜社，找选一家姓秋的菜农，订完三千颗柿秧，已是晌午，火辣的太阳将惠民城燃烧成一片火海。我顺坡向南骑车子到了十字街，向西一拐，去了西街大石桥北侧胡同里，二舅给连襟烀猪头肉的地方，上次赶上阴雨天家里不能脱谷卖菜，我给二舅送猪头下水，来过一次这里。

白净的二舅腰里依然扎个围裙，手举一把喷灯呼呼地燎着猪头，满院弥漫着嘎斯和烧焦猪毛混合一起的味道。

二舅喊住笼子里嗷嗷叫的狼狗，听我说明来意，见连襟不在，二舅进厨房偷切一碗猪头肉，招待我吃了午饭。饭后聊天时，二舅听说姐夫家要栽西红柿致富，瞪大眼睛说：

"你爸同意了？他可不见兔子不撒鹰啊！"

我微微一笑说："同意了，头年分开很多人家日子抬头了，我们家三个小蛋子挨肩，都等挣钱娶媳妇呢，他这个老队长能不急？"

二舅涨红脸说："可不是，形势喜人也逼人呢，我们村也有捞外快发家的了，五马倒六羊干啥的都有。"说到这，二舅撩起围裙抹一下脸上的汗滴，皱起眉头继续说："二外甥回乡务农也没啥，赶上了好时候，但要

237

记住二舅一句话，干啥都行，就是违法的事不能干。你爸是保守些，不过他那个消停劲、稳当劲，我还是挺佩服的，老话讲小心驶得万年船！"

我会意地点点头，看到原本白净的二舅脸上晒得发黑，鼻子一酸，心想润津河南岸姥姥家舅姨一大堆，顶数二舅有出息，进城干上了烤猪头的光彩活，不过也不容易啊，寄人篱下、烟熏火燎、凉水拔的……

别过二舅，我去办另一件重要的事情——到十字街西北角的新华书店去买写作方面的书籍。我心里还埋藏一个故事要写，我急需补课。二舅如果知道我要走上写作这个与致富风马牛不相及的"歧途"，一定又唠唠叨叨给我上课了。

在销售写作书籍的柜台前，我与女店员交流着，一本一本地翻看着，哪本都爱不释手，都想买回去。自打离校，很久没进城逛书店了。我像大地上一株干渴的禾苗，心火在几近枯竭的血管里蹿腾，从来没有如此急迫地需要知识雨露的浇灌和滋养。自己在学校里并没打好写作的基础，甚至沮丧地认为自己没有写作天赋。初一时，有一次语文老师站在讲台上当众批评自己："祖峰脉，你们家就缺那么几张纸啊，把一篇作文混画地写得正面反面都是！"我打开语文课代表刚发下来的作业本一看，语文老师已用红钢笔在上面龙飞凤舞批了一行字："请你严格按照写作格式书写！"

小眼睛刀割似的女老师站在讲台上严厉批评我时的样子，使我至今一想到写作就心有余悸。是啊，连基本的作文格式都不掌握的人，怎么能写好复杂的故事呢？

我需要补课。前几天，已经在村小学吴春风老师那里借来一套《山西刊授大学自修教程》，包含写作、语言学、逻辑学、美学、哲学等书籍，如获至宝的我，挑灯苦读，放牛的山坡上，小溪旁，田间地头，也随处留下了我读书的身影。现在，割舍一本又一本，最后精选三本认为当前最需要的书，一本《马峰谈创作》，一本路遥的《人生》，一本刘绍棠的小说集《瓜棚柳下》，然后汗津津地从口袋里摸出买柿秧剩下的十九元钱，手微微抖着交给了收款员。要是还有余钱，我会再选一些。不过现在，我已经很知足很大胆了，回家还不知父母会如何反应。抱着书，出了新华书店，把书小心翼翼绑在后座上，我骑上车子恨不得一下飞到家，去与书们交谈。

出了惠民北门，骑了一段路，是一个大高岗。我吃力地把车子推过高岗，又骑跨上去。这时，阴云已经将半边天遮住，透过路边杨树林的缝隙，能看见远处山峦已是雾茫茫一片了。看来，一场北风雨要来临了。我全然不顾，在飞驰中疯想着美好的未来，油漆路上不见人影的时候，我居然还高声朗诵起高尔基《海燕》中的句子：让暴风雨来得更猛烈些吧！

一个雄心勃勃的农村青年此刻那几近忘乎所以的声音，飞越公路两旁的杨树林，飘向一望无际的旷野，在润津河的上空回荡着。

骑两个多小时，隐约能看见靠山村的村庄了——王大炮家新建的红砖房，鹤立鸡群，早早映入了眼帘。这时，久违的一场大雨如期而至。我急忙停稳车子，脱下白衬衫，将三本书紧紧地包裹起来，光着膀子冒雨向家骑。

到家我被浇成了落汤鸡，可夹在腋下的书一点也没沾着水！简单擦拭一下，我急忙把顺利预定了三千颗西红柿苗的情况报告给了父母。

母亲问："钱没花了吧？"显然，仔细的母亲早已算过了。

我看瞒不过，只有和盘托出，原原本本汇报了用剩钱买书的事实。不料，母亲当即"呜呜"哭起来，一边哭还一边数落着：

"柜里的钱早晨划拉划拉都给你拿去了，家里连一分买咸盐的钱都没留，可你却败祸了……"

没想到母亲反应会这么大，我一下蒙了。我想解释买书的重要，但我不知从何说起。一个读了近十年书都没读出一个子午卯酉的人，还有什么理由谈买书的重要呢？学习写作？对于一个土里刨食、连买盐钱都拿不出来的家庭而言，这不是白日做梦，还能是什么呢？

对能派上很大用场的十九块钱，母亲不依不饶。我解释不听又不甘于认错，表情里表现着反抗，这更激怒了母亲，经不住母亲的添油加醋，父亲终于抛下烟袋锅，抄起厨房的烧火棍，挥舞着向我砸来。

我始料不及，一点没想到事情会搞得这么糟。

身体发肤，受之父母，不敢毁伤，孝之始也。记忆中父亲从来没体罚过我。这次，他好像要将供我读了多年书，却无果而终的怨气一股脑发泄出来，又像要将分田到户没了小队长的尊严，以及没上化肥小麦减产，毁了"种田能手"名誉的闷气一股脑发泄出来——全部集中在一根烧火棍上，噼里啪啦砸向我。

我护住头，没有躲，也不可能反抗，默默承受着雨点儿般砸下来的惩罚。

奇怪的是，就在接受惩罚的瞬间，一直模模糊糊罩在我脑海里的一层网突然清晰起来：如果这层网不突破，什么事情也干不成！那到底是一层什么样的网呢？那是用胆小怕事和故步自封织成的网，那是用自以为是和小农意识织成的网，那也是用贫穷和无奈织成的网！

从里屋到外屋，从外屋到院子，鸡飞狗跳中，我踉跄着身子被身材高大的父亲，生活逼迫的父亲，失去理智的父亲，一顿棍棒相加之后，肉体疼痛难忍，意志不仅没有被打烂，反而更坚定了我叛逆和走自己道路的决心。生活中的棍棒是清醒剂，是好东西。当你认识到它是好东西、能忍受它的时候，你就成长了，变得坚强了。

雨过天晴，生活的一切还得继续。按约定，第二天我去菜社取柿苗。

头夜一场透雨，进城的路有些泥泞，大田里的小麦和亚麻一夜之间绿遍了润津河的两岸。此情此景，本应神清气爽，我却心生茫然。父亲体罚尚存余痛，母亲数落的话语仍像小锤一样在敲打着我的脊梁骨，刺痛我的心……上学时缺学费，母亲硬着头皮，借满屯子，借不着憋屈得进屋呜呜哭，也没埋怨过我一次。可这次，我心里清楚，父母"望子成龙"的梦碎了，我又不安分，不收心，不能像其他回乡青年一样，老老实实种田、挣钱，娶媳妇。他们显然把学写作当作一条歧途了，并洞察到了由于我这个家庭成员的"不务正业"，可能给家庭带来的风险，以及暗藏的危机。

理解了双亲，我也看清楚了自己的处境。理想和现实之间有着天壤之别。面对现实，维持眼前的生活，仍属当务之急。

到惠民菜社取回西红柿苗，趁树地里的泥土还湿润着，全家齐上阵，不到两天工夫，一年的希望就栽上了。等缓过苗来，施了肥，秧苗与日疯长，慢慢开出黄色的小花，几日便结出小柿子妞儿。我和大哥在树地西端挨道边搭了一个"A"形的窝棚，日夜盯着逐渐葱茏的柿秧各种细微的变化。去城北菜社取苗时，好心的菜农老秋手里沾着泥土，指着秧苗教我说："种这宝贝不能偷懒，不仅水肥要跟上，打杈、除草、起垄，防治病虫害，一样也不能少！"把老秋的技术指导灌输给掌权的父母，父母觉得专人管理事关重大，便派我一心一意伺候西红柿地，不再随意派其它的活计。

于是，我就有了一个自由学习的"王国"。

赶上雨天不能下地，我就猫在窝棚里读书，读得入迷时，我常常听不见窝棚外时而猛烈、时而舒缓的雨声变化。夜晚，点燃一堆蒿草，驱赶"嗡嗡"的蚊子，借手电筒的光亮继续读。山西刊大自修教材《简爱》《水浒传》《聊斋志异》……一批文学名著上的故事、人物都鲜活起来，从远方的天空飘过来，越过田野，夹杂着野草味一缕缕浸入我的心脾和脑海。我被滋养着、熏陶着、激荡着，然后再卷着一个农村青年几分清纯、几分天真的理想，飞出田野，飘向于我而然还很混沌的外面的世界……没有打扰，没有唠叨，没有闲言碎语，看护西红柿的窝棚变成了我这个初学写作者的朝圣之地！

学习如醉如痴，但不敢怠慢西红柿的细微变化。发现一丝病变，如叶子上出现斑点，就急忙跑到县城植保站，寻医问药，及时喷治。在母亲的指导下，我学会了给西红柿掐尖打叉，把一地的柿子秧伺候得妥妥帖帖。从梦想回到现实的我，很快成为一名种植西红柿的明白人。

功夫不负有心人。满地的西红柿，尽吸阳光雨露，在麦秋到来的时刻，第一茬果实逐渐染红了杨树林。到了可以采摘上市的日子，我和家人急不可耐的心，一下沸腾了。

第二十九章

为将西红柿顺利卖出去，除三弟峰良上学帮不上手，铁将军把门，一家人全扑到了南地头的树地里。

母亲和父亲负责挑摘熟透的柿子，大哥则骑上车子，负责一筐一筐运到供销社院里，我在那儿搭个凉棚，又摆起了菜摊子。

北大荒已进入收割小麦的旺季，到处是金黄的一望无际的麦田待收。王大炮装修完新房，搬进去，又歇人不歇车，开上他的收割机，和大儿子轮流驾驶，按排号顺序，没日没夜地为农户收割小麦。收割机"嗡嗡"的轰鸣声，伴着蝈蝈的鸣叫声，以及向晾晒台拉运麦粒的三叔、老叔家共有的"大摩托"，贾永祥家的小四轮，一趟一趟从菜摊前开过的"突突突"的声音，还有供销社房后的晾晒台里传过来的嘈杂声，一切证明，春天迟落的一场透雨，把农民从绝望的边缘拉回来，老天爷依然赏赐给勤劳的人们一个丰腴的秋天。

我和全村人同样陶醉在分家后第二年的收获之中。

我的蔬菜摊子除了卖自产的西红柿，还去乡里贩来大头菜、芹菜、黄瓜、角瓜、豆角、茄子，一同出售。当然，没敢再动杀猪当屠户的念头，而是从乡里进肉，一刀一刀转卖给农户。熟能生巧。我的卖肉技术日益熟稔，不论农户买几斤肉，一刀割下去，上下差不过半两，最后剩下的肉，准还有一巴掌厚的肥膘，依然招缺油水的村民喜欢。这都是因为我谙熟了一个窍门：打斜下刀。乡亲们甚至取笑叫我"祖一刀"。菜摊提供了方便，周围几个村子光顾的农户也络绎不绝，生意很红火。丰收的西红柿也卖上了好价钱，每天收入可观，为我们这个生养了三个小蛋子、日子过得一直紧紧巴巴的家庭，注入了从未有过的活力。家庭成员像打了鸡血一样，个个有使不完的干劲。风烛残年的奶奶，当然也不会放过这人世间发家致富、人欢马叫的奇异风景，有时叼着尺八长的烟袋，到不安分的孙子的菜摊前，光荣地"巡视"一圈，满是皱纹的脸上溢着笑容。开着"大摩托"颠簸于麦田和晾晒台之间的三叔和老叔，从菜摊旁边路过，也时不时关心地问上一句："咋样，今个儿又卖多少？""今天菜够不够卖，一会儿车去乡里加油，用不用捎点啥？"

所有这一切，都让我深深感受着生活的无限美好。

蔬菜摊子也成了人来人往最多的地方。谁家小麦长得好，产量高，脱谷排号到谁家了，村里大大小小的消息，在这个"集散地"相互传播着。这里的常客，当然又是孟大下巴。在孟大下巴嘴里，我了解到了很多雪姑的事情。而上次他将黑母牛糟蹋树地一事报了官，引发了一场我与孟久公之间的"斗牛事件"，怎么看他都是成也萧何败也萧何！而机灵的孟久林做贼心虚，加之和王大炮撺掇把雪姑嫁给了张二锁，断了我这个他口口声声称作"大侄子"之人的"念想"，自感没趣，一段时间一直躲着我。现在，蔬菜摊子热闹，被称为千里眼、顺风耳，喜好打探新闻、传播消息的他，再也忍耐不住，每天糊弄几下农活，就凑到蔬菜摊扯皮、闲聊。问及雪姑的状况，懂我小算盘的他也不保留，主动介绍。据他讲，雪姑下地干活，回家洗衣做饭，都还正常，并且怀孕了。听了这些，我的心里虽有酸楚，倒也踏实了许多。鲜肉有时剩个半斤八两，作为获取消息的回报，我就塞给大下巴，每次，他只是咧开嘴巴嘿嘿一笑，也不过分推脱。

可事情没有想象的那么简单。

这天一大早，我刚摆好蔬菜摊子，孟大下巴就趿拉一双破胶鞋慌慌张张地跑来说："峰脉，又出事啦！"

"出啥事了？"

"雪姑把老公公、老婆婆给砍啦！"

"砍啥样？"

"挺重，昨天半夜就用贾永祥的四轮子送乡医院啦！"

这时，蔬菜摊来的人逐渐多起来，大家七嘴八舌，说清楚了孟雪姑犯病砍人的经过。

张二锁娶了雪姑，雪姑还给他怀了孩子，二锁和张家所有人都乐不可支。为早点还上饥荒，发家致富，张国有今年种了十亩地的西瓜。雪姑过日子挑不出毛病，里里外外是把手，结婚后虽然有几次"疯疯癫癫"的时候，但是吃点镇静药就好了。春育西瓜苗，小满西瓜栽到大地里，给西瓜掐尖打蔓，浇水施肥，她样样都行，一点儿也不比家里的一帮老爷们逊色。可除了能干，张家人都不咋会过日子，有米一锅，有柴火一灶坑，经常柴米油盐缺东少西，加之一屁股饥荒，日子过得紧紧巴巴。原来在娘家的时候，父亲是大队干部，条件一直不错的雪姑，生活上从来没受过如此的委屈，因此精神压力大，总是焦躁不安。西瓜卵黄的时候，张家在村后的西瓜地支起了瓜窝棚，张二锁看瓜，常常夜不归宿。对雪姑的异常反应，老实巴交有些傻气的张二锁也没当回事。到了饭口，回来扒拉一口，连一句话都没有就又去瓜棚了。其实那段时间，雪姑的病情已经有了明显的加重，睡梦中经常喊醒，说是高乐天来抓她。如果张二锁晚上守在她身旁，安慰有加，也不至于发生后来的事。这天夜里，疑神疑鬼的雪姑噩梦中惊醒，失去理智，赤身裸体从西屋卧室跑到公公婆婆住的东屋，抡起菜刀一顿狂砍，公、婆，还有一个小叔子，梦中被乱刀砍醒，血流如注……

出了这么大的事，我的心又悬起来。后来听说由于送卫生院及时，张国有夫妇和小儿子都保住了性命，但治伤又花去不少的医药费。老张家雪上加霜，吃不上西瓜的村民背地里议论说："几个破西瓜看得噔噔紧！这下好，一片西瓜地的收成一夜之间砍没啦！"更重要的是，雪姑流产了，气急败坏的张二锁傻脾气上来了，说啥也不要雪姑了，流产第二天就陌生人一般，态度蛮横地通知老丈人把女儿接回去。嫁出去的闺女，泼出去的水，可女儿毕竟是自己的，再说老伴儿又哭又号，孟久公只好把雪姑接回娘家。观察两天，见女儿举手投足魔障得越发厉害，老两口眼含热泪，商量一致，把雪姑又送了东安农场精神病院。

结婚"冲喜"不成，经过这么一折腾，雪姑的病情反而加重到了十分危险的地步。心爱的人被折磨成这个样子，我心如刀绞，愈加碎了……天刚蒙蒙亮，我驾驶着"大摩托"，从润津河上飞驰而过，转眼到了高墙森严的东安农场精神病院。只见雪姑披头散发地坐在病房的窗台上，不说话，只用双手不停地撕扯一条粉格围巾。她的样子好吓人，好像有天大的冤屈埋在肚子里。我说别撕了，进屋去，外面凉。她好像没听见，继续撕扯，粉围巾成了一条一条的碎布头。渐渐的，太阳升起来了，秋阳刺眼，院子里、病房里身穿白大褂的大夫越来越多，可是没人搭理我们。我又劝她进屋，她还是撕扯，慢慢地，狠狠地。再后来，她忽然将撕碎的布条抓起来，猛地向空中一抛，然后望着空中飞舞的粉布条"咯咯咯"傻笑，接着用手一指大喊：

"高乐天！高乐天！"

"哪有什么高乐天，你别胡思乱想啦！"我有些急，也有些怕，浑身汗津津的。

"他在那！"她边说边用手指头指向医院门口匆匆进来的一个男子。

"那不是，走，咱回屋去吧，外面冷！"

"啪！"我眼冒金星，脸庞火烧火燎，雪姑突然给我一个嘴巴，她还要打，手被我抓住了，"雪姑，我是峰脉！"

"你不是峰脉，你是高乐天，你是该死的高乐天！"

"我是祖峰脉！"

"不对！你就是高乐天，你就是高乐天，你天天晚上来磨我！"

我怎么解释她也不信，还列举了"我"的一条条罪状：你就欺骗我，看我小你就欺骗我，当初你说带我走的，为啥不带我走？不带我走你就走，回关里就别回来，一了百了，可你为啥躲在县里？躲在县里你就走正道好了，可你为啥学坏成流氓？成了流氓你就别来找我，外面花花世界啥样女人没有，你总缠着我干啥？你缠着我干啥，你让公安抓走了，你让我咋办！

雪姑嘴上"嘟嘟嘟"翻当个不停，双手还不停地推搡我，我心里明白，我成了替罪羊。我没法插嘴，只能扶着她别从窗台上掉下来，并示意一旁看风景的"白大褂"过来帮帮我，可"白大褂"就是不动，后来来了一群"白大褂"，不论我怎么喊，一群"白大褂"也不过来帮我，反而都"嘿嘿"笑，看热闹……突然，雪姑纵身一跃，飞向了空中……我"啊"的一声惊醒了，原来我做了一个噩梦！

睡在身旁的大哥和三弟峰良并未发觉我的窘态。秋收累，全家人睡得都很沉。我坐起来静静神儿，须臾，我感觉自己的双眼里溢满了泪水……是的，我要去看看雪姑了，雪姑病情不见好转，看来是她心灵上背负着沉重的十字架，一直无法从高乐天死亡的噩梦中摆脱出来。我想，那不仅仅因为一对年轻人的情感。还有，善良的雪姑大概一直想不明白，好端端的一个农村青年怎么说学坏就学坏了呢……

嫦娥应悔偷灵药

此恨绵绵无绝期

置身迷蒙的黑夜里，我想到了这首不搭界的诗。雪姑托梦来了，这是她对我的召唤。也许只有我，现在能帮她解开精神上的枷锁。

第三十章

　　积压的菜肉匆忙卖完，善解人意的老天爷又下起了中雨，刚刚还张
罗脱谷的村民，这会儿只好躲进屋里歇息。麦秋以来，贾永祥驾着他的
宝贝"潍坊"，起早贪黑为村民拉麦粒，为的是多抓几个钱，填平侄子偷
木材犯事的损失，刹车不灵有危险，他也顾不上去修。雨天车闲，这个
勤快的山东人急忙披上雨衣，冒雨进城去修配厂。我对家人谎称进城联
系生意，搭便车穿越涨水的润津河，越过秋雨霏霏的老林镇，到惠民客
运站乘车，临近中午的时候，赶到了东安农场。

　　这时，雨已经停了。我拎一布兜树地里新摘回来的柿子，匆匆奔往
精神病院。

　　东安农场精神病院坐落在场部的西北角，除了一座破旧的三层小黄
楼，周围布满了青砖瓦房。幅员辽阔的北大荒农垦系统有十几个管局，
一百多个农场，这个辐射几百里有一定名气的精神病院，甚至是周围几
个县份精神疾病患者的首选之地。治好了病，是它的功绩，治不好病，
也是它的功绩，患者家属心里也就平衡了，安稳了，一般不会再寻求转
院。孟久公和我也一样，把治好雪姑病的希望，全都寄托给了东安医院。

　　我与门卫打了招呼，刚踏进阴森森的院子，只见孟久公满头大汗地
从院子里跑出来。连日为女儿操劳，孟久公明显苍老了许多。

我急忙上前搭话："孟叔，我来看看雪姑！"因"斗牛事件"他肚子里一定还憋着气，现在为了雪姑，我极力主动。

见是我，孟久公止住了脚步，气喘吁吁道："雪姑不见啦！"

"咋回事孟叔？"

"住了半个月院，雪姑病情明显好转，我寻思家里小麦还没脱，开些药回家去养，可我办完出院手续回来，人却没影儿啦！"

一向沉稳的孟久公，遇事不会轻易下结论。我感觉到了问题的严重性。随后我跟着他，不顾雨后院子的泥泞，东寻西找，查遍了周围的角角落落，也没寻见雪姑的身影！

时至中午，秋阳热上来了。我手里拎着给雪姑带的西红柿，孟久公手里拎着给雪姑开的药，神情恍惚地走出了精神病院的大门。已经结账出院，院方对这个女患者的突然走失深表同情，但却爱莫能助。我一面承受心里的痛苦，一面安慰着几近崩溃的孟久公。眼前这位雷厉风行一辈子，老了却为女儿操碎心的父亲，现在已被无情的现实打击得没有了一丁点儿力量。此刻他瘫坐在病院大门口旁的一块石头上，把头埋在裤裆里，一句话也不说。

"你别急孟叔，也许雪姑先回家了。"

听了我的话，孟久公似乎有了一点儿希望和力量，抬头用一双无神的眼睛望着我。我有意回避，转身寻着叫卖声，走到距离医院门口不远的摊床上，买几个烧饼，回来连西红柿一同递给他，可仅仅吃了几口，我俩就都无法下咽了。通往惠民的火车要晚上才有，我俩匆忙赶到客运站，挤上客车回了惠民，下车，急忙到邮局给家里打了电话，电话是村里新来的毛兴安毛书记接的，听说雪姑失踪了，他肯定说雪姑没回村。村委会就矗在村子西端，门前路口四通八达，视野开阔，一只兔子进村都看见了。孟久公求他捎信儿给叫孟久林，雇车到县里接我们，然后一同去找。

临近傍晚，孟大下巴乘坐老叔开的"大摩托"把我和孟久公接出了惠民县城。太阳快落山的时候，我们一路走、一路找到了润津河旁。只见连日来的大雨，润津河水涨得没过了桥面。"大摩托"停下来，车上人全跳下车斗，分头寻找雪姑的踪影。

这时，王守礼去老林镇修理收割机回来路过这里，走到石头桥见我们在河水边找人，急忙停车熄了火，跳下草绿色的驾驶楼，说在前面几里地的老林镇修车时，有人说见到一个精神不太正常的女人朝润津河这边走来了。

孟久公一听，不等我们说话，双手一拍大腿说了一声："哎呀老天爷！"然后回头就往河边跑，向西一路去喊找："雪姑！雪姑！"

我们也尾随着，沿河水边喊边找，一直找到下游的"火烧桥"，到了半夜，也没有寻到雪姑的身影……

上涨的河水，一个疯疯癫癫的女人，是否已被河水冲走，参加寻找人的人都有一种不祥之兆，可谁也不愿先下这样的结论。

那一夜回来，我彻夜未眠。为自己没能早一些去看雪姑而又陷入了深深的内疚之中。

第二天，我拖着疲惫的身子，神情恍惚的到供销社门前出菜摊子。大清早，只见孟家人全部行动起来了，孟久公和儿子建军、大闺女雪芬，还有大下巴、王大炮，陆续出了村口，天南地北的去寻找雪姑的蛛丝马迹，县城的火车站，客运站，大街上，外地的亲戚家，甚至润津河旁的柳条通里，草甸子上，以及鹅头山脚下老梁看护的蚕场……我表面卖菜，心里也连日的六神无主，惦记着雪姑的下落。

雪姑她妈，这个我称呼"孟婶"老实巴交的女人，被女儿的失踪折磨得瘦了一圈，总是以泪洗面，眼睛都哭肿了，天天到村口来张望女儿和家人的身影。现在正是秋收的大忙季节，虽然到菜摊买菜的农民也趁机打听孟家二丫头的下落，可是一个与自家不相干的女人失踪，淹没不了他们沉浸丰收里的喜悦，简单地表示同情之后，一个个转身便消失在收获的海洋里。倒是张国有一家，没有一个人问津。被砍伤的张国有和老伴儿、小儿子在家养着伤，只能干点摘菜、喂鸡、做饭的轻活，张二锁和其他三个哥兄弟，只知道忙着销售西瓜园里的西瓜，好像什么事也没发生一样。这一家憨人哪，好歹雪姑也当一回你家的媳妇！想到这，我的鼻子又是一阵的酸楚……

　　孟家的努力没有任何结果。随着外出寻找的人陆续归来，不祥之兆愈来愈笼罩着靠山村，已经有人直言孟家二丫头肯定被润津河水冲走了，这会儿尸首都不知漂到哪百国去了……面对残酷的现实，我本已脆弱的神经再也支撑不下去，瞬间崩断了，在家一病不起。全家人都知道我为什么病了，可是没人揭穿。母亲到花先生那里开来几副汤药，父亲和大哥去忙着秋收，菜摊子暂时歇业。我躺在病床上，肉体和心灵受着双重的折磨，而心灵上的痛不欲生要比重感冒引起的身体上的疼痛超过千倍，万倍。本想挣到足够的钱，去帮助心爱的人，现在却发现自己的想法被现实击得粉碎，天真到了极点！我是雪姑的什么人？我这边活在理想当中，那边雪姑的命运已经不由自主，嫁给张二锁，冲喜不成，反而加重了病情，现在活不见人，死不见尸，明摆着凶多吉少……

　　我第一次感到钱不是万能的，并且是那样的强烈。在贫穷之外，封建、愚昧、落后和无知，犹如一个个无形的枷锁，随时都会悄无声息地将美好的生活锁死。

　　从雪姑开始疯癫，甚至说从乐天的死开始，我的心中就隐约产生一种压抑的、不吐不快的感觉，现在更像一座大山，死死的压住我的心头，并且，从来没有这样强烈过。继而，一个在内心深处储存许久的声音再次呼之欲出——我要用手中的笔来向世人表达这一切。不马上这样去做，就像欠下这个世间什么似的，感觉自己万分地对不住眼前消失的两条鲜活的生命。从那一刻起，我感到自己的肩上挑起了一副沉甸甸的担子，甚至认为那担子是上苍赋予自己的责任和使命。

在病床上躺了半个月，当我起来，到门外一看，已是深秋季节，收获的胜景和喧闹已经落幕，眼前尽是萧条的田野，萧瑟的秋风从身边刮过。

我想，与丰收的乡亲们一样，秋后交完公粮，父母又该张罗大哥的婚事了。想到这，我又望向深远蔚蓝的天空，一行排成人字形的大雁，正向南飞去，随着隐隐约约、齐齐地煽动着的翅膀，传来了一串串有些凄凉的鸣叫。此刻，我多想马上变成大雁群中的一员，随队南飞，飞向另一个世界，过了寒冷的冬天，再鸣叫着飞回故乡。

虽然我还不清楚外面的世界是什么样子，一路上，还会遇到什么样的凶险，将遭受怎样的雷鸣闪电和暴风雨的洗礼，可是有什么办法呢？又有什么了不起呢？我知道，现在我已经无法控制我自己……

一九八七年、二〇一〇年—二〇一二年　草拟
二〇一七年四月—二〇一九年七月　成稿

创作谈：走出山村的理由

一

人生的路到底该怎么走？十八岁、二十岁的青春到底有多少种可能？遇到十字路口该向何处去，怎么选择……这一连串关乎人生运济的问题，相信每个青年人都会遇到。

在父亲的眼里，我当然是一个背叛者。

二〇一七年十二月，将双亲接进城居住不久，一天我陪八十三的老父亲谈起这段往事时断定，如果三十年前我在县城开舞厅的时候，与开服装店的初恋远走他乡，此后的道路，定不会是如今的样子。也断不会为世人捧上"闯城三部曲"，记叙禁锢的年代，一个毛头小子背叛乡村，闯城的风风雨雨。

一个青年农民卑微的程度，当年大千世界几乎可以忽略不计。纵有万丈豪情，也只能化作人间烟火中的一缕尘埃。

为此我是幸运的。

"闯城三部曲"的开卷之作《鹅头山下》原名《恋爱大队》，初稿写于三十年前。那是一九八七年夏季，我在县文化馆学习创作一年，结业后不愿返乡，应滞留县城追逐文学梦，为解决吃住困难，经过善良的担任幼儿教师的师嫂介绍，到一家有着十二间红砖瓦房的百货托儿所"打更"（看屋）的时候。记得一个阒静的中午，放下钢笔，我去厨房炉子上做午饭，进屋发现文化馆创作班的同学蔡敬学，正端坐在旧红漆木办公桌前，见我进来他头眼不抬，认真地阅读着我刚写下的尚带温度的小说。我坐在旁边的床上静等。半晌，敬学看完了，起身用一双单薄锐利的眼睛盯了我半天，挥手"啪"的一拍桌子说："老涛，写得好！"

老同学的话让我暗喜了三十年。可写得真那么好吗？

后来的创作历程证明，当时那一万多字的开篇还好，经受住了时间老人的考验。可再后来的续写就没那么幸运了，因为当年苦读、苦学、苦练积攒下的叙述风格与艺术水准，被生活的海洋渐渐洗刷殆尽。

二〇〇七年，当为稻粱谋停笔十五年后，我准备续写的时候，我发现手中的笔生涩了。直到二〇〇二年第一部初稿完成，五年里我焦灼不安，总是为不能恢复当年的写作状态而自卑，并对已改名为《闯城记》的初稿修改进行了种种设想，修改计划写满了几页纸，但一直没勇气动笔，生怕糟蹋永存心底的那个故事。

长篇小说《李子红了》创作、出版和畅销，无疑增加了我的自信和勇气。同时一个"贵人"的出现，也给我增添了动力。选为省金融作协主席后，由于工作原因，我开始接触省作协的领导。在接触著名作家迟子建主席之前，首先相识的是省作协党组书记赵德信先生。那是二〇一六年盛夏，黑龙江省金融作协成立不久，我手拎乐耕园邻居送的香瓜，与省作协、市作协的领导一同站在通往省城的公路边上，等待从吉林白城方向乘汽车而来的中国作协"一带一路"采风团。这期间，市作协领导向省作协党组书记赵德信介绍我说："这位就是省金融作协主席祁海涛！"身材高大的赵书记听后有些惊讶，问我怎么在齐齐哈尔？于是，我用等客人的一个多小时，站在公路边，迎着渐落的夕阳，向德信书记汇报了省金融作协组建的一些情况，以及自己从一个农村文学青年，因写作改变命运的经历。说实话，几十年来为了给农民和底层青年提气，我从不隐瞒自己的身份和经历，并引以为自豪。听者惊奇之后也都说些"不可复制"之类的夸赞话，唯有德信书记当场激动着说："你是一个宝贝呀！这是一个很励志的故事，你应该把它写下来，给现在的青年看，现在的青年太脆弱了，出门连鞋带家长都恨不得给系好！"

德信书记是省委宣传部领导出身，看问题高屋建瓴，视野开阔。他的话给了我很大的震动和鼓励。二〇一七年年初第一场雪之后，我从乐耕园创作生活基地体验生活，回楼猫冬期间，三个月创作了"闯城三部曲"第二部的半部书稿之后，信心满满的再度出发，翌年开春利用入园春耕、夏管没有大块时间创作下半部的机会，我便开始对第一部《鹅头山下》进行大修改，或者说是"再度创作"更准确些。并且一改，就是六稿，直到年底，断断续续用去九个月时间。我心里清楚，做一锅"夹生饭"不拿出最大的勇气不行。

<h2 style="text-align:center">二</h2>

我出生的村子严格讲不是一个山村，只能获得一个"贴边奖"。悠悠的乌裕尔河在县城南由东向西，从小兴安岭向扎龙湿地流去。距城北十几千米的傲龙沟下的润津河，从东北方向流经家门前，一路弯曲着向西南方向流去，最终与乌裕尔河汇合一处，穿过小兴安岭余脉绵延无力的丘陵地带，进入松嫩平原后，渐渐消弭于世界级大湿地——扎龙自然保护区。而家乡的东北方向，越过两三千米的大东沟子和几座山坳，几个

村子，一路向北大约五六千米的样子，便是难以望穿的小兴安岭山脉了。

这里便是乡亲们俗称的"北山"。北山中有一座最高峰，形如"鹅头"，乡亲们约定成熟，叫它"鹅头山"。由于故事发生在鹅头山下，后来便将起初带有浓郁青春气息的《恋爱大队》的名字，以及后来《闯城记》的名字，最终定为《鹅头山下》，当作"闯城三部曲"的第一部。书名的变化，也说明一个人随着年龄、生存环境的不断变换，对生活、对人生，对一部乡土题材作品的理解程度，都在改变。犹如一对中年夫妻，虽没有老龄夫妻无以复加的沧桑感、相濡以沫感，但也绝没有了年轻初恋时的简单、轻狂和浪漫。

这既是幸事又是不幸。

可以肯定地说，这段故事不论怎样增加了历史厚度，叙述上的成熟，但一定缺少了三十年前创作笔触上的水灵之感，通篇会充满着稚嫩和青春的气息。但可喜的是这个故事一直萦绕心间，从来没有老去。就像润津河之水，汩汩流淌，从未间断。

三

关于这个故事，多半是虚构的。故事中的人物，多半有原型，多年来梦境一样常使我兀自产生似是而非之感，但却欲罢不能。巧合的是，今年小说完成，我与小说中的两个主要人物的原型却有了接触。一个是"高乐天"的原型，三十多年杳无音信之后，初春的一天，他突然从山东给我打来长途，问寒问暖。一个是"孟雪姑"的原型——盛夏陪父母返乡，傍晚时分去晾晒台看这个贫困村新组织的秧歌会，十几年之后居然得以相见。"雪姑"的身材还是那般婀娜多姿，远远见我，用力舞动身上的彩带，故意在我眼前晃来扭去，臊得我在乡亲面前满脸通红。散场时简短聊天，我说我将我们过去的"故事"写进了小说，刚写完！她用依然俊俏的脸庞盯着我，除了惊讶，什么也没说出来。是啊，对于一个已过天命之年的乡下女人而言，对于青春的浪漫，还有多少可以追忆，可以激起兴致？我也找不到当年与她见面怦然心动的感觉，对于小说中的故事与她当然不知从何谈起，经过艺术加工的小说，毕竟已不是三十年前我们所共同经历的现实故事。

也就是说，这个故事起源当然是真实的，接下来的两部也一样。但需要阐明的是，虚构占据了小说的大部。故事中虽然有我个人拼搏的影子，但那断然不是我了，"我"身上体现和承载的，是改革开放后农民进城的前奏，一个缩影。我只是从一个以浪漫开始、以悲剧结束的爱情故事的视角，诠释着大时代初始阶段农民命运的跌宕起伏。这亦符合客观规律，也符合哲学思维，任何一次变革前的思想矛盾都是激烈的。在重新创作前，我重读了柳青的《创业史》。农村联产承包责任制改革像当年的互助组改革一样，也是一次伟大的创业。《鹅头山下》通过爱情故事这个载体，叙写了小山村责任制改革的全过程与艰难。说"我"要孤身一人跑到县城去学习记录和批判的本领，缘于愚昧、落后、压抑和打击，不如说是改革开放的春雷，给了乡下青年一个历史性机遇，一个闯城的理由，以及巨大的精神动力。

对于大时代的赋予，我始终心存感恩之情。并一直设法回报。同时也常常思考，春雷炸响之后，力量会如此之大，居然能跨过千年的城乡壁垒，撞开城门，使亿万农民工汹涌而入，并且不可阻挡！这是中华民族发展史上的一个应当记载的大事件。毋庸置疑，处在那段波澜壮阔节点上的每一个小人物的身上，均具有了特殊意义和历史性。

二〇一八年春夏之交于乐耕园